KB254098

글쓰는 사람들이 꼭 알아야 할

글쓰기의 모든 것

Title of original American edition:
THE DAILY WRITER by Fred White © 2008 WRITER'S DIGEST BOOKS
an imprint of F+W Media, Inc. All rights reserved.

Korean Translation copyright ©2009 BOOKTHINK Press, Seoul.
The Korean edition published by arrangement with WRITER'S DIGEST BOOKS,
an imprint of F+W Media, Inc. through Greenbook Literary Agency.

글쓰는 사람들이
꼭 알아야 할

글쓰기의 모든 것

프레드 화이트 지음
정윤미 옮김

씽크북

글쓰기에 대한 모든 것

글쓰기에 대한 모든 것

글쓰기 실전에 대한 모든 것

글쓰기 원고 검토의 모든 것

글을 쓴다는 것은 마음을 안정시키고 지적·예술적 호기심을 채워가는 일이다. 내면 깊숙한 곳에 있는 생각과 느낌을 일기로 표현하면 자신과 대화할 수 있고 편지를 쓰면 소중한 이들에게 다가갈 수 있으며 시, 소설, 에세이, 보고서, 대본 등의 형식을 빌리면 온 세상 사람들과 소통할 수 있다. 어떤 장르든 간에 글은 인간이 고안한 도구 중에서 가장 강력한 영향을 주는 표현 방식이다. 글에서 미학적인 아름다움을 느끼는 동시에 인생의 의미를 깨닫거나 더 나은 삶을 위한 출구를 발견할 수 있기 때문이다.

어떤 작가는 인간의 본성이나 자연에 대한 새로운 시각을 노래하는 시를 쓰고, 어떤 작가는 한 인간이 불행을 딛고 일어서는 과정을 담은 회고록을 집필한다. 그런가 하면 인간의 어두운 내면을 드러내는 소설이나 기발하고 흥미진진한 사건이 가득한 어드벤처 소설을 쓰는 작가도 있다. 이는 모두 개인의 추상적인 생각을 구체화하여 대중에게 전하고자 하는 마음의 연금술과도 같은 작업이다. 이런 작업을 하기 위해서는 작가가 스스로 단련해야 한다.

작가라면 누구나 창작의 고통이 뒤따르게 마련이다. '호머, 셰익스피어, 톨스토이, 에밀리 디킨슨 같은 거장들이 이미 일구어놓은 위대한 문학 세계에 나처럼 보잘것없는 사람이 무슨 보탬이 되겠어?' 하며 지레 겁을 먹고는 '차라리 아무것도 안 쓰면 사람들에게 비평받을 이유도 없지' 라는 핑계를 대며 글을 쓸 시도조차 하지 않는다.

그러나 이 책에서 제안하는 대로 매일매일 글을 구상하고 연습하다 보면 글쓰기가 주는 즐거움을 맛볼 수 있고, 시간이 흐를수록 그 기쁨은 배가될 것이다. 글쓰기라는 방대한 작업을 시작해서 끝까지 밀고 나가려면 마음을 굳게 다잡고 집중력을 발휘해서 온전히 몰두해야 한다. 그래야만 작품의 질이 향상되고 글 쓰는 습관이 몸에 밸 것이다. 한순간 머릿속을 스치는 훌륭한 아이디어가 반드시 대작을 낳는 것은 아니다. 그보다는 글 쓰는 감각을 키우려고 노력하는 것이 훨씬 바람직하다. 실제로 작가들이 글을 쓰는 이유는 '좋은 생각' 이 떠올랐기 때문이 아니라 사색을 즐기며 주변 세상과 감정적 교류를 나누는 것이 좋아서이다.

이 책을 사용하는 방법

이 책에는 왕성한 글쓰기의 밑거름이 될 많은 제안들이 나온다. 각 꼭지마다 하나씩 글감을 제공해주므로 그에 따라 꾸준히 연습하면 글 쓰는 데 필요한 감을 확실히 잡을 수 있을 것이다. 이 책의 장점은 크게 네 가지로 나눌 수 있다.

1. 글 쓰는 습관을 길러준다

글을 쓰는 것은 일종의 사고방식을 훈련하는 과정으로, 매일 음식을 먹듯이 글쓰기도 매일 반복되는 일과가 되어야 한다. 이 책의 제안을 따르기만 하면 누구나 글 쓰는 습관을 들일 수 있다.

2. 글을 효율적으로 시작하는 데 도움을 준다

이 책에 나오는 다양한 주제를 매일 심사숙고하면 창작에 필요한 창의적 사고를 발전시킬 수 있다.

3. 글이 막힐 때 해결책을 제시해준다

글을 쓸 때 처음부터 끝까지 한 번에 술술 풀리는 경우는 거의 없다. 그러므로 배경, 등장인물, 스토리 전개 등을 끊임없이 새로운 시각으로 분석하는 연습을 해야 한다.

4. 초안의 다양한 구성 요소를 능숙하게 다루도록 훈련시켜준다

서문, 스토리 전개, 갈등, 구체적인 묘사, 등장인물 등 특정한 부분에서 어려움을 겪는 작가들이 많다. 이 책은 그러한 어려움을 극복하고 초안의 여러 가지 구성 요소를 이해하는 데 도움을 줄 것이다.

매일 글을 쓰는 것이 중요한 이유

어느 날 아침, 여느 때와 같이 각종 비타민과 영양제를 먹다가 문득 '이렇게 약을 챙겨먹듯이 정기적으로 글을 썼다면 지금쯤 정말 훌륭한 작가가 되었을 텐데' 라는 생각이 들었다.

사실 예전에 작문 선생님도 그와 비슷한 말씀을 하신 적이 있다.

"꼬박꼬박 약을 챙겨 먹는 것처럼 글쓰기도 매일 할 수는 없을까?"

작가다운 작가가 되는 최선의 방도는 꾸준한 연습이다. 언젠가는 글을 쓰겠다고 다짐만 하거나 '시간이 나면 이런 책을 쓸 거야' 라고 말만 앞세운다거나 혹은 글을 쓰기 전에 완벽한 계획을 세우려고 머리를 쥐어짜는 것은 아무런 도움이 되지 못한다. 완벽한 계획을 세웠

다 한들 그에 따라 글을 쓰면 진부한 표현만 쓰게 되고 글의 흐름이 답답해질 수 있기 때문이다. 따라서 매일 노력하는 것이 가장 중요하다.

그럼 어떻게 해야 매일 글 쓰는 습관을 들일 수 있을까? 답은 아주 간단하다. 한 번도 거르지 않고 약을 먹는 것은 별다른 교육이나 다짐 없이도 가능하다. 정기적으로 복용하지 않으면 건강이 나빠진다는 것을 알기 때문이다. 글쓰기도 마찬가지다. 매일 하지 않으면 작품의 건강, 즉 질이 나빠진다.

마지막으로 한 가지만 덧붙이자면, 이 책은 다른 직업을 병행하는 작가들에게 특히 유용하다. 매일 운전해서 출퇴근하거나 장거리 여행을 자주 하는 사람, 이런저런 볼일을 보느라 바쁜 사람이라면 가방에 이 책을 넣고 다니거나 머리맡에 놓아두기 바란다. 하루에 몇 분밖에 못 읽더라도 번뜩이는 아이디어가 솟아날 것이다.

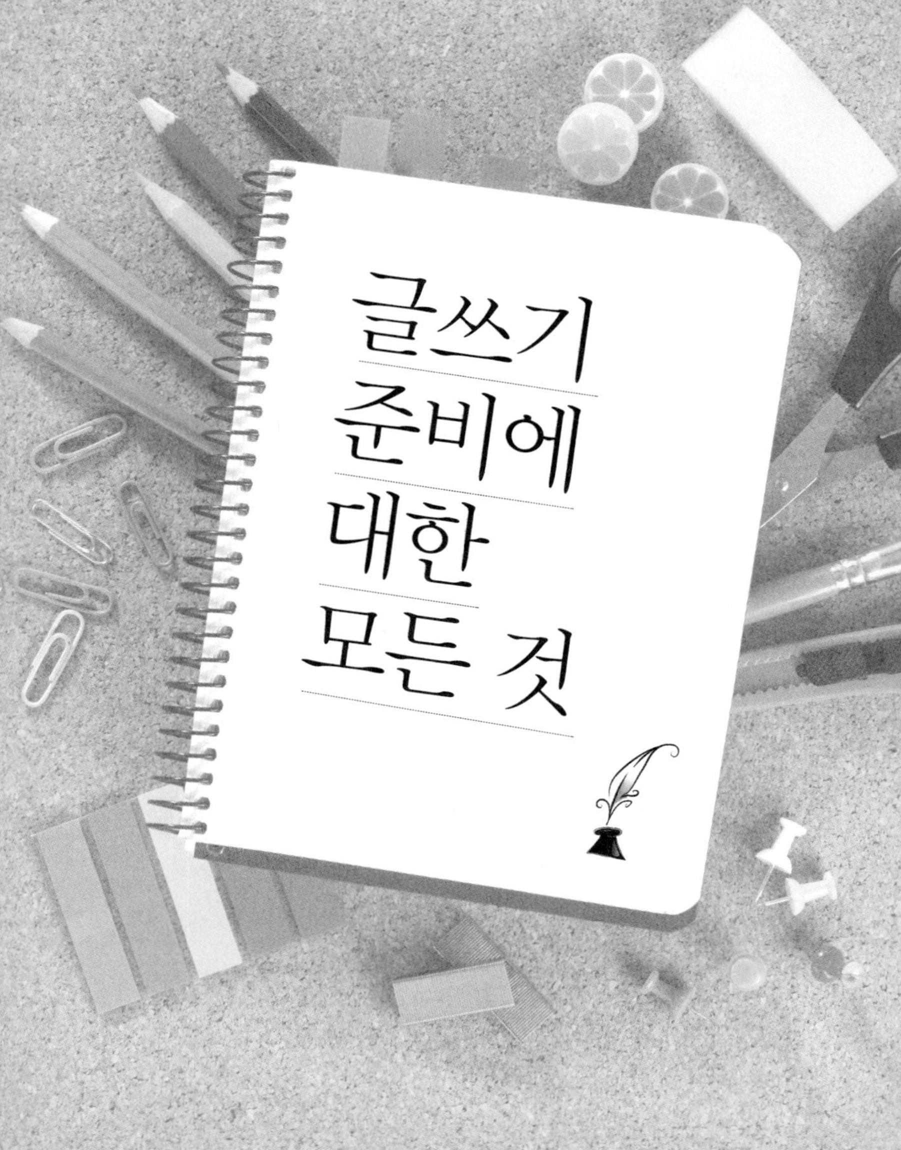

글쓰기
준비에
대한
모든 것

예술 작품 감상하기

위대한 그림이나 사진, 조각상, 태피스트리는 보는 사람에게 큰 감동을 안겨주고 예술에 대한 안목을 높여주며 상상력을 자극한다. 심지어 자기만의 독창적인 작품을 만들고자 하는 마음도 갖게 한다.

바티칸 시스티나 성당 천장에 그려진 미켈란젤로의 〈아담의 창조 *The Creation of Adam*〉나 에드바르트 뭉크의 〈절규 *The Scream*〉를 생각해 보자. 미켈란젤로는 하느님이 아담뿐만 아니라 모든 인간을 향해 초월적인 힘과 더불어 동정심 많은 아버지의 모습을 드러낸 것이 일종의 패러독스라는 점을 묘사하고자 했다. 그런가 하면 뭉크는 주관적인 현실과 객관적인 현실이 교차하는 순간 깊은 절망에 빠진 인간의 형상을 유령 같은 모습으로 그려냈다. 여기서 말하는 현실이란 의식이 있는 상태나 잠든 상태 혹은 그 사이의 어중간한 상태를 모두 포괄하는 인간의 의식을 뜻한다.

이처럼 강렬한 느낌의 작품들은 보는 이의 시선을 단번에 사로잡아서 예술가가 그림 속의 대상에게 어떤 감정을 느꼈는지 고스란히 전달해준다.

생각 공장 화가나 조각가가 이미지를 통해 어떤 사상이나 경험을 구체화 한다면 작가는 언어를 통해서 실현시켜야 한다. 예술이란 물감, 점토, 소리, 언어 등 무엇을 사용하든 간에 추상적인 단면을 보다 쉽게 이해할 수 있는 형태로 변환시켜 주는 것이다.

이렇게 하면 좋아하는 예술 작품이 무엇인지 생각해 본 다음 자신이 그 작품의 주인공이라고 가정하고 한 페이지 분량으로 글을 써보자. 〈메리 포핀스〉에서 보모 메리가 아이들을 데리고 굴뚝 청소부 버트가 길바닥에 그린 그림 속으로 들어간 장면처럼 말이다.

인간 본성에 대한 탐구

소설이나 자서전, 회고록을 쓰려면 인간의 본성을 심층적으로 탐구해야 한다. 독자들은 주인공의 행동이나 개성, 능력에 감탄하는가 하면, 시간이 흐르면서 그들이 변해가는 모습에 주목하기 때문이다. 따라서 작가는 주인공들의 행동이나 특징 하나하나를 세밀하게 묘사해야 한다. 소설가인 수잔 아이작은 소설을 쓰려면 주인공 한 사람, 한 사람마다 '자서전을 자세하게 써 주는 작업'이 수반된다고 말했다.

그렇다면 어떤 식으로 인간의 행동을 묘사해야 할까? 한 가지 방법은 노트에 각 인물의 개인 역사를 미리 정리해보는 것이다. 실제 글쓰기에 사용할 자료만 모으는 것이 아니라 그 사람의 인생에 관련된 것은 모두 나열하는 것이 좋다. 그러면 짜임새 있게 글을 전개시킬 수 있을 뿐만 아니라 등장인물의 개성이 한껏 살아날 것이다.

생각 공장 지금까지 읽은 소설 중에서 가장 기억에 남는 인물을 떠올려보자. 예를 들면 마가렛 미첼의 대표작 《바람과 함께 사라지다Gone with the Wind》의 레트 버틀러, 찰스 디킨스의 대표작 《크리스마스 캐럴A Christmas Carol》의 타이니 팀, 셰익스피어 작품에 나오는 이아고, 팔스타프 등을 생각해볼 수 있다. 이런 인물들이 강한 인상을 남긴 이유는 무엇일까? 성격이 강하거나 약점이 있어서 그런 것일까, 아니면 강렬한 감정을 뿜어내는 모습 때문일까? 이렇게 분석하다보면 글을 쓸 때 인상적인 캐릭터를 가진 주인공을 설정하는 데 도움이 될 것이다.

이렇게 하면 소설에 등장시킬 세 명의 인물을 정하고 각 인물의 성격을 두 페이지 분량으로 묘사한다. 자신이 아는 주변 사람을 토대로 인물을 설정하는 것도 좋은 방법이다. 이때 인물의 성격 묘사를 한 번에 다 끝낼 필요는 없다. 시간을 두고 인물을 연구하면서 전체적인 성격을 그려주는 것이 더 나을 수도 있기 때문이다.

꿈에 드러난 심리를 분석하라

꿈에 드러난 심리 분석이나 꿈의 해석을 말하자면 지그문트 프로이트와 칼 융을 가장 먼저 떠올리게 된다. 프로이트는 정신병리학적 입장에서, 융은 신화와 세계의 여러 문화권에 비추어 꿈을 연구했다.

작가에게는 이 두 가지 접근 방식이 모두 중요하다. 소포클레스에서 셰익스피어, 카프카에 이르기까지 많은 작가들은 꿈과 현실이 어떻게 서로 얽혀 있는지 직접 연구하기도 하고 간접적으로나마 답을 찾기 위해 노력을 기울였다. 작가란 인간의 심리, 즉 마음 속 가장 깊은 곳에 숨겨진 욕망을 연구하는 사람이기 때문이다. 개인의 특성이나 성격, 인간 문명의 본질이 꿈에서 어떻게 적나라하게 드러나는지 끊임없이 궁금하게 여기는 것은 당연한 일이다.

하지만 꿈은 빙산의 일각에 불과하다. 꿈에서 드러난 것은 저변에 숨겨진 거대한 실체에 비해 극히 작은 부분이다.

생각 공장 고대의 예언자, 사제, 신탁자들은 모두 꿈을 해석하는 일을 맡고 있었다. 현대 심리학, 특히 칼 융의 심리학을 옹호하는 학자들은 이러한 전통을 고수하려 한다. 작가 역시 꿈을 통해 인간의 본성을 이해할 수 있다.

이렇게 하면
1. 시간을 거슬러 여행하는 현대 심리학자를 주인공으로 소설을 쓴다. 성서가 기록되던 시절인 고대 그리스, 로마 혹은 중세로 갈 수도 있다. 그의 여행은 역사에 어떤 영향을 줄 수 있을까?
2. 구약 성서에는 다니엘이 느부갓네살 왕의 꿈을 해석하는 장면이 나온다. 다니엘처럼 꿈을 해석하여 예언적 의미를 찾는 고대 해몽가를 주제로 글을 쓴다.

경험에서 이끌어내라

작가가 되고 싶은 마음이 간절해도 경험이 부족해서 성공하기 어려울 것이라고 생각하는 사람들이 있다. 물론 다양한 경험이 글쓰기에 도움이 되는 것은 사실이지만 그렇다고 해서 그것이 작가가 되기 위한 필수 요건은 아니다. 철저한 조사와 풍부한 상상력이 오히려 실제 경험보다 더 플러스 요인이 될 때가 많다.

스티븐 크레인의 《붉은 무공훈장The Red Badge of Courage》을 읽어보면 작가가 전쟁이 끝나고 6년이 지난 후에 태어나 실제로는 전투 경험이 없다는 것을 믿기 어려울 것이다. 스티븐 세일러 역시 《베누스 주사위The Venus Throw》라는 작품에서 고대 로마의 모습을 실감 나게 묘사했다. 이는 작가가 텍사스 대학에서 역사를 전공하여 로마

시대에 대한 해박한 지식을 갖고 있었을뿐더러 고대 법률 문서 등 중요한 자료를 철저하게 연구한 덕분이다.

플래너리 오코너는 "유년기를 보낸 사람이라면 누구나 평생 글을 써도 남을 이야깃거리가 있다"고 말했다.

생각 공장 은행 강도 이야기를 쓴다고 해서 직접 강도짓을 해봐야 하는 것은 아니다. 범행 장면이 담긴 기사나 이제껏 보고 들은 것을 토대로 상상력을 발휘하면 충분히 쓸 수 있다. 글쓰기에 가장 유리한 조건은 '다양한 경험'이 아니라 '풍부한 상상력'임을 기억하라.

이렇게 하면 유년 시절의 경험을 열 가지 정도 생각해보자. 평범한 일이라고 해서 제외할 필요는 없다. 동물이나 무서운 옆집 아저씨 때문에 겁을 먹었던 기억, 짝사랑으로 마음 아팠던 일, 선생님에게 차별을 받은 기억 등 일반적이고 사소한 일들을 포함시킨다. 그런 다음 그중에서 한두 가지 에피소드를 골라 한 페이지 분량으로 가능한 한 생생하게 묘사하라. 당시의 상황을 단순히 요약하는 것이 아니라 어린 시절로 다시 돌아가서 그때의 분위기를 실감나게 전달하는 것이다. 이때 대화와 내레이션을 적절히 섞어서 당시 상황이 독자의 눈앞에 실제로 펼쳐지는 것처럼 묘사하는 것이 관건이다.

조사와 자료 검색에 대하여

작가 지망생들은 '조사'라는 단어를 들으면 대학 시절 논문을 쓰느라 도서관에 틀어박혀 고생한 기억을 떠올리며 잔뜩 긴장한다. 하지만 그렇게 스트레스를 받으며 의무적으로 하는 조사가 아니라면 조사의 과정이 의외로 재미있는 경험이 될 수 있다. 조사는 단지 어떤 자료나 정보를 찾는 일이 아니다. 도서관에 산더미같이 쌓인 책들을 모두 읽어보거나 밤새워 인터넷을 뒤지는 것만 생각해서는 안 된다는 것이다. 전문가들을 찾아가서 조언을 구하는 것, 현장 조사를 나가거나 직접 실험에 참가하는 것, 출판되지 않았거나 아직 공식적으로 발표되지 않은 자료를 뒤적이는 것도 모두 조사에 포함된다.

소설가 장 오엘은 《지구의 아이들*Earth's Children*》이라는 저서에서

조사는 피리 부는 사람, 즉 많은 사람들을 선동하여 몰고 다니는 사람
이 되는 것이며 "일단 조사에 착수하면 그다음 단계는 알아서 풀립니
다"라고 말했다.

　작가는 정보를 수집하기 전에 우선 어떤 정보를 수집할 것인지 계
획해야 한다. 그렇지만 동시에 생각지도 못한 반전이 기다리고 있으
리라는 기대도 버리지 말아야 한다.

생각 공장 지금까지 조사에 참여한 경험을 모두 떠올려본다. 누구나 고등학교, 대학
교 시절에 과제 때문에 자료를 조사하거나 직장에서 업무상 필요로 하여 조사를 한
경험이 있을 것이다. 변호사라면 사건을 맡을 때마다 조사를 해야 하고 심리학자나
병원 관계자들은 환자들의 각종 기록을 모두 검토해야 한다. 또한 가정주부도 탄수화
물이나 나트륨 섭취를 줄일 수 있는 저녁 식단을 짜거나 손님을 초대하여 음식을 대
접할 때 필수적으로 조사를 하게 된다. 이렇듯 조사한 경험을 토대로 새로운 작품을
써보는 것은 어떨까?

이렇게 하면 본격적으로 조사하여 글로 쓰고 싶은 주제를 고른 다음 장 오엘이 말한
'피리 부는 사람'의 비유가 옳은지 시험해본다. 예를 들어 항해에 대해서 글을 쓴다
면 항해 수칙, 선박의 역사 및 항해 경주 등에 대한 웹사이트를 검색한다. 그리고 기
초 조사가 끝나면 조사를 통해 새로 알게 된 점을 한두 페이지 분량으로 정리한다.

창의성에 대하여

창의성처럼 정확하게 정의하기 힘든 단어도 없을 것이다. 그런데도 사람들은 이 단어의 뜻을 잘 아는 것처럼 거침없이 사용한다. 창의성은 원래 사실적인 글과 소설, 시, 희곡을 구분하는 데 쓰였다. 하지만 요즘에는 사실적인 글을 쓸 때에도 창의적인 사고가 요구되므로 이러한 단편적인 정의는 맞지 않다.

또한 어떤 사람들은 창의적 사고와 분석적 사고가 서로 대립되는 개념이라고 생각하는데, 사실은 그렇지 않다. 아인슈타인은 창의력과 수학적 사고를 접목시켰기 때문에 상대성 이론을 발견하여 세상 사람들을 깜짝 놀라게 할 수 있었다. 또 벅민스터 풀러는 창의성을 기반으로 기하학과 건축을 연결하여 지오데식 돔(Geodesic Dome, 측지선 돔이라고도 하며 축구공 모양의 둥근 건축물을 가리키는 용어)을 고안했다.

작가는 이 같은 창의성을 발휘하여 참신한 것, 전혀 생각지 못한 것을 독자에게 제시함으로써 미학적 기쁨을 안겨준다.

생각 공장 창의성은 인간이 느낄 수 있는 감각의 범위를 크게 넓혀주며 민주주의나 종교의 자유만큼이나 중요한 지성의 자유를 북돋워준다. 때문에 창의성이 있으면 새롭고 참신한 시각으로 사물을 볼 수 있다.

이렇게 하면

1. 창의성에 대해 자신이 이해한 내용을 에세이로 작성한다. 이때 창의성의 다양한 측면을 설명하는 데 도움이 되는 예시를 찾아보고 이를 적극적으로 활용한다.
2. 지난 수년간 창의성으로 인해 느낄 수 있었던 여러 가지 즐거운 경험들 중 한 가지를 골라 에세이를 쓴다.

아이디어를 통해 동기를 부여하라

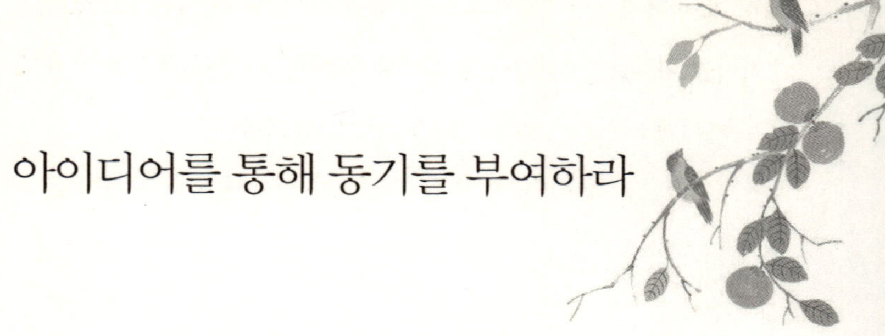

심리 치료사이자 창의성 컨설턴트인 에릭 마이젤은 "심오한 글을 쓰기 위해서는 새로운 아이디어를 사랑할 줄 알아야 한다"고 말했다. 여기서 말하는 '심오한 글'이란 마음을 담은 글을 뜻한다. 새로운 아이디어에 대한 남다른 열정이 있는 사람이라면 사소한 것 하나에서도 글을 쓰려는 동기를 얻을 수 있다.

새로운 아이디어가 글쓰기를 자극하는 이유는 다음과 같다.

● 새로운 아이디어는 상상력을 자극한다. 은하계에 지구와 같은 행성이 수백만 개도 넘을 거라는 아이디어 때문에 수많은 작가들이 공상과학 소설을 쓰기 시작했다.

● 아이디어는 과학 발전의 흐름을 파악하는 데에도 도움이 된다. 전염병이나 혈액순환, 뇌의 기능과 같은 생물학이나 의학 분야의 아이디어를 추적해보면 저마다 긴 역사가 있음을 알 수 있다.

● 인간은 특정 주제에 대해 깊은 지식이 생기면 그 지식을 다른 사람과 공유하고 싶어 한다. 예를 들어 교사는 직접적으로 얼굴을 맞대고 지식을 전달하려 하고, 작가나 화가는 글쓰기나 그림 그리기를 통해서 지식을 공유한다.

생각 공장 좋은 아이디어는 그 자체만으로도 글쓰기에 완벽한 동기가 된다. 그러므로 브레인스토밍을 통해 좋은 아이디어를 많이 얻으려고 노력해야 한다. 보석을 캐려면 수많은 돌을 가려내야 하듯이 좋은 아이디어를 얻는 데도 인내심이 필요하다. 이렇게 얻은 아이디어는 이야기가 될 만한 가능성이 있는 소재이며, 여기에 살을 붙이면 재미있는 작품이 된다.

생각 공장 아이디어 파일을 만들어서 순서대로 정리해놓는다. 이 파일들을 임의로 섞어서 전혀 새로운 아이디어를 만들어 낼 수도 있다. 적어도 일주일에 한 번쯤은 아이디어 파일에서 적당한 것을 골라 새로운 에세이나 글을 써보라.

글감 찾기에 대하여

시인이자 학자인 존 베리먼은 "시인은 모든 것을 글감으로 만들 수 있다"고 말했다. 이 말은 시인뿐만 아니라 모든 작가들에게 적용된다. 작가가 된다는 것은 평범한 것에서 독특한 것을 찾아내는 것이다. 반복되는 일상 속에서 혁신의 가능성을 발견하고 일반적인 것에 숨겨진 아름다움을 캐낼 수 있다.

로버트 프로스트는 사과를 따는 일에서 향수 어린 기억을 찾아냈고, 월트 휘트먼은 말발굽을 만드는 과정을 보고 벌겋게 달아오른 쇠를 내리치는 '가슴이 짙은 털로 뒤덮인' 대장장이의 모습을 노래했다. 또 다다이즘과 초현실주의의 영향을 받은 미국 소설가 나다나엘 웨스트는 영화의 배경이 주는 오묘한 느낌에 취해 잠시나마 그 순간을 현실처럼 착각하게 된다고 말한다.

예리한 관찰력과 멈출 줄 모르는 호기심을 바탕으로 아주 일상적인 경험 속에서도 즐거움을 발견할 줄 아는 작가라면 시시해 보이는 글감도 특별한 것으로 바꿔놓을 수 있다. 작가에게는 모든 것이 곧 글감이다. 영국의 시인 윌리엄 블레이크는 "모래 알갱이 하나에서 우주를 보았다"고 말했다.

생각 공장 따분한 일상을 재미있는 이야깃거리로 바꾸기 위해 상상력을 발휘할수록 상상력의 범위는 점점 넓어지게 마련이다. 그러기 위해서는 항상 필기도구를 휴대하여 좋은 생각이 떠오를 때마다 즉시 메모하는 습관을 길러야 한다.

이렇게 하면 전구, 이쑤시개, 꽃병, 낡은 소파 등 주변 사물에 대한 짧은 시나 글을 써보자. 이런 사물을 아주 특별한 상황에 배치하거나 주요 등장인물로 둔갑시켜보는 것은 어떨까? 예를 들어 미스터리 소설을 쓴다면 화분 속에 굉장히 중요한 물건이 담긴 작은 상자를 열 수 있는 열쇠가 묻혀 있다고 가정해보는 것이다. 단, 미사여구를 지나치게 사용하는 것은 좋지 않다. 평소에 쓰는 표현으로도 문맥을 달리하면 얼마든지 새로운 느낌을 줄 수 있다.

관찰력을 키워라

주변을 둘러볼 때 우리가 쉽게 간과해버리는 요소들은 생각보다 굉장히 많다. 하지만 작가라면 마치 탐정처럼 주변 사물에 예리한 관심을 기울여야 한다.

공항에서 딸을 맞이하는 어머니의 얼굴에 화색이 만연하다거나 동네 술집의 어두운 구석에 마주 앉은 남녀 사이에 말없이 팽팽한 긴장감이 돈다는 것은 무슨 뜻일까? 《버드 바이 버드*Bird by Bird*》의 저자인 앤 라못은 "처음부터 모든 것을 글감으로 보라"고 말했다. 눈에 보이는 모든 것을 글감이라고 생각하면 관찰력도 저절로 날카로워지게 된다는 말이다.

다음은 관찰력을 높이는 데 도움이 되는 방법이다.

목적이 무엇인지 생각해보고 배경을 더 넓게 설정해서 관찰하라

어떤 십 대 청소년이 스케이트보드를 열심히 연습하고 있다면 그 아이를 관찰하며 스케이트보드 경연 대회를 준비하는 것은 아닌지 확인할 증거를 찾아보라.

아주 작은 세부 사항도 놓치지 말라

스케이트보드를 탈 때 균형을 유지하려면 어떻게 해야 하는지, 특정 시간 동안 몇 번 정도 넘어지거나 미끄러지는지 세밀히 관찰하라.

이해되지 않는 면이나 자료가 더 필요한 부분에 대해 질문을 만들어라

예를 들어 스케이트보드를 타는 아이를 관찰한 다음에 미리 준비해둔 질문을 직접 물어볼 수 있다.

생각 공장 어느 기술이나 그렇듯이 반복 연습을 통해 관찰하는 습관이 몸에 배면 관찰력도 나아질 수 있다. 일부러 신경을 써서 사물을 예리하게 관찰하려고 노력해보라. 수동적이 아니라 능동적인 관찰자가 되어 주변 사물이나 상황을 하나도 빠지지 않고 관찰하겠다고 마음먹어야 한다. 그러다 보면 생각지도 못한 점을 많이 발견하게 될 것이다.

이렇게 하면 쇼핑몰을 돌아다니면서 두세 군데의 상점 안에 있는 쇼핑객들을 관찰해보자. 점원과 이야기를 나누거나 상품을 요리조리 살펴보는 쇼핑객들의 모습을 볼 수 있을 것이다. 사소해 보이는 것이라도 하나하나 빠짐없이 모두 기록하고, 사람마다 쇼핑할 때 어떤 버릇이 있는지 분석해보자.

유명 인사에게 보내는 편지를 써보라

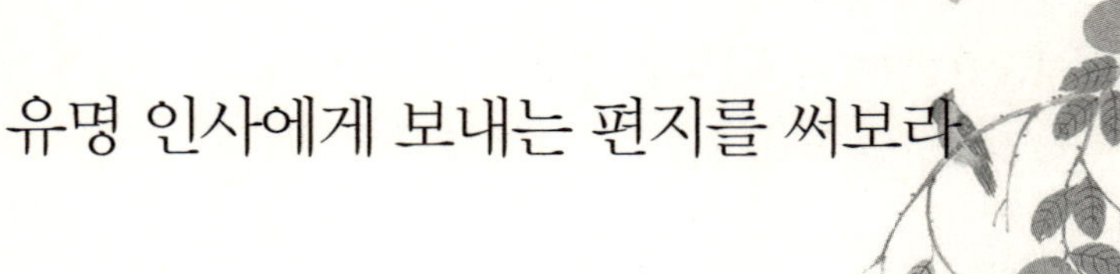

글쓰기를 좋아하는 사람이라면 분명 편지 쓰기도 좋아할 것이다. 편지는 단 한 사람만을 위한 글도 될 수 있고 평소에 알고 지내는 사람이나 이름만 들어본 사람에게 보내는 글도 될 수 있다. 이때 '공개적으로 보내는 편지'는 예외다. 예를 들면 특정 수신인이 아니라 불특정 다수 혹은 편집자에게 보내는 편지는 공개적인 편지에 속한다.

역사적으로 중요한 인물이나 유명 인사 혹은 상상 속의 인물에게 편지를 써보면 어떨까? 편지를 쓰는 것만으로도 마음속 이야기를 재미있게 풀어내는 법을 익힐 수 있다.

 편지를 쓰면 자신의 생각을 대화체로 솔직하게 풀어내며 유머 감각을 자유롭게 발휘할 수 있다. 특히 유머 감각은 장문의 글을 쓸 때 반드시 필요한 요소 중 하나이다.

 역사상 가장 유명한 혹은 악명이 높은 인물을 직접 인터뷰할 기회가 생긴다면 어떤 이야기를 나눌지 생각해보자. 그런 다음 인터뷰하고 싶은 사람의 목록을 만들고 그중 한두 사람을 대상으로 편지를 쓴다.

일기를 쓰는 습관을 가져라

매일매일 일기를 쓰는 것은 작가에게 굉장히 중요한 일이다. 아직 이런 습관이 없다면 우선 3주 동안 하루도 빠짐없이 일기를 쓰려고 노력해보자. 3주 정도면 일기를 쓰는 것이 습관화되기에 충분한 시간이다. 일단 일기를 쓰는 것이 습관처럼 몸에 배면 글쓰기를 자기 인생에서 중요한 부분으로 만드는 데 굉장히 큰 발전을 이룬 것이다.

매일 일기를 쓰기 위해서는 먼저 글을 쓰고 싶은 욕구를 자극하는 글감을 찾아내야 한다. 아침에 무엇을 먹었으며 종일 어떤 일을 했는지 쓴다면 지겨워서 일기를 계속 쓰지 못할 것이다. 하지만 다음과 같은 주제에 관심을 가지면 언젠가 한 편의 소설이나 에세이가 될 만한 일기를 쓸 수 있다.

- 아침 신문 기사를 읽고 직감적으로 느낀 점
- 최근 도시를 떠나 여행하면서 느낀 점
- 한 편의 이야기를 쓸 만한 주제를 한 문장으로 요약한 것
- 공공장소에 모인 사람들의 모습을 그 자리에서 묘사한 것
- 개인적으로 싫어하는 일이나 물건
- 미신이나 관습
- 민망하거나 황당했던 일
- 신비로움을 느꼈거나 무서웠던 순간
- 방금 본 영화나 책에 대한 솔직한 느낌
- 새로운 기술을 배우거나 나쁜 습관을 극복하려는 노력
- 어려운 문제를 해결하는 과정에 대한 설명

생각 공장 일기를 쓰면 나중에 큰 작품을 쓸 마음의 준비를 할 수 있을 뿐 아니라 새로운 아이디어를 많이 얻을 수 있다. 또한 정기적으로 일기를 쓰는 습관이 생기면 사물을 보다 예리하게 관찰하게 되고, 이를 통해 에세이나 소설, 시에 대한 영감을 많이 받을 것이다. 바로 이런 글쓰기 활동 자체가 새로운 아이디어를 얻는 효과적인 방법임을 꼭 기억해야 한다.

이렇게 하면 2주 동안 일기에 쓸 만한 주제 목록을 반 페이지 이상 매일 작성한다. 이렇게 작성해둔 목록은 일기 쓰는 습관을 기르는 데 도움이 될 것이다. 단, 글의 종류를 다양하게 만들도록 노력해야 한다. 그런 다음 그동안 만든 목록을 바탕으로 글을 지어본다. 묘사하기, 열거하기, 회상하기, 분석하기, 자유연상하기, 시로 표현하기 등 다양하게 표현해 보라.

스크랩북을 만들어라

사소한 아이디어, 잠깐 스친 생각, 주변 사물에 대한 관찰, 추억하고 싶은 일을 일기장에 적어두는 것처럼 특별한 사건에 관련된 자료는 스크랩북에 모두 모아둔다. 이를테면 연극이나 뮤지컬 팸플릿, 여행에서 사온 기념품, 멋진 레스토랑에서 가져온 메뉴, 특별한 날에 찍은 사진, 엽서 등을 모을 수 있다. 옆에 짤막하게 설명을 써넣을 공간도 마련한다. 그렇게 하면 소설이나 회고록에 넣을 이야깃거리가 필요할 때 스크랩북의 사진과 메모를 훑어보면서 도움을 얻을 수 있다.

스크랩북 자료와 관련된 구체적인 상황을 적고 싶다면 별도의 기록장을 만들어 참고 자료로 삼는다. 그 밖에 제대로 설명을 덧붙이지 못한 자료는 기억을 되살리는 데 도움이 될 수 있는 몇 마디만 일기장에 적어둔다.

생각 공장 사람들은 추억을 소중히 간직한다. 추억은 부싯깃 통과 같아서 아주 작은 불씨만 있어도 많은 기억을 되살려주기 때문이다. 이는 작가에게도 예외가 아니다. 작가라면 사소한 것일지라도 그냥 지나치지 말아야 한다.

이렇게 하면 옷장, 다락, 창고 등에 넣어둔 오래된 상자를 꺼내서 특별한 추억을 생각 나게 하는 물건을 골라, 하루에 한 번씩 그 일에 대해 생각나는 대로 몇 문장씩 써보 자. 기억이 너무 희미하다면 약간의 상상력을 발휘하거나 추측을 해도 좋다. 단, 상상 을 가미할 때에는 사실과 다르다는 점을 반드시 적어둔다.

전체에 귀를 기울여라

대부분의 사람들은 '진정으로 귀 기울이는 일'에 익숙하지 않다. 주변 환경 때문에 집중하기가 어렵거나 대화 중 상대방에게 응수할 말을 생각하는 것에만 신경을 쓸 때도 있고 성격상 주의가 산만한 경우도 있기 때문이다.

일단 듣는 내용을 판단하지 않고 전체에 귀를 기울여라. 그러면 당면한 과제를 보다 폭넓게 이해하게 되고, 그 결과 생각과 글의 질이 높아질 것이다. 넓은 시야로 문제를 바라봄으로써 다양한 관점에서 분석할 수 있기 때문이다. 물론 전체에 귀를 기울이는 것은 말처럼 그리 쉬운 일이 아니므로 의식적으로 노력해야 한다. 이러한 습관을 들이다 보면 그동안 상대방의 이야기를 끝까지 들어보지도 않고 바로 귀를 막아버렸다는 사실에 깜짝 놀라게 될 것이다.

다음에 누군가와 이야기할 기회가 생기면 온전히 귀 기울이려고 노력해보자. 자신과 전혀 다른 생각을 하는 사람의 말이라도 마치 자신의 이야기인 것처럼 마음을 열고 온 정신을 집중해서 들어준다.

생각 공장 잘 듣는 것 또한 글쓰기에 필요한 요소이다. 꾸준히 반복적으로 연습해야만 그 효과를 볼 수 있다. 사람들이 말할 때 얼마나 주의 깊게 듣는 편인지 자문해보라. 자문은 잘 듣는 능력을 배양하기 위한 첫 번째 단계이다.

이렇게 하면

1. 논쟁의 여지가 있는 주제를 선택해서 여러 친구들과 토의를 벌인다. 한 사람씩 자기 의견을 말하면 다른 사람은 모두 메모를 한다. 그러고 나서 서로 메모한 것을 돌려읽으며 얼마나 정확하게 받아썼는지 확인한다.
2. 당신이 아주 강한 의견을 제시할 수 있는 주제로 친구와 토론을 벌인다. 그런 다음 친구의 의견을 요약해보고, 새롭게 알게 된 사실이 무엇인지 생각해본다.
3. 상대방의 말을 경청하지 않아서 곤경에 처한 주인공을 풍자하는 단편소설을 쓴다.

고백에 대하여

고백을 하면 마음만 편해지는 것이 아니라 글쓰기에도 도움이 된다. 다른 사람들과 마음 깊은 곳에 있는 고민, 두려움, 죄책감 등을 공유하고 싶은 충동은 굉장히 강하며, 그러한 충동은 실제로 좋은 글을 쓰는 원동력이 된다. 또한 고백하고 싶은 충동은 한 치의 양보 없이 진실을 드러내고 싶은 마음에서 생기는 것으로, 진실을 옹호하는 마음이 강해야 제대로 된 예술 작품이 탄생한다. 하지만 고백이라고 해서 감정을 있는 그대로 다 드러내라는 말은 아니다. 괴로운 일이라도 솔직하면서 정돈된 표현으로 얼마든지 이야기할 수 있다.

고백은 문학 내에서 존중받는 장르이다. 성 어거스틴의 《고백록 *Confessions*》와 토마스 드 퀸시의 《어느 아편 중독자의 고백 *Confessions of an English Opium-Eater*》과 더불어 장 자크 루소는 열두 권짜리 자서전을 내면서 제목을 《고백Les Confessions》이라고 붙였다.

고백이라는 말을 하는 것은 '지금부터 내가 숨겨온 부끄럽고 나쁜 생각이나 행동을 만천하에 공개한다' 고 선언하는 것과 같다. 그러므로 고백의 글을 쓸 때는 자신의 진실한 모습과 타인에게 비치는 모습이 균형을 이루어야 한다.

생각 공장 고백은 사람의 마음을 치유하는 효과가 있으며 고백을 하면 자신의 모습을 보다 정확하게 이해할 수 있다. 또한 고백하는 습관을 들이면 정직하고 진실하게 글을 쓰는 작가가 된다.
앞으로 일주일 동안 자신을 얼마나 솔직하게 드러낼 수 있는지 생각해보라. 자신의 기질, 충동, 습관, 도덕적인 허점 등을 모두 따져본다. 무조건 억누르는 편인가 아니면 강박관념에 사로잡혀서 아무것도 하지 못하는가? 이런 생각을 통해 고쳐야 할 점이 발견되면 시정하기 위해 단호한 조치를 취해야 한다.

이렇게 하면 일기장에 자신의 비밀이나 남모르는 잘못, 후회되는 일을 쓴다. 자신만 보는 일기장이므로 가능한 한 허심탄회하게 표현한다. 또한 지금까지 자신이 어떤 단점이나 약점을 극복하고 고쳤는지 기록한다.

금언에서 소재를 찾아라

작가라면 유명한 인용구 사전을 반드시 마련해야 한다. 사전에는 금언이나 패러블(parable, 종교적 혹은 도덕적 교훈을 담고 있는 이야기) 등이 아주 단단하게 압축되어 있기 때문이다. 금언은 소설이나 에세이, 시를 쓸 때 아주 유용한 소재로 활용된다. 셰익스피어의 희곡 〈템페스트*The Tempest*〉에서 프로스페로의 대사를 살펴보자.

우리는 꿈으로 만들어진 존재로서,
우리의 짧은 인생은 잠으로 완성된다.

이 대사는 인생이 덧없는 꿈과 같다는 말도 되지만 꿈을 꾸기 때문

에 인생을 살아가는 것이라는 의미도 된다. 바로 이런 것이 현실의 본
질을 전혀 새로운 시각에서 쓴 금언으로, 작가는 이 구절을 바탕으로
여러 가지 형식의 글을 쓸 수 있다.

　유명한 금언을 남긴 작가들과 그들의 대표작을 정리해두는 것도 좋
은 방법이다. 적어도 에머슨, 라 로슈푸코, 셰익스피어, 헨리 데이비
드 소로우 등이 남긴 격언은 반드시 알아둘 필요가 있다. 물론 성서,
코란, 우파니샤드(Upanishad, 고대 인도의 철학서), 부처, 공자, 노자 등
의 명언도 삶의 지혜를 얻기에 더없이 좋은 자료이다.

생각 공장 금언을 많이 알면 알수록 글쓰기 소재가 풍부해진다. 동서고금의 위대한
작가들이 남긴 말을 음미하면서 그들이 우리에게 어떤 지혜를 전해주려고 했는지 생
각해보자.

이렇게 하면
1. 인용구 사전에서 금언 하나를 고른 다음 이를 토대로 짧은 글을 쓴다. 예를 들어
　버트런드 러셀은 "인생을 살아가면서 조심해야 할 것은 많다. 하지만 사랑만큼 진
　정한 행복에 치명적인 영향을 미치는 것은 없다"고 말했다. 이 말에 대한 자신의
　생각을 글로 써본다.
2. 서로 반대되는 두 개의 금언을 고른 다음 두 주인공이 의견 대립을 겪는다고 설정
　한다. 예를 들어 "우리가 가치 있게 여기는 것들은 사실 교육을 통해서 배운 것이
　아니다"라는 오스카 와일드의 말을 옹호하는 인물과 "교사의 영향력은 무한하다.
　사실 교사 자신도 그 영향이 어디까지 퍼져 나가는지 정확히 모른다"라는 헨리 애
　덤스의 주장을 옹호하는 인물을 설정하여 두 사람의 갈등을 묘사한다.

사진 모으기

대부분의 사람들은 가족과 함께 찍은 사진을 장소나 날짜에 따라 정리한다. 하지만 또 다른 방법으로도 사진을 정리할 수 있다. 바로 시간 순으로 배열해보는 것이다. 이렇게 하면 누군가의 역사가 사진에 고스란히 담기게 되고, 이를 토대로 한 편의 이야기를 만들 수도 있다. 이는 어려운 작업이 아니다. 사진을 찾으려고 온 집을 다 뒤진 것도 하나의 이야깃거리가 된다.

　이외에도 공간(해외 여행지, 국립공원, 사찰 등)이나 주제(등산, 동물원 방문, 성지순례 등)를 기준으로 정리하는 방법도 있다.

 사진은 그 자체만으로도 풍성한 이야깃거리를 제공한다. 사진을 시간, 공간 순으로 정리하거나 비슷한 주제끼리 모아놓고 보면 좋은 글감이 되는 것은 물론이고 글의 윤곽까지 보일 때도 있다. 앨범을 꺼내서 한번 살펴보자. 새로운 마음으로 감상하다 보면 예전에 미처 생각지 못한 아이디어나 이야깃거리를 찾아낼 수 있다.

1. 가족 중 한 사람을 정해서 그 사람의 사진을 모두 모은다. 복사본이나 스캔된 사진도 괜찮다. 그런 다음 시간 순서로 배열하고, 그것을 기준으로 그 사람의 프로필을 작성한다.
2. 사진 순서를 바탕으로 짧은 이야기 한 편을 구상한다. 사진 한 장, 한 장이 곧 주인공의 인생을 대변해주는 자료가 되어야 한다. 예를 들면 주인공이 태어난 곳, 결혼 후 신접살림을 차린 집의 모습, 즐겨 찾는 휴양지 및 주인공의 조상이 살던 지역 등을 사진으로 제시할 수 있다. 각 사진 아래에는 그 사진의 내용이 주인공의 인생에 어떤 의미를 부여하는지 보여주는 글이나 대화문을 한 페이지 정도 쓴다.

전문용어를 조사하라

직업군은 물론이고 등산이나 스키와 같은 레포츠 활동에도 그 분야를 아는 사람만의 전문용어나 특수 용어가 있다. '피버리시(feverish)'라는 영단어를 생각해보자. 이 말은 비정상적으로 체온이 높은 것을 뜻하지만 상황에 따라 굉장히 흥분된 상태 혹은 절정에 이른 순간을 가리킬 수 있다. 그래서 의사들은 체온이 지나치게 높은 상태를 가리킬 때 '퍼브라일(febrile)'이라는 단어를 더 많이 쓴다. 이 단어는 다른 뜻으로 쓰이지 않기 때문이다.

작가는 등장인물의 직업군에서 많이 쓰이는 전문용어를 잘 알아야 한다. 가령 첩보원을 주인공으로 한 소설을 쓸 때는 군 정보기관에서 쓰는 용어를 배워야 하고, 미스터리 소설을 쓴다면 경찰 수사 단계와

법의학을 잘 이해하는 것은 물론 관련 용어를 정확히 구사할 줄 알아야 한다. 이때 독자들은 이런 분야에 대한 전문 지식이 없으므로 뜻을 제시할 때에는 명료하고 간결하게 표현하는 것이 중요하다.

 전문용어를 잘 사용하면 이야기의 사실성을 부각시킬 수 있다. 특히 주인공이 전문 분야에 종사하는 사람일 때 전문용어가 주는 효과는 그야말로 대단하다. 작가가 그 분야를 완전히 통달하는 것은 어렵겠지만 등장인물이 전문가처럼 보이게 만들 정도의 지식은 갖추는 것이 좋다. 이는 배우가 전문가를 연기하는 것과 마찬가지이다. 〈아폴로 13Apollo 13〉이라는 영화에서 톰 행크스는 짐 러벨이라는 우주비행사 역을 맡았는데, 그는 원작 소설 《잃어버린 달Lost Moon》을 다 읽었을 뿐만 아니라 직접 원작자를 찾아가서 그의 집에 일주일 동안 머무르는 열성을 보였다.

 각기 다른 전문 분야에 종사하는 두 명의 등장인물이 온갖 전문용어를 구사하면서 '직장이나 일에 대해 이야기' 하는 대화문을 만들어보자. 예를 들어 프로 골퍼와 프로 볼링 선수 혹은 프로 농구 선수의 대화를 상상할 수 있다. 이때 두 사람 모두 상대편이 쓰는 전문용어를 빨리 이해하지 못하는 장면을 희화화한다.

질문하는 습관

글을 쓰는 사람이라면 누구나 기억해야 할 원칙이 하나 있다. 바로 작가는 모든 것에 의문을 제기해야 한다는 것이다. 처음부터 끝까지 따져보기 전에는 사람들이 옳다고 여기는 것은 일단 거부하고 봐야 한다. 이는 편집증 환자 같은 태도가 아니라 건전하고 합리적인 회의주의의 발현으로, 이런 시각이 있어야 학구적인 의문이 샘솟을 것이다.

예를 들어 쉰이 넘은 나이에 바이올린을 배우겠다는 사람에게 누군가가 '늙은 개는 새로운 기술을 배울 수 없다'고 비아냥거리는 상황을 떠올려보자. 이런 상황에서 작가는 '정말로 늙은 개는 새로운 기술을 배울 수 없을까?'라는 질문을 할 수 있어야 한다.

또한 산과 같은 자연경관에 대해서도 호기심을 지닐 수 있다.

'어떤 지질학적 현상 때문에 산이 생긴 것일까?'

'저렇게 큰 산이 하나 생기거나 사라지려면 시간이 얼마나 걸릴까?'

'신은 자연의 힘을 어떻게 사용해서 산을 만든 것일까?'

이런 식으로 질문을 던지는 버릇을 만들면 사물을 깊이 생각하는 습관이 저절로 생기게 마련이다. 작가에게 이보다 더 좋은 습관은 없다.

생각 공장 자신이 가지고 있는 생각 몇 가지를 새로운 시각에서 분석해보자. 이를테면 남녀의 차이점, 자녀를 올바로 양육하는 법, 건강을 관리하는 법 등에 대한 자신의 상식을 가늠해본 다음 질문을 만들어본다.

이렇게 하면 확실한 사실이라고 단정지을 수는 없지만 틀림없을 거라고 나름대로 확신하는 점을 주제로 글을 한 편 써본다. 예를 들면 '남북전쟁은 노예제도에 종지부를 찍었다' 라든가 '지구 밖에 지성 있는 생명체가 존재한다면 지금까지 인간과 교류가 없었을 리 만무하다' 와 같은 주장을 펼 수 있다. 그런 다음 자신의 주장을 '남북전쟁이 정말로 노예제도에 종지부를 찍었는가' 혹은 '외계인이 있다면 지금까지 인간과 교류가 없었던 이유를 설명할 수 있는가' 와 같은 질문 형태로 바꿔본다.

가정의 역사에 귀 기울여라

글감을 간절히 찾아다니는 작가라면 자신이나 다른 사람의 가족 이야기에 귀를 기울여야 한다. 일기장, 스크랩북, 앨범, 성적표, 청첩장, 편지, 할아버지와 할머니가 들려주시는 이야기 등은 역사적 사실이나 최근 뉴스 못지않게 흥미로운 글감이 된다.

한 가정의 역사를 들으려면 적잖은 노력과 인내심이 필요하다. 옛날 일을 기억해내는 데 시간이 오래 걸릴 뿐만 아니라 주변 사람의 증언에 따라 내용을 수정, 보완할 부분이 많기 때문이다. 그러므로 이야기를 듣기 전에는 여러 가지 예상 질문을 미리 뽑아두는 것이 좋으며 관련 책자나 사진, 지도 등을 사용해서 옛 기억을 보다 정확히 떠올리도록 도와주어야 한다. 또한 이야기를 들려주는 당사자에게 관련 자료나 증거물을 준비해달라고 부탁할 수도 있다. 짧은 편지 한 통, 사진 한 장만 있어도 오랫동안 잊고 있던 흥미로운 이야기를 많이 끌어낼 것이다.

 사람들은 역사라고 하면 세계나 국가, 특정 지역 등으로 확대해서 생각하는 경향이 있다. 하지만 가족도 그에 못지않게 중요한 역사를 가진 단위이다. 특히 가족사를 알면 그보다 더 큰 역사적 문맥을 이해하는 데 필요한 중요한 실마리를 얻을 수 있다. 예를 들어 부모와 자녀로 이루어진 핵가족의 역사를 파악하면 그들의 조부모, 삼촌, 고모, 사촌 등의 가족을 알 수 있게 되고, 더불어 그에 대한 기록이 남아 있다면 선대 조상들의 역사도 살펴볼 수 있다.

1. 가족 중 가장 나이가 많은 분을 모시고 인생에서 가장 기억에 남는 일은 무엇인지 여쭤본다. 예를 들어 부모님이나 조부모님이 전쟁을 겪었다면 구체적으로 어떤 경험을 했는지 이야기해달라고 부탁한다.
2. 자기 가족 중에서 가장 높은 조상이 누구인지 추적한 다음 그 사람의 전기를 쓰는 데 필요한 자료를 수집한다. 그리고 그중에서 가장 흥미로운 점을 하나만 골라서 이를 부각시키는 짧은 글을 쓴다.

옛날이야기에서 소재를 착안하라

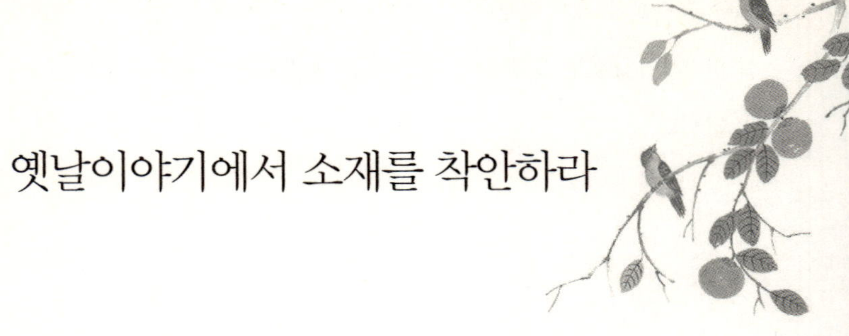

사람들은 옛날이야기를 다시 들려주는 것을 굉장히 좋아한다. 그러므로 처음부터 새로운 이야기를 짜내는 것이 어려울 때는 이 방법을 이용하여 글을 쓰는 것도 생각해볼 수 있다.

영화 〈웨스트 사이드 스토리*West Side Story*〉는 셰익스피어의 희곡 〈로미오와 줄리엣*Romeo and Juliet*〉을 20세기 중반을 배경으로 새롭게 각색한 것이다. 캐풀렛 가문과 몬터규 가문의 대립은 제트와 샤크, 즉 백인 조폭과 푸에르토리코 조폭의 대립으로 대체되었다. 내셔널 북 어워드(National Book Award, 미국에서 매년 뛰어난 문학작품을 저술한 작가들에게 주는 문학상) 수상작인 존 업다이크의 《켄타우로스*The Centaur*》 역시 신화를 현대판 이야기로 각색한 것이고, 그레고리 머과

이어의 《위키드Wicked》는 L. 프랭크 바움의 《오즈의 마법사The Wizard of Oz》를 서쪽에서 온 마녀의 관점으로 바꾼 것이다.

생각 공장 《신데렐라Cinderella》나 《오즈의 마법사》처럼 유명한 이야기에는 크게 부각되지 않은 등장인물이 많다. 따라서 각색 과정에서 이들을 유명 인사로 만들면 정말 흥미진진한 이야기가 될 것이다. 〈로센 크란츠와 길던스턴이 죽다Rosencrantz and Guildenstern are Dead〉라는 연극에서 톰 스톱파드는 〈햄릿Hamlet〉에 단역으로 등장했던 특사 두 사람을 주인공으로 내세워 셰익스피어의 명작을 새롭게 해석했다.

이렇게 하면 자신이 좋아하는 동화 혹은 신화 하나를 골라서 주인공이 아닌 다른 등장인물이나 주인공을 괴롭히는 사람의 관점에서 재구성한다. 비극을 희극으로 바꾸거나 판타지를 우여곡절이 많은 현실적인 이야기로 바꾸는 것도 좋은 생각이다.

인류의 보편적인 주제 '사랑'

로맨스 이야기를 쓰거나 글의 전개상 연인에 대한 이야기를 쓸 예정이라면 사랑이라는 주제를 집중적으로 연구할 필요가 있다. 우선 사랑을 할 때 사람들의 심리가 어떻게 달라지는지 알아보고 사랑을 표현하는 다양한 방식과 그에 관한 소설, 시, 에세이 등을 살펴본다.

사실 유명한 작가들 중에 고통스러운 사랑, 폭풍 같은 사랑, 세속적인 사랑, 숭고한 사랑 등 사랑을 주제로 글을 쓰지 않은 사람은 거의 없다. 그중에서 가장 유명한 것은 바로 스탕달의 《연애론*De l' Amour*》이다. 다음은 책의 내용 중 일부이다.

젊디 젊은 사람에게 사랑은 거대한 강과 같아서 모든 것을 휩쓸어 가버린다. 사랑 앞에서는 아무것도 의미가 없다.

아름다운 대자연이나 명화 등을 볼 때 곧바로 사랑하는 사람이 생각날 것이다.

사랑에 빠지면 내가 지금까지 느껴본 가장 격한 감정보다도 더 커다란 행복이 문 앞까지 찾아온 것 같다. 그리고 사랑하는 사람의 달콤한 속삭임 혹은 미소만으로도 그 행복을 가질 수 있을 것 같은 착각이 든다.

생각 공장 사실 모든 글에는 어떤 형식으로든 크고 작은 사랑 이야기가 반드시 등장한다. 이는 많은 작가들이 아직 드러나지 않은 사랑의 단면이 있을 거라고 확신하며 사랑을 모티브로 하는 이야기를 계속해서 쓰고 있기 때문이다.

이렇게 하면 '만약에'라는 주제를 사랑에 접목시켜 새로운 이야기를 써보자. 이를테면 유독 수줍음을 많이 타던 젊은이가 이상한 상황을 겪으면서 우연히 자신과 비슷하게 수줍음을 많이 타는 여자를 만난다고 가정해볼 수 있다. 두 사람이 처음 만나는 상황은 얼마나 어색할까? 서로에게 말을 걸기는 할까? 인사라도 나눈다면 어떤 말이 오가게 될까?

영감(靈感)에 대하여

영감이 떠오를 때 느끼는 흥분은 이루 다 말할 수 없다. 그럴 때면 하늘을 날 것 같은 기분이 들면서 자신감이 충만해지고 원하는 것은 무엇이든 이룰 수 있을 것 같은 착각이 든다.

지혜로운 작가는 그냥 일을 하다 보니 영감이 찾아왔다고 말한다. 실제로 매일 반복되는 작업 계획에 영감이 더해지면 최상의 효과를 기대할 수 있다. 따라서 정기적으로 글을 쓰겠다는 계획을 세우지 못했다면 지금부터라도 만들어보자. 꾸준히 글을 쓰는 습관이 몸에 배면 영감이 떠오를 때 이를 십분 활용할 수 있다.

행운의 여신은 하루도 빠짐없이 글을 쓰려고 노력하는 사람에게 영감을 보내준다. 그렇기에 철저한 준비가 갖춰진 작가만이 그 행운을 거머쥘 수 있다.

생각 공장 글쓰기에 몰두하는 것은 적극적으로 영감을 찾아가는 것과 같다. 열심히 노력할수록 번뜩이는 영감을 얻을 확률은 높아지게 마련이다.

이렇게 하면 지금 당장 단편소설을 쓰는 것은 어떨까? 행운의 여신이 찾아와서 당신의 귓속에 기가 막힌 글감을 속삭여줄 때까지 앉아서 기다리는 것보다는 직접 이러저러한 이야기를 구상하는 등 노력하는 태도를 보여야 한다. 일례로 주인공이 아래와 같은 인물을 만나는 상황을 설정할 수 있다.

● 예전에 사귀던 애인
● 복수의 칼날을 품게 만들었던 원수
● 노숙자가 되어 행인에게 구걸하는 마법사

꾸준히 노력해보라. 번뜩이는 영감이 떠올라서 한 편의 초안을 완성할 수 있을 것이다.

일상 속에서 특별한 것을 찾아내라

살다 보면 가끔씩 평범한 일상 속에서 새로운 느낌을 받을 때가 있다. 바닷가로 놀러갔는데 우연히 거북이 한 마리가 해변으로 나오는 것을 보았다거나 중세풍의 모래성을 만드는 사람을 만났다면 그날 바닷가를 찾은 것은 아주 특별한 경험이 된다. 또 아무 생각 없이 참석한 칵테일파티에서 성격이 특이한 사람을 만났다면 그 역시 특별한 순간으로 기억된다. 이와 마찬가지로 우리가 평소에 접하는 사물이나 환경도 작가적인 상상력을 발휘하면 독특한 경험이 될 수 있다.

가령, 겨울에 앙상해진 나무는 어디를 가나 쉽게 볼 수 있다. 하지만 로버트 프로스트와 같은 시인의 눈에는 그런 나무가 초현실적이고 독특한 매력을 가진 것으로 비춰진다.

비가 온 뒤 개인 겨울날 아침
나뭇가지에 얼음이 잔뜩 쌓여 있는 것을
본 적이 있을 것이다.
바람이 불면 흔들려 딸그락거리고
그 얼음 에나멜이 갈라지고 금이 가면서
오색찬란하게 빛난다.

_〈자작나무Birches〉 중에서

작가에게 세상은 화가의 팔레트와 같다. 평범해 보이는 것도 실력 있는 화가의 붓을 거치면 아름답고 흥미로운 것이 되는 것처럼 작가의 사고 안에서 모든 사물은 새롭게 재탄생하게 된다.

생각 공장 작가는 평범한 것 안에서 특별한 것을 찾아내는 습관을 키워야 한다. 때로는 시선을 조금만 달리해도 주변 세상이 색다르게 보일지도 모른다. 그러므로 항상 세상을 새로운 관점에서 바라보려고 노력해야 한다.

이렇게 하면 자신에게 특별한 경험 한 가지를 골라서 한 페이지 분량의 글로 적어본다. 어제 있었던 일도 좋고 몇 년 전에 겪었던 일도 좋다. 그 경험에서 가장 특이한 부분을 찾아 강조하는 것이 무엇보다 중요하다. 예를 들어 10년 동안 못 만났던 친구를 우연히 만난 경험을 글로 쓴다고 가정해보자. 외모가 달라진 것 외에 어떤 점이 가장 먼저 눈에 들어왔는지 생각해본다. 그리고 반갑게 인사를 나누면서 가장 먼저 한 말은 무엇이었는지 기억을 되살려본다.

위험을 감수하라

글을 쓴다는 것은 필연적으로 위험을 감수해야만 하는 일이다. 작가는 자신의 글과 함께 대중 앞에 무방비 상태로 노출되며 비판뿐만 아니라 때로는 조롱의 대상이 되기도 하기 때문이다. 하지만 그렇다고 해서 글쓰기를 그만두어야 할까?

글을 쓰는 사람이라면 어떤 주제에 대하여 명확한 증거를 제시하여 자신의 견해를 피력한다 하더라도 썩은 토마토를 내던지며 강하게 반발하는 사람들이 있을 것이라고 예상해야 한다. 어차피 이 세상은 저마다 다른 생각과 관점을 가진 사람들이 섞여서 살아가는 곳이다. 그러므로 작가는 논리적인 주장을 통해 직접적으로 독자를 설득하거나 드라마틱한 이야기를 꾸며서 독자의 생각을 바꾸려고 노력하는 것 자체에 의미를 두어야 한다.

일례로 《앵무새 죽이기To Kill a Mockingbird》의 애티커스 핀치가 배심원들 앞에서 법적으로 보장되는 인간 평등의 가치를 옹호하고자 자신의 주장을 어떻게 피력했는지 살펴보자.

인간은 거지와 록펠러 같은 백만장자, 멍청한 사람과 아인슈타인 같은 천재, 무지한 자와 대학 총장을 차별하지 않고 모두 평등한 인간으로 대해주는 기관을 하나 만들었습니다. 그것은 바로 법정입니다.

애티커스 핀치가 두려움 없이 인종차별주의적인 편견을 비판한 것처럼 글을 쓰는 사람 역시 오로지 대중에게 인정받으려는 욕심 때문에 자신의 신념을 꺾는 일이 없도록 주의해야 한다.

생각 공장 과도한 논쟁을 불러일으킬 소지가 있거나 많은 사람들이 불쾌하게 여기는 주제라서 글쓰기를 포기했던 적이 있는가? 그렇다면 맨 처음에 그 주제를 택했던 이유를 따져보라. 그리고 그 주제로 글을 썼을 때 감수해야 할 위험과 유익을 비교하면서 글을 쓸 것인지 말 것인지 다시 한 번 고민해보라.

이렇게 하면 논쟁의 소지가 크거나 사람들이 불쾌하게 여기는 주제라서 글쓰기를 포기한 경험이 있다면 새로운 방법으로 접근하여 글을 써본다. 그런 다음 주제의 중요성을 부각시키고 반대 의사를 가진 사람들을 설득하는 방법도 함께 논한다.

마인드 스트레칭

학교 정규 교육에서 얻을 수 있는 가장 큰 교훈은 혼자 힘으로 계속 공부하는 요령을 터득하는 것, 즉 새로운 아이디어의 중요성과 잠재력을 이해하고 학습하는 방법을 익히는 것이다. 올리버 웬델 홈즈는 "아이디어를 온전히 포용할 정도로 마음을 넓히면 고무줄처럼 예전 상태로 돌아가지 않고 그만큼 마음이 커질 것이다"라고 말했다.

작가는 매일 마인드 스트레칭을 해야 한다. 직접 글을 쓰거나 자료를 찾는 것 외에도 마인드 스트레칭을 할 수 있는 기회는 얼마든지 있다. 우선 일상생활을 한번 고려해보자. 집 밖에 꽃이나 채소를 심을 때 생김새, 영양 성분, 재배 역사, 문화적 의미 등을 생각해볼 수 있고, 가까운 도서관이나 서점에 들러서 관련 서적을 참고할 수도 있다. 직접 책을 펼쳐서 여기저기 뒤적이다 보면 마인드 스트레칭에 도움이 되는 여러 가지 자료를 얻게 될 것이다.

생각 공장 인터넷으로 백과사전을 참조하는 것은 인스턴트 음식으로 끼니를 때우는 것만큼 나쁜 습관이다. 알렉산더 포프는 《비평론*An Essay on Criticism*》에서 "깊은 곳에서 길어 올린 물을 마셔라. 그렇지 않으면 시의 원천을 맛볼 수 없다"라고 썼다.

이렇게 하면 중국의 역사, 바로크음악, 순수철학, 전파천문학, 프랑스 인상주의 화가들의 작품 세계, 교량 건축 등 자신이 좋아하는 주제에 대해 심도 있는 독서를 하는 것으로 마인드 스트레칭을 시작한다. 그 분야에 대해서는 그 누구보다도 잘 안다고 자신하게 될 것이다. 하지만 어떤 분야든 평생을 바쳐 연구해도 끝나지 않는 것이 모든 학문의 특징이다. 여러 가지 가능성을 말하는 이론에 지쳐버리는 것을 방지하려면 우선 한 달 동안 하나의 구체적인 주제만 연구한다는 계획을 세우는 것이 좋다. 예를 들어 이번 달에는 스페인 내전을 연구하고 다음 달에는 실존주의 철학을 공부한다는 식으로 계획할 수 있다.

항상 메모할 준비를 하라

커다란 노트를 들고 다니는 것이 거추장스럽다면 주머니에 들어가는 작은 메모지를 가지고 다녀보자. 크기가 작아서 부담이 없을 뿐만 아니라 좋은 아이디어가 생길 때마다 놓치지 않고 메모해둘 수 있다.

메모란 다른 일을 하다가 잠깐 짬을 내어 글을 쓰는 것이므로 최대한 빠르고 정확하게 써야 한다. 물론 다른 일에 방해가 되지 않아야 한다. 다른 사람과 대화할 때나 사교 모임에서 메모를 끼적거리는 것은 그다지 예의바른 행동이 아니다. 따라서 나중에 기억을 되살리는 데에 도움이 되는 내용만 쓰되, 자신만 알아볼 수 있는 약어를 사용하는 것이 좋다. 몇 가지 핵심 단어만 적어두어도 나중에 다시 작성할 수 있도록 말이다.

생각 공장 다른 일을 하면서 메모하는 것은 일단 습관만 들이면 그리 어려운 일이 아니다. 또한 오히려 다른 일을 하는 것이 아이디어 발견에 도움을 줄 수도 있다. 작가라는 직업이 주는 '폐해' 중 하나는 어디에서 무엇을 하든 간에 항상 좋은 글감을 찾는 데 촉각을 곤두세워야 한다는 것이다. 이 때문에 때로는 심신이 고달파지기도 하지만 새로운 아이디어가 생각나면 언제 그랬냐는 듯이 피로가 씻은 듯이 날아간다. 머릿속에 좋은 아이디어가 스치면 주변 사람에게 무례를 범하지 않는 범위 내에서 재빨리 메모해야 한다. 단, 운전 중에는 절대 삼가자. 운전할 때와 같이 위험한 상황에서는 메모하고 싶은 내용을 머릿속에서만 생각하고 집에 가자마자 글로 옮기는 편이 낫다.

이렇게 하면
1. 산책을 갈 때 메모장을 준비한다. 산책하면서 관찰한 것, 들은 것, 냄새 맡은 것과 만진 모든 것을 메모장에 옮긴다.
2. 산책하면서 적은 내용을 모두 검토하여 몇 가지 쓸 만한 내용을 간추린 다음 에세이 한 편을 작성한다.

여백에 쓴 글

책의 여백 또는 작가가 직접 노트의 여백에 써놓은 것을 방주 (旁註)라고 한다. 그런데 별로 중요해 보이지도 않은 것에 왜 이렇게 거창한 이름을 붙였을까? 대답은 간단하다. 방주가 결코 시시한 메모는 아니기 때문이다. 작가가 도대체 무슨 이야기를 하려는 것인지 좀처럼 이해가 되지 않을 때 여백에 써놓은 메모는 독자에게 아주 유용하다.

사무엘 존슨, 사무엘 테일러 코울리지, 조슈아 레이놀드, 찰스 다윈, 칼 융을 비롯하여 방주를 자주 사용하는 작가들은 수없이 많다. 일례로 에드가 앨런 포우가 써놓은 방주는 따로 모아서 책으로 출간된 적도 있다. 캐나다 출신의 문학 연구가인 H. J. 잭슨은 방주에 대한 연구 결과를 《여백에 쓴 글: 독자들이 책 속에 글을 쓰다*Marginalia: Readers Writing in Books*》라는 책으로 출간했다. 그는 여백에 글을 쓰는 동기를 "주석을 다는 사람들은 자의식이 강한 독자로서, 글의 내용에 자기 의견을 써넣고 싶은 충동을 도저히 거부할 수 없을 정도로 강하게 느낀다"고 말했다.

생각 공장 독서는 다른 사람의 생각을 읽고 거기에 동화되는 과정이므로 글쓰기만큼이나 창의성이 필요한 작업이다. 그러므로 독서에 몰입하면 작가와 대화를 나누고 싶은 충동이 강하게 생길 수 있다. 작가의 생각에 대해 적극적으로 찬성하거나 강하게 반대하거나 비슷한 맥락에서 또 다른 의견을 제안하고 싶은 마음이 생기는 것이다.

이렇게 하면 논픽션 분야의 글을 읽고 자신의 생각을 가능한 한 많이 여백에 기록한다. 이때 다음의 사항을 고려하여 여백에 써넣은 메모를 바탕으로 책 전체에 대한 리뷰를 작성한다.

- 본문을 읽고 깨달은 점
- 작가의 생각에 동의 또는 반대하는 이유
- 같은 주제에 대한 다른 글 또는 다른 작가의 의견과 비교·대조하기
- 상호 참조 자료

아이디어를 얻는 방법

사람들은 종종 작가에게 "글을 쓸 때 아이디어는 주로 어디서 얻으세요?"라고 질문한다. 18세기의 유명한 시인이자 극작가, 소설가인 괴테라면 "작가도 다른 사람들처럼 생활 속 경험에서 아이디어를 얻습니다"라고 대답했을 것이다. 한때 그는 "내가 쓴 시는 실제 생활에서 보고 느낀 것을 담아낸 것이다"라고 말했다. 사실 이런 질문은 '어디에서' 아이디어를 얻는지 묻는 것이 아니라 '어떻게' 아이디어를 찾는지 묻는 것이다.

글을 쓰지 않는 사람도 우여곡절이 많은 인생을 산다. 그러나 그 사람은 자기가 겪는 일의 의미가 무엇인지 깊이 생각해보지 않을뿐더러 한두 가지 특별한 경우를 제외하고는 자기 경험을 재미있게 이야기로 꾸미거나 거기에서 교훈을 끌어내지 않을 것이다. 하지만 작가라면 하나도 빠짐없이 메모하고 경험을 잊지 않게 도와주는 세부 사항을 하나라도 더 찾아내야 한다. 또한 경험한 내용을 모두 엮어서 자신의 인생 전체를 하나의 그림으로 완성할 수 있어야 한다.

생각 공장 작가라면 언제라도 새로운 아이디어를 흡수할 준비가 되어 있어야 한다. 심지어 자는 시간도 예외가 될 수 없다. 미국의 극작가인 제임스 터버가 바로 그랬다. 한번은 파티 분위기가 한창 무르익는데 터버가 우두커니 구석에 앉아서 허공을 주시하고 있었다. 그 모습을 본 터버의 아내는 "어휴, 여보, 파티에 와서도 작품 생각 하는 거예요? 제발 그만 좀 해요"라고 소리를 질렀고, 터버는 아내의 잔소리에도 아랑곳 않고 글을 구상하는 데 전념했다.

이렇게 하면 별로 대단해 보이지 않는 사건이나 일화도 그냥 넘기지 않는 습관을 키우도록 한다. 햄버거를 만들면서 이렇게 상상해보면 어떨까? 세계적인 수준의 고급 레스토랑에서 일하는 요리사에게 어느 날 갑자기 대통령의 만찬을 준비할 기회가 찾아왔다면? 이제 그 요리사를 주인공으로 흥미로운 글을 쓸 수 있을 것이다. 해변에서 나른한 오후 햇살을 즐기고 있는가? 어떤 십 대 청소년이 마술에 빠져 그리스의 어느 외딴 섬에 가게 되었다고 생각해보자. 하필이면 그가 도착한 곳이 키클롭스(Cyclops, 고대 그리스 신화에 나오는 외눈박이 거인)가 사는 섬이라면? 이런 식으로 상상의 날개를 마음껏 펼치다 보면 좋은 글감을 얻을 것이다.

다른 사람의 경험을 활용하라

'경험을 바탕으로 글을 쓰라'는 말은 일리가 있는 조언이다. 하지만 반드시 자기 '경험'에만 의존할 필요는 없다. 친구나 가족의 경험을 활용함으로써 자기 경험의 폭을 확장할 수 있기 때문이다.

가장 좋은 방법은 바로 직접 찾아가서 그들의 경험을 보고 듣는 것이다. 로빈 윌리엄스는 〈사랑의 기적Awakenings〉이라는 영화에서 신경학 전문의이자 이 영화의 원작 소설을 집필한 올리버 색스를 연기했는데, 그는 색스를 그림자처럼 따라다니면서 그의 기질, 성격상 특이한 점 그리고 신경학자로서 진단을 내릴 때 쓰는 기법을 연구했다.

배우들이 이렇듯 연기에 헌신적인 노력을 기울이는 것과 마찬가지로 작가는 다른 사람의 인생에 완전히 빠져들어서 그들의 경험에 대한 '깊은' 지식을 얻어내야 한다. 그러면 다른 사람의 경험도 설득력 있게 글로 표현할 수 있을 것이다.

생각 공장 사람들을 만나서 그들의 경험을 들어보면 글쓰기에 필요한 많은 정보를 얻을 수 있다. 특정 업종에 종사하는 사람들의 경험을 제대로 이해하기 위해서는 최대한 그들과 한 몸이 되어 직접적인 경험을 맛보고자 노력해야 한다.

이렇게 하면 육체노동을 하는 노동자를 주인공으로 소설을 써본다. 특히 작업 공간의 분위기, 주인공이 하는 일, 일과 관련된 어려움이나 위험, 같이 일하는 사람들과의 관계 등을 묘사하는 데 중점을 둔다. 주인공이 실제로 일하는 곳을 찾아가보면 글을 쓰는 데 굉장히 큰 도움이 된다. 만약 기회가 주어진다면 직접 그곳에서 일을 해보는 것도 좋다.

동물에게 귀를 기울여라

동물들에게 귀를 기울이는 것에 대해 생각해본 적 있는가? 동물들의 소리뿐 아니라 행동을 주의 깊이 관찰하면 그들의 본성에 대해 많은 것을 배울 수 있고 그로부터 인간의 본성까지도 유추할 수 있다.

소로우는 《월든》에서 사람 웃음소리를 내는 아비새나 사람을 깜짝 놀라게 하는 자고새와 같은 '야생에 사는 이웃들'의 목소리에 항상 귀를 기울였다.

숲 속을 걷다 보면 자고새가 힘차게 날갯짓하며 어디선가 불쑥 나타난다. 새가 날아간 자리에는 나뭇잎에서 떨어진 눈과 작은 나뭇가지가 어지럽게 흩어져 있다. 햇살이 쏟아져 내리자 금빛 가루를 뿌린 것 같다. 자고새는 겨울이 와도 두려워하지 않는 용감한 녀석이다.

소로우를 가장 매료시킨 동물은 바로 부엉이였다. 부엉이의 울음소리를 가까이서 들어보면 아마 '자연의 소리 중 이보다 더 애처롭고 아름다운 소리가 있을까?' 하는 생각이 들 것이다. 어쩌면 누군가 죽어가며 신음하는 소리를 저 새들이 흉내 낸 것인지도 모른다는 착각마저 들 수도 있다. 밤하늘에 울려 퍼지는 동물의 울음소리에 귀 기울이는 것, 그것은 살아남은 자들의 흐느낌을 듣는 것과 같다.

생각 공장 동물의 소리에는 야생, 즉 자연 그대로의 모습이 담겨 있다. 인간 역시 자연에 뿌리를 두고 있기에 어둠 속에서 으르렁거리는 동물들과 나무에 앉아 지저귀는 새들에게 남다른 애착을 느낀다.

이렇게 하면
1. 동물과 이야기하는 것을 좋아하는 어린이나 특정 동물과 실제로 의사소통하는 아이를 주인공으로 한 편의 글을 써본다.
2. 새를 관찰하거나 새소리 듣는 것을 좋아한다면 새소리의 음악성에 관해 에세이로 표현한다. 대여섯 종의 새를 선택하여 그들의 거주지와 행동 방식 및 노랫소리의 특징을 설명할 수 있다. 마지막으로 개인적으로 그런 새들의 노래에 대해 느낀 점이나 그로 인해 자신이 어떤 영향을 받았는지 덧붙여본다.

주술에 관한
여러 가지 상징에 대하여

초자연의 세계에는 상징물이 넘쳐난다. 할로윈만 생각해봐도 해골, 거미줄, 검은 고양이, 기분 나쁘게 웃는 모양으로 파낸 호박 등이 있다. 색깔 또한 자연 현상에 빗대어 여러 가지 신앙을 상징하는 의미로 쓰인다. 예를 들어 붉은색은 피, 주황색은 불, 녹색은 다산, 노란색은 햇빛, 은색은 달의 힘을 상징한다.

글쓰기도 상징을 통해 새로운 현실을 창조하는 것이므로 일종의 주술 행위 또는 샤머니즘을 따르는 활동이라고 말할 수 있다. 작가는 샤먼, 즉 주술사로서 작가가 쓰는 단어는 독자에게 새로운 현실이 된다. 특히, 초자연적 공포 소설을 쓰는 작가는 여러 가지 상징을 사용해서 이야기를 전개한다. 이 때 작가가 만든 새로운 상징물도 있을 수 있지만, 과거에 교회 묘지로 쓰이던 지하실, 지하 감옥, 귀신, 묘비, 울부짖는 늑대 등 이미 정해진 공포를 자아내는 소재를 활용하기도 한다.

생각 공장 뱀, 빨갛게 충혈된 채 빛을 내뿜는 눈, 악마의 뿔 등과 같이 사람들이 잘 알고 있는 선과 악을 상징하는 소재는 굉장히 많다. 작가라면 이 소재들 외에도 로켓, 보석, 장식물, 뼈 등을 사용하여 선과 악 또는 그 중간 상태를 가리키는 상징물을 직접 만들어낼 수 있어야 한다.

이렇게 하면
1. 주술에 대한 글에서 상징적 의미로 쓸 수 있는 물건을 모두 생각해낸다.
2. 사람들이 잘 알고 있는 선과 악의 상징과 작가가 직접 만든 상징을 사용해서 공포 소설을 한 편 쓴다.

발견하고 찾아라

과학자처럼 작가의 소임에는 새로운 것을 발견하는 일도 포함된다. 작가는 항상 등장인물을 생동감 있게 묘사하는 방법을 모색하고 사건 전개를 통해 평범한 일상의 새로운 측면을 강조하고자 노력해야 한다.

발견은 그 자체만으로도 훌륭한 글감이 될 수 있다. 비밀이나 보물을 찾아 떠나는 이야기나 꾸준히 교육을 받은 결과 주인공의 지적·예술적 수준이 날이 갈수록 성장하는 모습을 그리는 이야기는 우리가 늘 접하는 줄거리이다. 또한 큰 재앙을 맞은 주변 환경을 먼저 소개한 다음 이야기를 서서히 전개하면서 재앙의 전말을 모두 보여주어 독자에게 발견의 기쁨을 선사하는 경우도 있다. 일례로 마가렛 엣우드의 《오릭스와 크레이크Oryx and Crake》는 유전자 공학의 실패로 전 세계가 환경 재앙을 겪는다는 줄거리로 전개된다.

자아 발견을 다루는 소설도 있다. 알렉스 헤일리의 대표작인 《뿌리 Roots》는 자신의 조상을 찾아 나선 쿤타킨테의 이야기이다.

생각 공장 과학과 마찬가지로 예술도 발견과 밀접한 관련이 있다. 발견은 인간의 기본적인 욕구 중 하나로, 모든 학습은 발견에 대한 욕구에서 시작된다. 사물의 성질, 자아 정체성, 여러 부분으로 나뉜 그림의 전체 모습 등 인간의 호기심은 끊임없이 발견을 추구한다. 하지만 역설적이게도 인간은 새로운 사실을 발견하면 할수록 아직 발견되지 않은 것이 더 많이 남아 있다는 사실을 깨닫게 된다. 이 점에 대하여 헨리 밀러는 "글을 쓴다는 것은 그 자체가 또 하나의 발견을 향해 떠나는 여정이다"라고 표현했다.

이렇게 하면 주인공이 특정한 실마리를 먼저 찾아내야 비로소 미스터리 사건을 해결할 수 있다는 식의 줄거리로 극본을 구상한다. 예를 들어 누군가 대도시 한복판에 폭탄을 설치했다고 가정해보자. 테러리스트 전문가인 주인공은 폭탄이 묻혀 있는 장소를 알아내기 위해 몇 가지 단서를 풀어야 한다. 이때 전문가의 추적을 따돌리기 위해 폭탄 테러범이 거짓 정보를 유출하거나 몇 가지 거짓 단서를 흘리면 이야기의 긴장감이 더욱 고조된다.

사전으로 대본을 만들다

사전으로 대본을 만든다는 생각을 해본 적이 있는가? 단어를 좋아하는 사람이라면 한 번쯤 상상해봤을지도 모른다.

사전을 뒤적이다 보면 뜻밖의 행운을 거머쥘 기회가 많이 생긴다. 우연히 본 단어가 작업 중인 에세이나 조사 중인 주제에 대해 생각지도 못한 실마리를 던져주기도 하고, 이를 계기로 글의 주제에 대해 처음부터 다시 조사할 수도 있다.

사전으로 공부하는 것이 어휘력을 늘이는 최상의 방법은 아니지만 호기심 차원에서 재미삼아 사전을 뒤적이면 새로운 단어를 기억하는 데 도움이 될 것이다.

 사전은 굉장히 놀라운 도구이다. 손가락만 움직이면 단어의 여러 가지 의미와 어원 등을 한꺼번에 알 수 있기 때문이다. 그러므로 사전을 공부하는 데 본격적으로 일정한 시간을 투자하기 시작하면 훨씬 폭넓은 어휘력을 구사하는 자신을 발견하게 될 것이다.

1. 책상에 꽂힌 사전을 무작위로 펼쳐서 자신이 모르는 단어와 의미를 따로 기록한다. 그런 다음 새로 알게 된 단어를 사용해서 한두 문단 길이로 글을 쓴다.
2. 사전을 무작위로 펼친 다음 흥미로워 보이는 단어를 하나 선택하고, 그 단어를 중심으로 시, 에세이, 단편소설 등의 아이디어를 생각해본다.

생명력을 불어넣어라

주변을 둘러보면 외식하러 나왔다가 싸우는 부부, 휠체어에 축 늘어진 몸을 맡기고 있는 장애인, 조각상을 흉내 내느라 눈썹 하나 까딱하지 않는 마임(대사 없이 표정과 몸짓만으로 내용을 전달하는 연극) 연기자 등 글의 소재가 무궁무진하다는 것을 알 수 있다. 글을 잘 쓰는 사람은 당장이라도 이혼 도장을 찍을 것 같은 부부를 보면서 금세 한 편의 이야기를 머릿속에 그려낸다. 또한 휠체어에 앉은 남자는 마라톤 선수였는데 불의의 사고로 다리 절단 수술을 받은 사람일지도 모르고, 마임을 하는 사람은 사실 연기자가 아니라 노숙자일지 모른다고 상상하기도 한다.

이처럼 흔히 볼 수 있는 상황에 새로운 생명력을 불어넣는 연습을

84

해보자. 결혼 생활을 해본 사람이라면 이혼의 기로에 서 있는 부부의 이야기에 자신의 경험을 접목시킬 수도 있고, 거리에서 공연하는 사람들의 생활 방식이나 과거사에 대해 아는 바가 있다면 더욱 생동감 있게 글을 쓸 수 있다.

생각 공장 사실상 우리가 읽는 이야기는 거의 다 기존에 있던 이야기에 새로운 생명력을 불어넣은 것이라고 할 수 있다. 예를 들어, 귀신이 출몰하는 집에 대한 이야기에서 글의 배경을 '집'이 아니라 '호텔'로 바꾸면 전혀 새로운 이야기가 된다. 또 개와 산책을 즐기는 이웃 사람을 보고 이야기를 흥미롭게 만들 수도 있다. 개가 우연히 땅속에 묻혀 있던 보물을 발견했는데, 오래전에 은행 강도가 훔쳐간 수백 달러가 담긴 돈 가방이 들어 있다면 어떻게 될까? 글쓰기의 핵심은 바로 '상상력'이다.

이렇게 하면 최근에 쓴 시나 짧은 이야기의 초안 혹은 수정안을 펼쳐놓고 이렇게 자문해보자. '주제에 접근한 방식이 나만의 개성을 충분히 드러내는가?', '기존에 자주 사용되는 기법에 의존하는가, 아니면 새로운 요소를 덧붙였는가?' 그런 다음 너무 흔히 사용되어 식상한 느낌을 주는 표현이나 독특한 시각이 반영되었다고 할 수 없는 문장에 밑줄을 친다. 그리고 글의 서론을 독특하고 힘이 넘치면서도 독자를 매료시킬 수 있게 수정한다. 이런 식으로 독창성을 부각시키는 것을 계속 염두에 두면서 글의 나머지 부분도 조금씩 수정한다.

글감 목록 만들기

득 떠오르는 글감들의 목록을 만들어두면 미처 인지하지 못하고 마음속에만 담아놨던 자료를 효과적으로 관리할 수 있다. 게다가 목록을 작성하기 위해 기억을 되살리려고 노력하다 보면 얼떨결에 좋은 아이디어를 얻어내는 경우도 일어나고, 각각의 항목을 토대로 그와 연관된 다른 글감을 얻게 될 수도 있다.

글감의 대상은 무궁무진하다. 예를 들어 좋아하는 공원에 대한 애기를 목록에 포함시켰다고 가정해보자. 그 공원에 대해 생각하다 보면 자신이 좋아하는 장소에서 누군가와 함께했던 또 다른 추억을 되살릴 수 있다.

생각 공장 목록을 만들다 보면 그동안 잊고 지냈던 기억이 새록새록 떠오르기도 한다. 그러한 기억은 모두 글쓰기에 필요한 좋은 글감이 된다. 그런 의미에서 글감 목록 작성은 이야기나 에세이 또는 시를 위한 아이디어를 얻기에 유용한 방법이라 할 수 있다.

이렇게 하면 다음의 문항들을 사용해서 새로운 목록을 만들어보자.

- 글쓰기를 좋아하는 이유는?
- 지금까지 살면서 가장 당황했던 때는?
- 마법이나 믿기 어려운 순간들을 경험한 적은?
- 본받고 싶거나 저녁 식사에 초대하고 싶은 역사 속 인물은?
- 어렸을 때 혹은 학창 시절에 또 갓 성인이 되었을 때 특별히 좋아했던 이야기는?
- 앞으로 발전시켜 나갔으면 하는 부분은?
- 인생에 가장 큰 영향을 준 친구나 가족은?

기념품에 관한 이야기

기념품은 여러 가지 의미를 담고 있다. 사람들은 기념품을 보면서 행복했던 순간을 추억하거나 좋아하는 사람들을 떠올린다. 한때 사랑했던 사람과 사이가 멀어진 기억이나 믿었던 친구에게 배신을 당해 큰 상처를 받은 일, 인생을 크게 바꿔놓을 기회를 아쉽게 놓친 일 등을 생각나게 하기도 한다.

이렇듯 기념품은 소설을 구상하는 데 아주 유용하다. 누구에게나 복잡 미묘한 감정을 불러일으켜 온갖 이야기꽃을 피우게 만드는 물건이 하나쯤은 있을 것이다. 친척이나 친구에게 기념품에 얽힌 특별한 사연이 있는지 한번 물어보라. 아마 기대하지 않았던 흥미진진한 이야기를 듣게 될지 모른다.

 작가에게는 불쾌한 경험을 떠올리게 만들거나 분위기를 저하시키는 물건도 행복한 기억을 떠올리게 하는 물건만큼이나 소중한 자산이다. 오스카 와일드의 소설 《도리언 그레이의 초상*The Picture of Dorian Gray*》에 나오는 도리언 그레이를 한 번 생각해보라. 그는 해를 거듭할수록 더 사악해져 가지만 정작 본인은 자신의 악행이나 시간의 흐름에 전혀 영향을 받지 않는다. 이처럼 부정적인 인물상도 소설을 구상하는 데 중요한 기반이 될 수 있다.

1. 긍정적인 느낌과 부정적인 느낌을 동시에 유발하는 기념품을 목록으로 정리한다. 그리고 각 항목의 옆에는 그 기념품이 어떤 느낌을 유발하는지 한두 문장으로 간략하게 설명한다.
2. 위에서 만든 목록을 토대로 단편소설이나 개인적인 경험에 대한 에세이의 개요를 작성한다.

적극적으로 들어라

작가는 사물을 꿰뚫어보는 눈을 훈련하듯이 적극적으로 듣는 귀도 훈련해야 한다. 앤 색스턴이라는 시인이 "자신의 영혼에 귀를 대고 열심히 들어보라"고 말한 것도 이와 같은 이치이다.

적극적으로 듣는 것이란, 문자 그대로 '소리를 듣는다'는 뜻이 아니라 정신을 바짝 차리고 모든 감각을 예민하게 사용한다는 말이다. 또한 의도적으로 머리를 쓰는 것 혹은 대상에 온전히 집중한다는 뜻도 된다. 이렇게 하면 평소에는 눈여겨보지 않았던 숨겨진 뉘앙스를 포착할 수 있다.

셰익스피어의 〈헨리 4세*King Henry IV*〉에 나오는 팔스타프는 '사람들의 이야기에 귀를 기울이지 않는 병'이 자신을 괴롭히기 시작했다고 토로했다. 그는 제대로 귀를 기울이지 않으면 오해가 생기고 인간 관계에도 해를 입게 되며 더 나아가 사회악으로 번질 수도 있으니 그야말로 병이라 부를 만하다고 생각한다.

 앤 색스턴이 말한 것처럼 자신의 영혼에 귀를 바짝 대고 영혼이 하는 말을 유심히 들어보면 자신의 정신 상태뿐만 아니라 마음까지도 파악할 수 있다.

1. 자신의 영혼에 귀를 바짝 대고 열심히 경청한다. 무슨 소리가 들리는가? 자신이 들은 것을 한 문단 길이로 정리해본다.
2. 상대방의 말에 귀를 기울이지 않기 때문에 발생한 문제나 가족 간의 불화 등을 모두 적어본다. 이를 토대로 귀 기울여 듣지 않을 때 생기는 문제점과 그로 인한 부정적인 결과를 논하는 에세이를 작성한다.

침묵에 대하여

사이먼 앤 가펑클의 노랫말처럼 침묵은 또 하나의 소리와 같다. 특히 작가는 침묵 속에서 명상을 하거나 마음껏 춤을 추기도 한다. 로버트 카플란이라는 수학자는 숫자 0이 "아무것도 남지 않은 상태"라고 지적했다. 하지만 그는 숫자 0을 통해 "수학을 유기적으로 끝없이 확장할 수 있으며 이를 통해 사물의 복잡한 특성에 초점을 맞출 수 있다"고 말했다.

침묵도 마찬가지다. 침묵은 사물의 복잡한 특성을 부각시키는 힘이 있다. 또한 소리의 시작과 끝을 알려주며 시나 노래 속에서 운율을 만들어낸다.

 침묵에도 여러 종류가 있다. 가끔 바람 소리나 멀리서 개 짖는 소리가 간간이 들리는 도시는 중간 정도의 침묵이라 할 수 있다. 그런가 하면 갑자기 큰 소리가 난 뒤 잠깐 동안의 침묵이 흐를 때도 있고 영화나 연극에서 충격적인 장면이나 대사가 유발하는 침묵도 있다. 교회나 회교 사원에 들어설 때 경외심에 사로잡혀 아무 말도 하지 않는 것도 일종의 침묵이다. 하지만 가장 강한 침묵은 사막이나 동굴 속에 흐르는 적막이다. 그런 곳에 서 있으면 자기 숨소리 외에는 아무 소리도 들리지 않는다. 지금까지 말한 여러 종류의 침묵은 모두 깊이 명상하기에 좋은 환경을 마련해준다.

 지금까지 경험해본 여러 가지 침묵에 대해 에세이를 한 편 쓴다. 침묵의 중요성을 논하거나 최상의 침묵을 찾아나서는 주인공의 이야기를 써도 좋다.

어휘력을 늘리는 방법

어휘력을 늘리는 방법은 매우 다양하다. 그중에는 효과적인 방법도 있지만 상대적으로 효율이 떨어지거나 오히려 방해되는 것도 있다.

필수 암기 단어와 각 단어의 사전적 의미를 목록으로 정리해서 외우는 것은 아무런 도움이 되지 못한다. 단어가 문맥에서 어떻게 쓰이는지 확인할 수 없기 때문이다. 이런 식으로 단어를 배우면 나중에 맞지 않는 상황에서 그 단어를 구사하다가 큰 낭패를 보거나 무안을 당할 우려가 있다. 또한 그런 자료에는 단어의 뜻이 한 가지만 나온다는 단점이 있다. 단어는 보통 여러 가지 뜻을 가지고 있으며 어떤 경우에는 몇 페이지에 걸쳐서 뜻을 설명해야 한다. 예를 들어 '플라토닉

(platonic)'이라는 단어를 생각해보자. 목록에는 '육체관계를 맺지 않고 정신적으로 사랑을 나누는 것'이라고 정의되어 있을 것이다. 이런 설명은 그 단어의 철학적 배경을 철저히 무시한 것이나 다름없다. 원래 이 단어는 '모든 진리는 특정 상황에 구애받지 않는다'라는 플라톤의 소크라테스 이상주의에서 비롯된 것이다.

따라서 어휘력을 늘리려면 꾸준한 독서를 통해 새로운 단어를 공부하는 것이 가장 효과적이다. 사전을 찾아볼 때도 포켓용 사전이 아니라 다양한 뜻을 모두 설명해주는 큰 사전을 참고하자. 이렇게 하면 해당 문맥에서 미처 파악하지 못한 제2, 3의 뜻까지도 모두 공부할 수 있다.

생각 공장 사람들은 흔히 작가가 되려면 '어휘력이 뛰어나야 한다'고 생각한다. 물론 이 말도 옳기는 하지만 반드시 그런 것은 아니다. 아는 단어의 수가 많고 적은 것이 문제가 아니라 각 단어의 여러 가지 쓰임과 문장 및 문단 내에서 어떻게 활용되는지 정확하게 아는 것이 중요하다. 때로는 어휘가 풍부한 것이 오히려 독이 될 때도 있다. 자칫하면 일상적인 단어가 아니라 '어렵거나 전문적인' 단어를 써야 독자에게 강한 인상을 줄 것이라고 착각하기 때문이다. 글을 쓰는 목적은 상대방에게 강한 인상을 남기는 것이 아니라 의사소통을 명확하게 하기 위해서라는 점을 기억해야 한다.

이렇게 하면 길고 지루한 어휘 목록을 공부하는 것보다는 차라리 그 시간에 사전을 읽는 것이 낫다. 사전의 아무 곳이나 펼친 다음 평소에 쓰지 않거나 잘 모르는 단어가 나오면 어원이 무엇인지 확인하고 뜻을 차분히 읽어본다. 그리고 그 단어를 사용해서 문장이나 짧은 문단을 써본다.

아이디어 지도를 만들어라

아이디어 지도를 만드는 것은 효율성이 높은 브레인스토밍 기법이다. 클러스터링이라고 부르는 이 기법은 커다란 수레바퀴의 중심에서 뻗어 나오는 살처럼 하나의 핵심 아이디어에서 관련 아이디어가 여러 방향으로 가지치기를 하는 것이다. 예를 들면 아래의 그림과 같다.

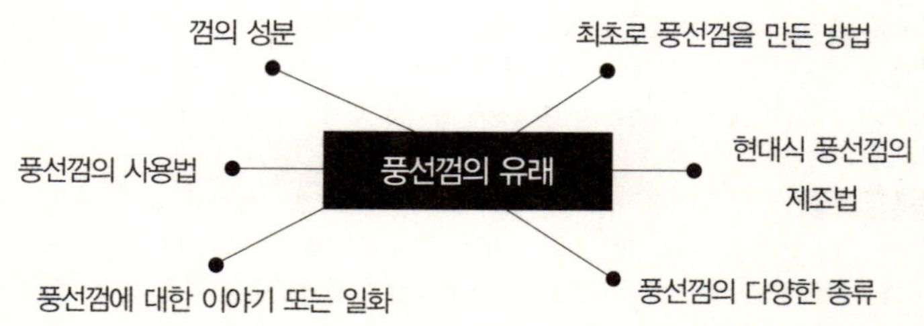

　핵심 아이디어와 파생 아이디어를 연결하는 '직선'은 두 가지 요소
가 실제 연관성이 있다는 것을 암시한다. 이렇듯 아이디어 지도를 그
리면 추상적인 브레인스토밍 과정을 시각적으로 형상화할 수 있다.

생각 공장 아이디어 지도를 그리면 추상적인 개념이 보다 분명하고 구체적으로 느껴
진다. 또 글로 쉽게 표현할 수 있어서 훨씬 즐겁게 작업할 수 있다. 그러므로 추상적
인 개념이라고 해서 무조건 기피할 필요는 없다.

이렇게 하면

1. 다음 작품을 시작할 때는 먼저 아이디어 지도를 작성한다. 우선 종이의 중앙에 글
   의 주제를 쓰고 자유연상을 하면서 떠오르는 종속 개념을 차례대로 써 넣는다. 그
   런 다음 종속적 개념의 중요도에 따라 색깔을 달리하여 직선을 긋는다.
2. 1번에서 작성한 아이디어 지도를 바탕으로 글의 초안을 집필한다. 글을 쓰면서 새
   로운 아이디어가 생각나면 그때마다 바로 추가한다.

역경은 글을 쓰기 위한 영감을 준다

주간 잡지 〈뉴요커 *The New Yorker*〉에는 알렉스 그레고리의 만화가 매주 연재된다. 만화 주인공은 늘 창틀에 걸터앉아서 부모님에게 편지를 쓰는데, 편지 내용 중에는 이런 것도 있다.

엄마 아빠, 어린 시절을 행복하게 보내게 해주셔서 감사해요. 그런데 그 때문에 저는 좋은 작가가 될 수 있는 가능성을 완전히 잃어버렸어요.

불행한 경험은 갈등, 즉 힘든 상황을 딛고 일어서려는 노력을 암시하므로 갈등이야말로 좋은 글의 핵심이자 출발점이라는 것이 이 만화의 요점이다. 때문에 불행한 일을 많이 겪은 사람일수록 자기 경험에서 글감을 풍부하게 찾을 수 있다고 그레고리는 주장한다.

만약 힘든 일을 많이 겪어보지 않았다면 어려운 일을 당한 사람들을 가까이하라. 그들을 관찰하며 인생의 고비가 닥칠 때마다 그들이 어떻게 대처하는지 배울 수 있다.

생각 공장 불만, 분노, 불공정에 대한 뼈아픈 기억 등 부정적 감정은 곧 **훌륭한** 글로 이어질 수 있다. 이런 감정이 들면 키보드를 두드리는 속도가 그 어느 때보다 빨라지는 것도 결국 같은 이치이다. 소설가이자 에세이 작가로 알려진 윌리엄 H. 개스는 복수심이야말로 자신을 글쓰기에 몰두하게 만드는 가장 큰 원동력이라고 말한 바 있다. 물론 글을 쓸 때는 감정에 너무 압도되어 판단력이 흐려지는 일이 없도록 조심해야 한다. 하지만 감정이 너무 가라앉지 않도록 조절하는 것은 쉽지 않은 일이다. 마음을 '가라앉히는' 데 시간을 많이 보내면 글을 쓰고 싶은 마음이 사라질 위험이 있기 때문이다. 따라서 마음이 들끓어 오르는 즉시 글쓰기에 돌입해야 한다.

이렇게 하면 정치적으로 자신과 반대되는 견해를 옹호하는 뉴스를 시청한다. 필기도구를 준비해서 반박하고 싶은 말이 생각날 때마다 적어두고, 속 시원히 말하고 싶다는 생각이 들면 즉시 글을 쓰기 시작한다. 글을 쓰다 보면 화난 마음이 어느 정도 진정되므로 시간이 조금만 지나면 이성적인 사고가 가능할 것이다. 글을 쓰는 시간은 30분을 넘기지 않도록 한다.

꾸준한 연습만이 길이다

작가로 성공하는 가장 큰 비결은 바로 꾸준한 연습이다. 20세기를 대표하는 미국 시인인 콘래드 에이킨은 따로 노트를 마련해놓고 하루도 빠짐없이 자신을 채찍질해가며 시를 쓰는 연습을 했다. 그는 시의 대가가 되려면 좋은 시상만 수집하는 데 만족할 것이 아니라 부단히 노력하여 다양한 글쓰기 기법을 모두 마스터해야 한다고 생각했다. 에이킨뿐만 아니라 다른 시인이나 작가들도 매일 글쓰기를 연습한다. 공상과학소설을 주로 쓰는 레이 브래드베리 역시 매주 꼬박꼬박 한 편을 완성하는 것을 여러 해 동안 계속했다. 덕분에 그는 스스로 단편소설을 쓰는 법을 터득했다.

이들이 너무 극단적인 예라고 생각되겠지만 작가로 성공하기로 작정한 사람이라면 이 정도에 놀라서는 안 된다. 남다른 문학적 재능을 타고난 경우가 아닌 다음에야 누구나 정식 작가가 되기까지 오랜 수련 기간을 거쳐야 하기 때문이다. 마음을 굳게 먹고 정기적으로 글 쓰는 습관을 들이면 수련 과정이 힘들기만 한 것이 아니라 재미있게 느껴질 것이다. 주변의 비평이나 자신에 대해 실망하지 않는 꿋꿋한 자세도 필수다.

물론 연습한다고 해서 완벽한 글을 쓸 수 있는 것은 아니다. 하지만 아마추어 딱지를 떼고 작가다운 모습을 갖추는 데 분명히 도움이 될 것이다.

생각 공장 특정한 글쓰기 기법을 익히기 위해 별도의 연습 시간을 마련한다. 이를테면 글의 구조 만들기, 소네트 형식의 시 쓰기, 어린 시절을 회상하는 장면을 실감나게 묘사하기 등을 집중적으로 연습할 수 있다. 물론 이런 연습 과정이 반드시 절대적으로 필요하다고는 할 수 없다. 사실 이것은 일종의 영혼 수련 과정이라 해도 과언이 아니다. 자기가 소중하게 여기는 아이디어나 경험을 가능한 한 정확하고 감동적인 언어로 표현할 수 있게 해주기 때문이다.

이렇게 하면 연습용 노트를 아직 따로 마련하지 않았다면 지금 당장 노트부터 마련한다. 그리고 구체적으로 어떤 기법을 연습할 것인지 결정한다. 예를 들어 특정한 시의 형식이나 등장인물 두 사람이 대립하는 장면 설정하기, 자연 현상을 묘사하기 등을 생각해볼 수 있다.

글쓰기에 대한 모든 것

플롯의 종류

소설을 계획하려면 우선 여러 가지 플롯의 종류를 고려해야 한다. 초보적인 안목으로 본다면 모든 플롯에는 주인공이 해결해야 할 문제 또는 갈등 상황이 있으므로 다 비슷해 보일 것이다.

플롯에는 문제나 갈등 상황뿐만 아니라 주인공을 방해하거나 못살게 구는 반대 세력이 등장한다. 이때 주인공이 추구하는 목표나 목적은 대의명분이 충분해야 하고 반대 세력에 맞서 싸우는 것을 정당화할 수 있어야한다. 또 어느 정도 위험을 감수하지 않고서는 이룰 수 없는 것이 좋다. 즉, 이야기의 절정으로 나아갈수록 글의 긴장감은 계속 고조되어야 한다는 말이다.

플롯의 종류를 나누다 보면 서로 겹치는 부분이 많다는 것을 알 수 있다. 일반적으로 플롯은 삼각관계, 미스터리 해결, 중요한 사실을 발견하는 과정, 어려운 상황이나 악당의 손에서 탈출하는 과정 등을 다루는 것으로 구분할 수 있다. 만약 광범위한 소설이라면 이러한 플롯을 모두 활용하는 것이 좋다.

생각 공장 소설을 처음 써보는 사람이라면 우선 기본적인 플롯의 구성과 다양한 플롯의 종류를 익혀야 한다. 가장 중요한 것은 주인공에게 반드시 이뤄야 할 목표를 설정해주는 것이다. 주인공은 아무리 심한 반대와 역경이 닥쳐도 이 목표를 향해 나아가려는 강한 의지를 보여야 한다.

이렇게 하면 다음 질문을 하나씩 고려하면서 소설의 기본 플롯을 작성한다.

- 어떤 역경이 있는가? 지금 가장 위험한 문제는 무엇인가? 이 상황을 그대로 방치할 수 없는 절박한 이유가 있는가?
- 주인공은 어떤 사람이며 이 문제를 해결하기에 적당한 자격과 동기를 갖추고 있는가?
- 주인공의 반대 세력은 누구인가? 주인공을 방해할 만큼 충분한 이유와 능력을 갖추고 있는가?
- 주인공은 어떤 장애에 부딪히게 되고 어떻게 극복하게 되는가?
- 이야기의 결말은 어떻게 처리할 것인가?

스토리보드를 만들어라

스토리보드 제작은 카드를 만들어 장면 설명과 함께 간단한 스케치를 그려 넣고 커다란 보드에 그 카드를 시간 순서대로 배열하는 것이다. 이렇게 만들어진 스토리보드는 대본의 최종안이 나올 때까지 계속해서 수정해 나가야 한다.

소설가들 중에도 이런 스토리보드 기법을 활용하는 사람이 있다. 윌리엄 포크너는 일종의 스토리보드 기법을 활용하여 《우화*A Fable*》라는 소설을 완성했다. 그는 작업실의 벽에 스토리보드 내용을 낙서하듯이 써넣었다. 이렇게 스토리보드를 사용하면 장면 별로 이야기 전개와 회상 장면, 상상 장면 등을 확인할 수 있다.

 시각적 자극은 소설의 플롯을 만드는 데 아주 유용하다. 또한 스토리보드 기법을 쓰면 작가가 플롯을 만드는 데 도움이 되는 시각적 요소를 사용하게 된다. 플롯이 복잡할수록 스토리보드 기법은 필수적이라 할 수 있다.

 6×8인치 크기의 대형 인덱스카드를 한 상자 사서 소설의 스토리보드를 만든다. 카드마다 이야기의 특정 순간을 간단히 글로 설명하고 그림도 그려 넣는다. 시간이나 공간의 이동 방향은 화살표로 표시하고 카드의 색깔을 달리하여 화자의 시점이 달라지는 것을 구분한다. 그런 다음 카드를 커다란 보드에 나열하거나 벽에 붙인다. 카드만 섞으면 글의 전개 순서를 아주 간단하게 바꿀 수도 있다.

우화와 스토리텔링 기법

우화는 동물들만 등장시켜 그들의 행동을 통해 인간 사회를 풍자한 이야기로서, 누가 뭐라 해도 고대 최고의 우화 작가는 바로 이솝일 것이다. 이솝 우화 중 《토끼와 거북이 *The Tortoise and the Hare*》와 같은 이야기를 읽으면서 아이들은 재미도 느끼고 삶의 교훈도 배운다.

그렇다고 우화를 아이들만 읽는 글이라고 생각해서는 안 된다. 리처드 애덤스의 《워터십 다운 *Watership Down*》나 오웰의 《동물 농장 *Animal Farm*》은 어른들에게도 인기가 매우 많다.

대대로 전해지는 우화들은 인간 사회를 이해하는 눈을 기르고 스토리텔링 기법을 익히는 데 유용한 공부가 된다.

 이솝의 《토끼와 거북이》에서 알 수 있듯이 우화는 도덕적인 교훈을 전달하기에 가장 효과적인 방법이며 노소를 가리지 않고 모든 독자들을 매료시키는 힘이 있다.

1. 평소에 사람들이 접하지 않는 동물을 주인공으로 우화를 지어보자. 강아지, 고양이, 새와 같은 동물이 아니라 뱀이나 기린, 혹은 익룡과 같은 멸종된 동물의 관점에서 이야기를 전개한다.
2. 소로우의 《월든》 중 제12장 '이웃의 동물들(Brute Neighbors)'은 붉은 개미와 검은 개미들 사이에 벌어진 전쟁을 우화 방식으로 묘사한 것이다. 이 부분을 읽은 후에 그와 유사한 갈등 상황을 설정하여 글로 묘사해보자. 이를테면 다람쥐와 칩멍크, 오리와 거위 등이 싸우는 장면을 상상할 수 있다. 단, 교훈적 주제를 분명하게 설정해야 한다.

문학에 대하여

사람들은 문학이라는 단어를 고리타분한 것으로만 받아들이는데 이는 참 안타까운 일이다. 문학이야말로 상상의 나래를 마음껏 펼칠 수 있도록 도와주기 때문이다. 또 문학은 사람들의 뇌리에 오래 남는 글이자 학교교육을 통해 다음 세대로 전수되는 작품이다. 따라서 초등학교 저학년에서 대학 교양 교육에 이르기까지 문학을 가르치는 사람이라면 기회가 있을 때마다 학생들에게 문학의 내적 가치를 강조할 필요가 있다.

모든 학생들이 단 한 번이라도 멜리사 그린이 어릴 적에 느꼈던 독서의 큰 기쁨을 맛본다면 얼마나 좋을까? 그녀는 《색깔은 빛의 고통이다*Color Is the Suffering of Light*》라는 회고록의 서문에서 독서의 즐거움을 이렇게 표현했다.

　나는 책 속의 언어와 깊은 사랑에 빠졌다. 책 속의 언어는 아름답고 스릴과 위트가 넘쳤으며 역동적이었다. 또한 단어 하나하나마다 모양이나 색깔이 매우 다채로웠다. 어떤 단어는 새로운 음식을 맛보는 느낌을 주었으며 사탕처럼 달콤하기도 했다. 사람의 말이 그토록 아름답고 감동을 줄 수 있다는 것이 그저 놀랍기만 했다.

생각 공장 교사나 학부모는 아이들에게 독서의 즐거움을 전달할 막중한 책임이 있다. 더 구체적으로 말하자면 책을 읽는 것을 좋아하도록 아이들을 훈련해야 한다. 책은 아이들에 대한 교사나 부모의 사랑의 증거이자 상징이다. 책꽂이에 꽂혀 있을 때에도 책은 꺼지지 않는 횃불이 되어 모든 사람들에게 문학의 우월한 가치를 상기시켜줄 것이다.

이렇게 하면
1. 여러 해 동안 문학을 접하면서 느낀 점을 짧은 자서전 형식으로 쓴다.
2. 교사라면 학생들이 독서에 흥미를 느끼도록 하기 위해 어떻게 했는지 에세이 형식으로 쓴다. 교사가 아니라면 자신이 교사라고 가정하고 어떤 방법을 쓸 것인지 생각하여 에세이를 작성한다.

숨겨진 역사 이야기

수많은 책의 주제로 다루어진 제2차 세계대전과 같이 역사에 한 획을 그은 사건에서도 역사의 '사각지대'는 존재한다. 예를 들면 러시아의 많은 여성들은 탱크 공격에 몸을 숨길 참호를 파다가 공군의 사격을 받고 즉사했다. 하지만 이 사건은 아직 정식으로 역사에 기록되지 않았다. 또한 전쟁 중 의료 활동을 목적으로 군인들을 위해 파상풍과 말라리아를 예방하려고 갖은 노력을 기울였다는 사실도 공식적인 기록으로 남아 있지 않다.

이처럼 역사 중 어느 시기든 집중적으로 연구해보면 아직 밝혀지지 않은 이야깃거리를 무궁무진하게 찾을 수 있다. 온갖 미스터리에 둘러싸인 곳 중에도 트로이처럼 수많은 작가들의 관심을 한 몸에 받은 장소가 있는가 하면 히타이트(Hittite, 소아시아의 고대 민족) 수도인 보가즈코이와 요르단 사막의 중아에 있는 페트라(Petra, 나바테아인이 건설한 산악도시. 고대 세계 7대 불가사의의 하나)처럼 말 그대로 미스터리에 싸인 채 버려진 곳도 있다.

 지구상에 있는 모든 나라와 도시에는 알려지지 않거나 빛을 발하지 못한 숨겨진 역사가 있다. 그러므로 이를 집중적으로 연구하면 흥미로운 이야깃거리를 틀림없이 찾을 수 있을 것이다.

 고대나 현대 역사 중에서 '잊힌' 순간을 선택하여 깊이 조사한 다음 그 순간을 배경으로 소설을 구상한다. 더불어 역사적 배경을 왜곡하지 않는 범위 내에서 상상력을 발휘하여 인물이나 상황을 덧붙여본다.

탄생과 부활의 상징

종교마다 다산, 탄생, 부활을 상징하는 소재는 많은데, 대부분은 관습이나 신화, 전설에서 기원한 것이다. 특히 이런 상징은 자연과 밀접한 관계가 있다. 나무와 식물이 겨울에 죽은 것처럼 보였다가 가을이면 다시 풍성한 열매를 맺는 것처럼 인간도 죽음과 탄생을 반복한다고 많은 종교는 가르친다. 기독교에서는 신비로운 탄생과 부활이 자연과 대비되거나 자연을 초월하는 개념으로 제시되기도 한다.

자연에서 볼 수 있는 생명과 죽음, 부활로 이어지는 역동적인 흐름과 종교에서 말하는 초자연적인 대응물에는 글을 쓸 수 있는 문화적 요소가 풍부하게 담겨 있다. 작가의 '종교적인 성향'은 중요한 문제가 아니다. 핵심은 이러한 문화적 유산을 구성하며 인류를 하나로 엮어주는 책, 예술품, 음악에 친숙해지는 것이다.

생각 공장 이 중에서 가장 효과가 큰 상징물은 다산과 부활에 관련된 것이다. 역사를 돌아보면 어느 시대에나 탄생과 부활에 관련된 이야기가 수없이 나온다.

이렇게 하면

1. 그리스, 로마, 노르웨이, 독일, 미국, 아프리카, 아시아 등 여러 대륙과 나라마다 어떤 이야기가 전해지는지 알아보고 그중에서 몇 가지를 골라 당신만의 언어로 다시 표현해보라.
2. 1번에서 만든 이야기 중 하나를 골라서 고대 또는 현대를 배경으로 단편소설을 완성한다. 아주 작은 세부 사항까지도 글의 배경과 어울리도록 신경을 쓴다.

단어의 정의에 대하여

단어의 정의는 사물의 뜻을 이해하는 데 도움이 된다. 그러나 역설적이게도 이러한 정의가 이해를 방해할 때도 있다. 르네상스 시대에 살았던 네덜란드 학자이자 《우신예찬*In Praise of Folly*》의 저자인 데시데리우스 에라스무스는 "모든 정의는 위험을 안고 있다"고 말했다. 정의에 해당하는 영단어 '데피니션(definition)'의 어원을 보면 그의 말이 무엇을 의미하는지 알 수 있다. '데피니레(definire)'라는 라틴어는 '한계를 정하다, 제한을 가하다'라는 뜻이다. 사전에는 가장 표준에 가까운 정의가 나오지만, 언어는 광대한 유기체로서 늘 변화하고 발전하므로 단어를 정의하는 것이 항상 바람직하다고는 할 수 없는 것이다.

작가는 단어의 정의가 변화하는 데 지대한 영향을 미친다. 예를 들어 정신분열증이나 상대성, 지구 온난화를 주제로 대중들이 읽을 기사를 쓴다고 생각해보자. 그 기사를 읽은 대중은 전문용어로만 쓰이던 단어들에 친숙해질 수는 있지만 한편으로는 의미가 부정확하게 남용될 우려가 있다. 가령 기분이 자주 바뀌는 사람이 어느 순간부터 갑자기 '정신분열증' 환자로 취급받는다든지, 적절한 표준 값이나 의미가 정해져 있지 않은 것은 모두 '상대적'이라고 치부할지도 모르는 것이다. 또 특정 지역에 무더위가 기승을 부리면 무조건 지구 온난화를 탓할 가능성이 높다. 그러므로 작가는 특정 용어를 정의할 때 전문용어를 신중히 사용할 필요가 있다.

생각 공장 단어를 정의하는 것은 지식을 구체화하는 것과 같다. 하지만 단어의 정의는 잘못 사용될 우려가 있다. 사람들이 부정확한 의미의 단어를 사용하면 할수록 오히려 혼란이 가중되고 오해가 생길 수 있다. 때문에 작가는 단어의 정의에 신중을 기해야 하는 것이다.

이렇게 하면 '윤리적인', '교양 있는', '보수적인'과 같은 단어의 일반적인 정의를 생각해본 다음 오해의 소지가 있는 부분을 최소화하면서 당신의 말로 정의해보라. 또한 당신의 정의를 뒷받침해줄 문장을 제시한다. 예를 들어 광고와 관련해서 '윤리적'이라는 단어를 정의해보자. 어떤 광고를 윤리적 또는 비윤리적이라고 판단할 수 있을까? 그렇다면 그 이유는 어떻게 설명할 것인가?

소원 목록을 만들어라

자신이 받고 싶은 선물이나 좋아하는 것에 대하여 생각하는 것은 누구에게나 즐거운 일이다. 이런 것들로 소원 목록을 만들어 글을 써보자. 예를 들어 자신이 좋아하는 만화책 주인공을 목록으로 만든다면 나중에 영웅 모험담에 대해 쓸 기회가 생겼을 때 유용하게 쓰일 것이다.

소원 목록은 지극히 실용적인 것은 물론 아주 황당한 것이어도 된다. 예컨대 개미만큼 작아졌을 때 꼭 가보고 싶은 곳을 모두 써보는 것도 하나의 소원 목록이 될 수 있다. 이와 비슷한 아이디어가 〈마이크로 결사대Fantastic Voyage〉라는 영화의 모티브로 사용된 적이 있는데, 이 작품은 아이작 아시모프를 통해 소설로도 출간되었다. 과학자들이 자신의 몸을 박테리아 크기로 축소하여 뇌사 위기에 처한 동료의 몸에 들어가는 것으로 시작되는 이 소설은 어처구니가 없어 보이고 허무맹랑한 바람도 섣불리 내던져서는 안 된다는 교훈을 준다.

생각 공장 '소원은 조심해서 빌어야 해요' 라는 말이 있다. 하지만 작가는 아무것에도 연연하지 말고 마음껏 상상의 나래를 펼치면서 소원을 만들어야 한다.

이렇게 하면
1. 화려하고 멋진 소원을 생각해보고 목록으로 만들어보자. 최대한 멋지고 환상적인 소원이어야 한다.
2. 일주일 정도 지난 후에 소원 목록을 살펴보고 한두 가지 소원을 고른 다음 그것을 근거로 어린이 동화나 어른들을 위한 판타지 소설을 집필한다.

작가는 엔터테이너다

세상의 모든 작가는 엔터테이너다. 이는 논픽션을 주로 쓰는 작가라고 해서 예외가 아니다. 사실적 정보에 재미있는 일화와 유추, 과장 등의 신선한 비유가 더해지면 독자는 더욱 흥미를 느낀다.

각종 발명이 사회적·기술적 변화에 어떤 영향을 미쳤는지 그 과정을 연구한 《커넥션Connections》이라는 책에서 제임스 버크는 전혀 관련이 없을 것 같은 사건들 사이에서도 인과관계가 성립한다는 것을 보여줌으로써 독자들에게 큰 즐거움을 선사했다. 일례로 이 책에서는 굴뚝의 발명과 프라이버시라는 개념의 발전이 어떤 연관이 있는지 설명해준다. 굴뚝이 발명되기 전에는 집집마다 큰 난로가 하나씩 있어 겨울이면 집 안 식구들이 모두 난로 옆에 웅크린 채 잠을 청했다. 하지만 13세기에 들어와서 혹한이 기승을 부리자 사람들은 보다 효율적인 난방 장치를 연구하였고 결국 집 안 곳곳마다 난방을 할 수 있게 되었다.

　　이렇게 방마다 난방을 따로 하게 된 후로 사회 계급이 생겨났다. … 개별난방을 하는 특수 계층을 위한 아파트도 생겨났다. 집에서 목욕하는 것이 훨씬 편해졌다. … 각자 따뜻한 침실을 갖게 되자 사람들은 옷을 벗고 자기도 하고 성생활도 자유롭게 즐겼다. 이렇게 해서 개인 침실의 개념이 뚜렷해지며 여러 가지 면에서 프라이버시를 중시하게 되었다.

생각 공장 독자들에게 새로운 정보를 전달할 때에는 이왕이면 재미있는 전달 방식을 사용하는 것이 좋다. 사실 소설은 철학, 심리학, 역사, 사회학 등을 극적인 효과를 주는 시나리오의 형태로 각색한 것이다.

이렇게 하면 자신이 잘 아는 주제를 선택하여 흥미 위주의 읽을거리가 되도록 각색한다. 예를 들어 야구를 주제로 선택했다면 독자들의 흥미를 자극하는 방식으로 배팅 기술을 설명한다.

실망하는 것을 두려워 말라

흔히 작가는 격려를 많이 받아야 한다고들 말한다. 그러나 그렇다고 해서 실망은 무조건 나쁜 것이라고 치부해서는 안 된다. 로버트 피츠제럴드는 "시인에게 필요한 것은 가장 큰 절망이다"라고 말했다. 이것은 냉소적으로 비꼬는 말이 아니다. 대개 시인들은 처녀작을 내놓았을 때 엄청난 비판을 받고 절망에 빠진다. 그러다 보니 더 힘든 작품은 아예 엄두도 내지 못한다. 특히 경험 없는 작가는 비판을 받으면 쉽게 상처를 받는 경향이 있다. 하지만 작가라면 실망스런 소리를 들어도 오히려 마음을 굳게 먹고 다시 해보겠다는 결심을 다져야 한다. 더욱이 초보 작가라는 딱지를 떼는 데 시간이 오래 걸릴 수 있으므로 꾸준히 흔들리지 말고 노력하는 것 외에는 다른 방도가 없다.

생각 공장 작가로서 당신은 얼굴이 얼마나 두꺼운 편인가? 솔직하다 못해 몹시 거칠고 쓰디쓴 비평도 참아낼 수 있는가? 절망을 느껴도 성공하겠다는 굳은 의지로 계속 글쓰기에 전념할 자신이 있는가? 작가로서 성공하는 데 가장 큰 장애물은 바로 자신의 실력 수준을 제대로 파악하지 못하는 것이다. 자기 능력을 과대평가하는 사람은 노력해서 실력을 향상시켜야겠다고 생각하지 않을 것이다.

이렇게 하면 냉정하고 직설적인 비평을 잘하는 사람에게 자기가 가장 잘 썼다고 생각하는 글을 보여주고 조언을 받는다. 그런 다음 그 조언을 토대로 글뿐만 아니라 시인 또는 소설가로서 자기의 실력을 크게 향상시킬 계획을 세운다. 더불어 작가로서의 실력을 늘리는 과정을 노트에 따로 기록해둔다.

의미에 대해 생각하기

흥미 위주로 쓰인 글도 심오한 의미를 충분히 전달할 수 있다. 주인공이 여러 달에 걸쳐 피땀 흘려 노력했음에도 불구하고 경쟁에서 패배하고 말았다면 이 이야기에서 독자는 무슨 교훈을 얻을까? 여주인공이 말을 훈련하면서 즐거움을 만끽하는 장면 뒤에 더 큰 의미가 내포될 수 있을까? 가뭄이나 지진과 같은 재앙에서 생존한 사람들의 이야기에서는 무엇을 배울 수 있을까?

인생에 대한 인간의 호기심은 무궁무진하다. 작가는 그 호기심을 충족시켜 주기 위해 인생의 깊은 의미를 찾고자 노력해야 한다. 만일 직접 그 의미를 내놓을 수 없을 때에는 이야기 속에 삶의 의미를 찾아가는 과정을 묘사하고 몇 가지 대답이 될 만한 것을 보여주어라. 최종 결정은 독자의 몫이다.

 초안을 구상할 때에는 '뒤에 숨겨진 의미는 무엇일까?' 라는 점을 계속 생각해야 한다. 또한 '이 작품을 읽으면 독자가 무엇을 얻을 것인가?' 라는 더 중요한 목적을 한시도 잊어서는 안 된다. 하지만 초안의 핵심은 깊은 의미가 아니라 이야기의 흐름이다. 의미에만 지나치게 치중한 나머지 글의 흐름을 무시하면 이야기의 전개가 부자연스러워질 수 있다는 것을 명심해야 한다.

이렇게 하면

1. 이전에 쓴 글을 다시 읽어보면서 '이 글에 담긴 보다 깊은 의미는 무엇인가?' 라는 질문을 토대로 검토해본다. 이 질문은 그 글이 '독자에게 어떤 가치를 주는가?' 라는 뜻도 된다. 검토가 끝나면 글에 더 깊은 의미를 담을 수 있도록 수정한다.
2. 독자에게 줄 수 있는 가치를 생각하면서 새로운 글의 개요를 작성한다. 등장인물 설정에 약간의 변화를 주어도 좋다. 이때 글의 흐름과 결말이 어떻게 달라지는지 파악하는 것이 중요하다.

암기하라

암기하는 것을 좋아하는 사람은 거의 없을 것이다. 그동안 주입식으로 무조건 외우라는 강요를 받아온 까닭이다. 하지만 잘만 사용하면 암기력은 매우 효과적인 학습 도구가 될 수 있다. 외우고 싶은 욕구와 필요는 가장 효과적인 학습 동기이다.

작가에게 암기는 더할 나위 없이 좋은 학습 도구이다. 글을 대충 읽는 것이 아니라 통째로 암기하면 작품의 미묘한 점까지 깊이 이해할 수 있고, 이를 바탕으로 현대적인 느낌이 물씬 풍기는 다른 작품을 쓸 수도 있기 때문이다. 배우가 대사를 완벽히 암기해야 자기가 맡은 인물의 세밀한 부분까지 놓치지 않고 묘사할 수 있는 것처럼, 어떤 작품을 완벽하게 암기하면 이를 자기 작품으로 현대화할 때 원작을 자주 들춰보지 않고도 분위기, 환경 및 긴장감을 그대로 옮길 수 있다.

생각 공장 암기는 긴장감을 유지하고 정신을 맑게 해주는 데 아주 좋은 방법으로, 연습을 통해 암기력은 얼마든지 향상될 수 있다. 우선 자기가 좋아하는 시, 일화, 농담 등을 외우기 시작해서 관심 있는 분야의 사실이나 통계 수치, 배우고 있는 외국어 어휘, 역사적으로 중요한 사건 등을 암기한다. 이런 연습은 사물을 관찰하는 데 시간을 허비하지 않고 글쓰기에 몰두할 수 있도록 도와준다.

이렇게 하면 열다섯 줄이 넘는 시 중에서 좋아하는 작품을 골라서 암기한다. 아직 암기에 자신이 없으면 두운이나 각운이 분명한 시를 외워본다. 그런 다음 시를 외우기 위해 어떤 단계를 밟았는지 일기 형식으로 쓴다.

와인 감정 전문가와 표현들

와인 감정 전문가들이 쓰는 표현 중에는 재미있는 표현이 굉장히 많다. 특히 맛을 표현하는 단어는 캐릭터(character, 맛의 스타일을 이야기하는 와인 테스팅 용어), 풀바디(full-bodied, 맛이 풍부하다는 뜻), 콤플렉스(complex, 복잡 미묘한 맛), 미티(meaty, 육질이 느껴지는 맛), 우디(woody, 나무통에서 너무 오래 숙성을 시켜서 나무 향이 난다는 뜻), 레그스(legs, 와인을 흔들고 난 후 잔의 표면에서 흘러내리는 것을 말함)와 같이 다양하며 얼핏 듣기에 우스꽝스러운 것도 있다. 또한 와인은 백과사전이 따로 있을 정도로 그 종류가 각양각색이다. 일례로 휴 존슨의 《현대 와인 대백과사전*Modern Encyclopedia of Wine*》에서는 전 세계적으로 와인을 만드는 지역, 와인을 만드는 과정, 와인 테스팅, 와인 고르는 법 등을 자세하게 알려준다.

 와인은 여러 가지 상징적 의미가 있기 때문에 역사를 돌아보면 와인
이 인류 문명에서 중요한 자리를 차지했다는 것을 알게 될 것이다. 그
러므로 장르를 막론하고 모든 작가들은 와인과 그에 얽힌 이야기에 관
심을 가질 필요가 있다.

생각 공장 와인과 그에 대한 문화적 배경을 연구하면 풍부한 글감을 얻을 수 있다.
〈사이드웨이*Sideways*〉라는 영화에서도 와인이 등장하는데, 여자를 잘 사귀지 못하는
젊은 와인 감정사가 곧 결혼할 친구에게 여러 가지 와인을 맛보게 하면서 이야기가
시작된다.

이렇게 하면
1. 와인과 그에 얽힌 여러 가지 배경이나 일화를 자세히 연구한 다음 소설 한 편을 집
   필한다. 와인을 좋아한다는 공통점을 가진 두 남녀가 서로 사랑에 빠지는 로맨스나
   마시면 초능력이 생기는 와인을 만드는 사람에 대한 판타지 소설을 생각해볼 수
   있다.
2. 식사 메뉴나 상황에 맞게 다양한 와인을 선택하는 방법을 주제로 에세이 형식의
   글을 쓴다.

동화에 관하여

동화는 작가라면 누구나 반드시 읽어야만 하는 책이다. 거기에는 적어도 세 가지 이유가 있다. 먼저 동화에는 이야기의 핵심이 구체적으로 나타나 있다. 또한 동화는 어린 시절의 순수함을 되찾아준다. 그리고 마지막으로 가장 중요한 이유는 고대 신화처럼 동화 역시 현대사회라는 문맥에서 새로운 의미로 해석할 수 있다. 실제로 도널드 바셀미라는 작가는 《백설공주*Snow White*》를 새롭게 해석하여 자신의 이름으로 동일한 제목의 소설을 출간했다.

이처럼 동화를 토대로 새로운 이야기를 창조할 수도 있다. 《신데렐라》를 예로 들어보자. 질투심 많은 언니들에게 학대받으며 허드렛일이나 하는 신데렐라를 현대적으로 바꾼다면 비열한 선배들에게 이용당하는 초보 견습생이 어울릴 것이다.

 고대 신화나 전설처럼 동화는 선과 악의 전형적인 갈등을 보여준다. 또한 동화는 착한 사람을 착취하는 사람들을 등장시키며 어리석은 행동의 결과가 어떠한지 가르쳐준다. 즉, 동화는 작가에게 스토리텔링의 핵심을 일깨워준다고 할 수 있다.

 동화를 시적으로 재구성한 앤 섹스턴의 《변형Transformations》을 읽은 다음 그와 비슷하게 동화를 변형시킨 글을 써본다. 시를 별로 좋아하지 않는다면 개인적으로 좋아하는 동화를 골라서 자기 스타일로 바꿔보는 것도 좋다.

과격하고 비정상적인 아이디어

작가들 중에는 기이하거나 비논리적이며 괴짜 같은 아이디어가 떠오르면 재고의 여지도 없이 무조건 내버리는 사람들이 있다. 하지만 섣불리 아이디어를 버리는 것은 좋지 못한 습관이다. 대중이 크게 환영하는 독창적인 아이디어도 처음부터 그런 평가를 받는 것은 아니다. 그러므로 작가는 어떤 아이디어든 성급히 판단해서는 안 된다. 시기에 따라 대중의 반응이 달라질 수도 있고 그로 인해 뜻밖의 결과를 얻을 수도 있기 때문이다.

일부러 과격하고 비정상적으로 보이는 아이디어를 생각해내는 것도 재미있다. 모든 것을 대중의 취향에 맞추거나 시장성이 있는지 따져보고 그에 따라 판단한다면 얼마나 이 세상이 지루하겠는가? 많은 예술가가 과감한 행동과 독창적인 실험 정신을 발휘할 때 비로소 예술은 발전하는 것이다.

 인류 역사는 당시에는 외면당한 아이디어들이 만들어낸 것이라 해도 과언이 아니다. 만약 그런 아이디어를 내놓은 사람들이 대중의 외면에 실망하고 포기했다면 아직도 역마차를 타고 다니거나 기름 램프로 불을 밝히며 살고 있을지도 모른다.

 과격하고 비정상적인 아이디어로 짧은 소설이나 에세이의 초안을 작성한다. 그런 다음 보름 정도 내버려두었다가 다시 꺼내서 수정하되, 과격하고 비정상적이라는 느낌을 주는 부분을 무조건 버리지 않도록 주의한다.

에세이는 경험의 산물이다

에세이란 어떤 주제나 자신의 개인적 경험에 대한 뉘앙스를 연구하거나 자신의 감정 상태를 설명하는 글 또는 어떤 아이디어 때문에 고뇌하는 과정을 묘사한 글이다. 에세이의 아버지라 불리는 몽테뉴는 에세이를 쓰는 것이 대상을 탐구하는 것과 밀접한 관련이 있다는 사실을 강조하려고 '에세(essai)'라는 신조어를 만들었다. 이는 시도 또한 실험을 뜻하는 프랑스 단어에서 그 어원을 찾을 수 있다. 몽테뉴는 〈후회에 대하여*On Repentance*〉라는 에세이에서 "내 마음 붙일 곳을 찾았다면 에세이를 쓸 이유가 없을 것이다"라고 기술했다.

인간의 경험은 형이상학적인 것에서 일상적이고 시시한 것에 이르기까지 매우 광범위하다. 또 아무리 시시해 보이는 경험이라도 내면을 들여다보면 중요한 교훈을 찾을 수 있다. 때문에 경험은 다른 사람과 공유할 가치가 있는 것이다.

 에세이를 쓰는 것은 새로운 아이디어나 경험을 찌르고 뒤엎어보면서 특별한 의미를 찾아내는 과정이다. 에드워드 호아글랜드는 "에세이는 한 치 앞도 보이지 않는 어둡고 부조리한 세상에서 사람의 마음이 여러 가지 방법으로 실험하는 과정을 보여준다"고 말했다. 이 말이 옳다면 훌륭한 에세이는 지극히 이성적이고 똑똑한 사람이 인생의 어두움과 부조리에 맞서 싸우는 과정을 보여주는 매개체라고 할 수 있다.

1. 중요한 것이든 시시한 것이든 구분하지 말고 기억할 수 있는 모든 경험을 목록으로 작성하고 간단한 설명을 덧붙인다. 아무리 보잘것없어 보이는 경험이라도 어떤 심오한 지혜를 알려줄지는 그 누구도 장담할 수 없는 일이다.
2. 위의 목록에서 하나의 경험을 선택하여 에세이를 작성한다.

독서에서 동기를 찾아라

훌룡한 작가는 적어도 독서에 관해서 만큼은 '잡식성 대식가'가 되어야 한다. 독서를 하면 글을 전개하는 새로운 방식을 배우는 것뿐만 아니라 감각적 자극을 키우는 언어적 표현을 익힐 수 있으며 시공을 초월한 여행을 하게 되기 때문이다.

또한 작가는 비슷한 글의 장르나 스타일만만 읽지 말고 다른 분야에도 두루 관심을 가질 필요가 있다. 슈 그래프톤이나 조나단 켈러만 스타일의 미스터리 소설을 좋아한다면 버지니아 울프나 어니스트 헤밍웨이의 작품을 일부러라도 읽어봐야 하고, 가볍게 읽을 수 있는 소설을 주로 쓰는 편이라면 도스토예프스키나 스트린드베리의 작품을 한 번쯤 읽어봐야 한다. 마찬가지로 전통적인 소네트 형식을 고수하며 목가적인 명상을 노래하는 워즈워드와 비슷한 시를 주로 쓰는 편이라면 따로 시간을 내서라도 T. S. 엘리어트와 앤 색스턴을 비롯한 현대 시인들의 작품을 탐독해야 한다. 이렇게 자신과 이야기 전개 방식, 글의 스타일, 세계관이 전혀 다른 작가들의 글을 읽으면 새로운 점을 많이 배울 수 있다.

생각 공장 다른 사람의 작품을 읽다 보면 '어떻게 이런 흥미로운 이야기를 만들어냈을까?' 라고 감탄하는 것은 물론 이야기 속의 새로운 세계에 매료되어 '나도 작가가 되어야겠다' 고 결심하게 되기도 한다. 어떤 종류의 책이든 독서는 아주 유용한 동기부여가 된다.

이렇게 하면
1. 옆에 메모할 준비를 해놓고 책이나 잡지를 펼쳐서 읽는다. 새로운 아이디어를 생각 나게 하는 부분을 발견하면 즉시 메모한다. 다소 모호한 아이디어라도 개의치 말라.
2. 1번에서 메모한 내용을 바탕으로 새로운 작품을 집필한다.

작가의 필독서: 소설

필독서 목록은 쓰고 싶은 장르와 밀접하게 관련이 있거나 좋은 책이란 이유만으로 무조건 읽어야 하는 작품들을 적은 것을 말한다.

다음 목록은 주요 소설가들의 대표작과 주제를 정리한 것이다.

● 미구엘 드 세르반테스의 《돈키호테*Don Quixote*》: 상상력으로 역경을 이겨낼 수 있다.

● 조나단 스위프트의 《걸리버 여행기*Gulliver's Travels*》: 허영심, 탐욕, 불법은 인간의 어리석음을 보여준다.

● 볼테르의 《캉디드*Candide*》: 눈먼 낙천주의는 어리석기 짝이 없다.

- **메리 셸리의 《프랑켄슈타인*Frankenstein*》**: 창조자가 피조물을 무시하면 심각한 결과가 뒤따른다.

- **샬롯 브론테의 《제인 에어*Jane Eyre*》**: 독창력이 있는 여성은 가부장적인 사회에서도 억압을 극복할 수 있다.

- **찰스 디킨스의 《데이비드 코퍼필드*David Copperfield*》**: 부모 없이 어려운 유년 시절을 보낸 아이도 훌륭한 성인으로 자랄 수 있다.

- **나다니엘 호손의 《주홍 글씨*The Scarlet Letter*》**: 사랑은 편견과 관습을 이겨낼 수 있다.

- **허먼 멜빌의 《백경*Moby-Dick*》**: 존재의 신비를 밝히려고 노력하면 할수록 신비는 더욱 커진다.

- **레프 톨스토이의 《안나 카레니나*Anna Karenina*》**: 심리적 힘은 사랑의 기초가 된다.

- **마크 트웨인의 《허클베리 핀의 모험*The Adventures of Huckleberry Finn*》**: 한 소년이 강을 따라 순수에서 경험으로 나아가는 여행을 시작한다.

- **F. 스콧 피츠제럴드의 《위대한 개츠비*The Great Gatsby*》**: 사랑을 꺾으려는 외부의 압박도 낭만적인 사랑을 이길 수는 없다.

생각 공장 위의 필독서 목록은 매우 유용하지만 그렇다고 해서 꼭 그것에 얽매일 필요는 없다. 다른 책들을 살펴보고 자신이 직접 발견한 작품을 필독서 목록에 추가하는 것도 좋은 방법이다.

이렇게 하면 자신만의 소설 목록을 만들고 각 소설에서 배울 수 있는 점이 무엇인지 한두 문단 길이로 설명한다.

작가의 필독서: 논픽션

다음과 같은 논픽션 작품은 독자의 인생을 풍요롭게 해주는 귀중한 가르침을 담고 있다.

《성경The Holy Bible》

성경은 인류 역사상 가장 큰 영향력을 행사한 책이다. 물론 코란이나 바가바드 기타(Bhagavad Gita, 힌두교의 경전), 우파니샤드(Upanishads, 고대 인도의 철학서) 등을 함께 읽는 것도 좋다.

《불핀치의 신화학Bulfinch's Mythology》

토머스 불핀치가 쓴 책으로 고대 그리스, 로마, 스칸디나비아의 신과 영웅들의 전설을 재미있게 풀어내고 있다.

《월든Walden; or, Life in the Woods》

소로우의 자기 신뢰에 대한 명상집이다. 자연과 멀어지면 '조용한 절망'을 겪게 되는데, 작가는 중요한 가치관을 재발견할 때 바로 이 조용한 절망을 극복할 수 있다고 주장한다.

《안네의 일기The Diary of a Young Girl》

유대인 소녀 안네 프랑크가 쓴 책으로, 유대인 대학살이라는 비극적인 배경 속에서도 꿋꿋하게 성장해가는 어린아이의 모습이 고스란히 담겨 있다.

《나를 운디드니에 묻어주오Bury My Heart at Wounded Knee》

디 브라운의 책으로, 미 서부를 개척하려는 미국인들에게 정복당하여 살 곳을 잃어버린 인디언들의 관점에서 쓴 글이다.

《코스모스Cosmos》

칼 세이건이 쓴 이 책은 아마 역사를 통틀어 가장 많은 독자를 확보한 과학서일 것이다. 이 책은 천문학과 과학의 역사를 흥미진진하게 설명하며, 특히 방대한 양의 정보를 쉽게 풀어낸 것이 특징이다. 저자는 이 책을 바탕으로 PBS 방송사에서 과학 시리즈를 방송하여 큰 인기를 누렸다.

생각 공장 논픽션은 주제에 대한 사람들의 관심이 식더라도 언제고 다시 읽을 만한 가치가 있는 책이다. 위에 소개된 작품 이외에도 에드워드 기번이 쓴 《로마제국의 쇠망사_The Decline and Fall of the Roman Empire_》, 찰스 다윈의 《종의 기원_The Origin of Species_》은 필독서 목록에 추가하여 읽어보는 것이 좋다.

이렇게 하면 자신이 잘 아는 주제 하나를 골라서 에세이를 쓴다. 독자에게 교훈을 주는 동시에 감정을 자극하도록 써야 한다.

작가의 필독서: 희곡

셰익스피어의 작품을 제외하면 널리 읽히는 극작품은 거의 찾아보기 힘들다. 하지만 희곡은 어떤 문학 장르와 비교하더라도 가치 면에서 절대 뒤지지 않는다.

현대 희곡 중 문학의 걸작이라는 명성을 얻은 작품은 다음과 같다.

- 안톤 체호프의 〈벚꽃 동산*The Cherry Orchard*〉

- 헨릭 입센의 〈인형의 집*A Doll's House*〉과 〈민중의 적*An Enemy of the People*〉

- 베르톨트 브레히트의 〈억척 어멈과 그 자식들*Mother Courage and Her Children*〉과 〈갈릴레오의 생애*Life of Galileo*〉

- 아서 밀러의 《세일즈맨의 죽음*Death of a Salesman*》

- 사무엘 베케트의 《고도를 기다리며*Waiting for Godot*》

- 사르트르의 《출구 없는 방*No Exit*》

- 테네시 윌리엄스의 《유리 동물원*The Glass Menagerie*》과 《욕망이 라는 이름의 전차*A Streetcar Named Desire*》

- 에드워드 앨비의 《누가 버지니아 울프를 두려워하는가?*Who's Afraid of Virginia Woolf?*》

- 베스 헨리의 《마음의 범죄*Crimes of the Heart*》

- 데이비드 마멧의 《글렌개리 글렌 로스*Glengarry Glen Ross*》

생각 공장 어떤 면에서 보면 희곡은 소설을 증류시킨 것이나 마찬가지이다. 다소 제한된 배경이기는 하지만 등장인물은 대화와 행동을 통해 이야기를 진행하기 때문이다.

이렇게 하면

1. 관람한 연극 중에서 가장 마음에 들었던 작품을 찾아 읽어본 후 관람할 때는 몰랐지만 희곡을 읽으면서 알게 된 점을 일기에 쓴다.
2. 최근 읽은 희곡에 어울릴 만한 장면을 상상해서 글로 쓴다.

작가의 서재를 만들어라

어떤 직업이든 그 직업에 종사하는 사람은 시간이 흐를수록 꾸준히 늘어나는 전문 지식에 크게 의존하게 마련이다. 이는 글 쓰는 직업이라고 해서 다를 게 없다. 작가들에게 가장 필요한 책이 무엇이냐고 물을 때 '책이라면 모두 도움이 된다'고 말하는 사람이 대부분일 것이다. 책을 출판할 정도의 작가라면 분명 배울 점이 있기 때문이다.

여기서 좀 더 구체적으로 살펴보면 작가들이 반드시 읽어야 할 책은 크게 두 가지 종류로 나눌 수 있다. 하나는 시공을 초월하는 명작이라는 평을 듣는 소설 또는 논픽션이고, 다른 하나는 글 쓰는 요령이나 작가가 되는 데 필요한 경험 등을 설명하는 책이다.

초보 작가와 중견 작가 모두 글쓰기라는 특별한 기술, 작가라는 직업에서 성공할 수 있는 요령, 언어, 필사본, 마케팅과 출판에 대한 정보 수집 등을 집중적으로 다루는 책을 많이 읽어야 한다. 소설, 단편소설, 회고록 등 특정 장르에 대한 요령이나 미스터리, 공상과학, 공포물 등 보다 구체적인 장르를 취급하는 책 등을 읽는 것도 도움이 될 것이다.

생각 공장 작가에게 모든 책은 교과서가 될 수 있으므로 자신의 필요와 관심사에 맞는 책으로 개인 도서실을 갖추는 것이 좋다. 우선 글쓰기에 직접적으로 도움이 되는 책을 모은다. 문체에 대한 매뉴얼, 최신 사전, 글쓰기와 출판 과정에 대한 가이드북, 자신이 주로 집필하는 장르에 대한 요령 안내서 등이 여기에 포함된다. 다음으로 세계사, 각 나라별 역사, 전문용어 사전 등 기본적인 참고 도서를 차곡차곡 모은다.

이렇게 하면 특정 프로젝트를 진행하는 동안에는 가장 자주 참조하게 되는 책을 따로 모은다. 단, 글쓰기의 흐름을 방해하지 않는 책만 골라야 한다. 그리고 나서 그 책들을 어떻게 활용하는지 별도로 기록한다.

사색에 대하여

작가가 아닌 사람들도 특정한 종류의 글쓰기에서 사색이 어떤 역할을 하는지 충분히 이해할 수 있다. 가령 평범한 시민이나 외국인 방문객이 우연히 군사 쿠데타에 휘말린다면? 우주선이 심각한 고장을 일으켜 오도 가도 못한 상황에서 우주비행사를 구출할 수 있는 방법은? 만약 천사가 정말로 존재한다면 그들은 어떤 성격을 가지고 있으며 인간들과 어떻게 상호작용을 할까? 직업이 장의사인 연쇄살인범이 희생자들을 모두 화장해버린다면 글의 주인공인 탐정은 어떻게 범인을 잡을 수 있을까?

이처럼 미스터리, 판타지 및 공상과학물은 모두 창의적인 사색에서 시작된다. 그러므로 평소에 사색을 많이 하는 습관을 기르면 흥미진

148

진한 플롯을 구성할 수 있다. 등장인물이 예상치 못한 순간에 곤경에 빠지는 상황을 만들어보라. 이를테면 열기구를 타고 가다가 폭풍을 만나서 생사를 오가는 모험을 한다거나 유령의 집에 들어간 연인이 뜻하지 않게 미지의 우주로 날아가버리는 상황을 설정할 수 있다. '만약에'라는 상상을 수시로 하다 보면 기발한 아이디어를 얻게 된다.

생각 공장 사색은 효과적인 플롯을 만드는 데 필수적인 습관이다. 일단 주인공이 겪어야 할 난관을 생각한 다음 어떻게 그 문제를 극복할 것인지 여러 가지 해결책을 고민해본다. 단번에 해결하는 것보다는 몇 번의 시행착오를 거치도록 구성하는 것이 극적인 효과를 줄 것이다.

이렇게 하면 일기는 사색하는 기술을 연마하는 데 도움이 된다. 일기장의 중간에 세로로 줄을 긋고 왼편에는 '만약에'라는 제목으로 여러 가지 난관을, 오른쪽에는 해결책이나 탈출구를 써넣는다.

자기 자신을 공부하라

자기 자신을 아는 것은 곧 지혜의 시작이다. 자기 자신에 대해 제대로 잘 알지 못하거나 자신의 욕구와 관심사, 기질, 장단점을 똑바로 파악하고 있지 못하면 어디로 가야 할지 모른 채 방황하게 될 것이다. 자기 자신을 알아가는 것도 다른 조사만큼이나 시간과 노력이 많이 든다. 때문에 작가로서의 자기 모습을 연구하고자 한다면 자신이 가장 즐겁게 집필할 수 있는 분야와 가장 훌륭하게 집필할 수 있는 분야를 알아내는 데만도 상당한 시간을 투자해야 할 것이다.

자기 이해는 크게 두 가지로 나뉜다. 하나는 '자기 영혼을 찾아나서는' 것이다. 이는 종교에 국한된 이야기는 아니다. 여기에서 자기 영혼을 찾아 나선다는 것은 자신의 생각이나 행동의 이유를 곰곰이 따져보는 것을 뜻한다. 그리고 다른 하나는 책이나 강의, 심리 치료사 등으로부터 인간의 마음에 대해 배운 것을 실제 생활에 적용해보는 것이다.

자기 자신에 대한 이해를 넓히는 것은 모든 작가들에게 주어진 기본 임무이다. 자신을 잘 알아야 등장인물의 동기와 행동을 실감나게 묘사할 수 있기 때문이다.

생각 공장 이 세상에서 자기 자신을 아는 것만큼 어려운 공부도 없을 것이다. 어디에서 시작해야 할지, 정확히 무엇을 알아내야 할지 그리고 설령 자신에 대해 알게 된다 하더라도 그 지식을 어디에 써야 할지 모르기 때문이다.

이렇게 하면 자신에 대해 잘 모르거나 아예 모른다고 생각되는 점을 목록으로 나열해 본다. 예를 들어 '내가 만약 연극 무대에 선다면 얼마나 잘 할 수 있을까?', '어떤 일의 성공 여부를 따지다가 결국 아예 포기해버렸던 경험이 있는가?' 라고 자문해볼 수 있다.

내면을 보는 집중력

표면에 드러난 진실과 내면에 감추어진 진실은 항상 큰 차이가 있다. 표면에 드러난 것은 때때로 거짓으로 왜곡되기 때문이다. 따라서 작가는 표면에 드러나지 않은 내면의 진실을 파헤칠 필요가 있다. 에드워드 알링턴 로빈슨의 유명한 작품인 〈리처드 코리*Richard Cory*〉를 한번 생각해보자. 이 시는 백만장자의 시대에 미국인들을 괴롭힌 과장된 성공 신화를 강력하게 경고하고 있다.

그는 부자였다. 왕보다도 더 부유했다.
그리고 모든 면에서 훌륭한 교양을 쌓은 사람이었다.
그는 남부러울 것이 하나도 없어 보였다.

그를 보면 '나도 저 사람처럼 되고 싶다'는 마음이 들었다.

그래서 우리는 일을 했고, 빛을 기다렸다.

우리는 고기 없이 살았고, 빵을 저주했다.

그런데 리처드 코리는 어느 조용한 여름밤에

집으로 돌아가서 자기 머리에 총을 대고 방아쇠를 당겼다.

작가라면 겉과 속이 다르다는 것을 다른 사람들보다 먼저 눈치채야

한다. 그러면 가면 뒤에 숨겨진 어둡고 우울한 영혼을 발견할 수 있을

것이다.

생각 공장 내면의 진실을 찾아내려면 사색적인 관찰이 필요하다. 사색적인 관찰이란 제3의 눈으로 사물을 본다는 뜻이다. 즉, 사람은 거울에 비친 자기 모습을 보는 것처럼 단지 겉으로 드러난 모습만 볼 뿐이지만 작가는 한발 더 나아가 내면을 들여다봐야 한다. 물론 인간의 언어는 사색적인 관찰의 본질을 설명하기에 부족한 점이 많기 때문에 눈에 보이는 것이 현실의 전부가 된다고 착각해서는 안 된다. 이 점만 이해해도 사색적인 관찰을 할 수 있을 것이다.

이렇게 하면 자기가 잘 아는 사람 중에서 타고난 천성과 겉으로 보이는 행동이 일치하지 않는 사람을 한 명 고른 다음, 그동안 억눌려 있던 원래 모습이 갑자기 표출되는 극적인 순간을 설정하여 글로 묘사한다.

종이 위에 꿈을 펼쳐라

종이 위에 자신의 상상력을 더 많이 그려내고 싶은가? 그렇다면 한 가지 방법이 있다. 바로 종이 위에 꿈을 써내려가는 것이다. 그러기 위해서는 아침에 일어나자마자 꿈이 기억에 생생하게 남아 있을 때 글을 쓰는 것이 좋다.

꿈 이야기를 쓰는 것은 우리의 무의식을 최대한 동원하는 것이다. 논리에 맞지 않는 경우가 대부분이지만 그렇다고 해서 논리가 아예 없는 것은 아니다. 다만 기억을 더듬어 꿈 이야기를 쓰다 보니 이야기의 앞뒤가 잘 맞지 않는 것뿐이다. 루이스 캐럴의 《이상한 나라의 앨리스*Alice's Adventures in Wonderland*》나 《거울 나라의 앨리스*Through the Looking Glass*》야말로 꿈 이야기를 문학의 최고봉에 올려놓은 작품이라고 말할 수 있다.

꿈으로 대표되는 무의식의 세계는 창의적인 가능성이 무궁무진하다. 그러므로 무의식의 세계를 많이 넘나들수록 창의성이 돋보이는 작품을 쓰게 될 것이다.

생각 공장 꿈이란 무의식이 만들어낸 이야기이다. 따라서 화려하고 상징적인 요소가 많으며 굉장히 압축된 줄거리를 가지고 있다. 우리가 꿈을 꿀 때마다 그 내용이 저절로 글로 옮겨진다면 어떨까? 아마 상상력이 넘쳐흐르는 책들이 가득한 도서관을 수십 개도 더 만들 수 있을 것이다.

이렇게 하면 내일 아침에 일어나자마자 컴퓨터를 켜고 꿈에서 본 것을 글로 써보라. 논리적인 전개나 장면의 전환 따위에 신경 쓰지 말고 꿈에 흔히 나타나는 이미지나 느낌을 묘사하는 데 주력한다. 가능하다면 최근에 꾼 꿈 하나를 기본 틀로 삼는 것이 좋다. 글감으로 적절하지 않다고 해서 어떤 내용을 배제하거나 표현이 어색하다고 해서 수정하고 싶어도 참아야 한다. 그렇지 않으면 자연스러운 흐름이 끊길 것이다.

'만약에' 하고
생각하기를 습관화하라

공상과학을 쓰는 작가라면 언제나 질문하기를 주저하지 않을 것이다. 예를 들면 '만약에 노예처럼 부려지던 안드로이드가 주인인 인간을 살해하기 시작하면 어떻게 될까?' 와 같은 질문이다. 사실 작가라면 누구나 '만약에' 라는 질문을 중요하게 생각해야 한다. 이 질문으로 인해 플롯이 만들어지기 때문이다.

만약에 주인공과 가장 친한 친구가 주인공을 암살할 마음을 품었다면 어떻게 될까? 주인공이 정말 사랑하는 여자가 가난한 남자는 싫다며 그의 마음을 받아주지 않는다면 어떻게 될까? 이 세상에서 가장 아름답다고 소문난 왕의 딸이 납치를 당한다면 어떤 일이 벌어질까?

이처럼 '만약에' 라는 질문을 자꾸 만들다 보면 이야깃거리가 많이 생기게 된다. 이 세상은 만일의 상황이 꼬리에 꼬리를 무는 곳이다. 별일 아닌 것처럼 보이는 일이 발단이 되어 결국 사람들의 인생을 바꿔놓거나 인류의 역사에 큰 변화를 일으키기도 한다.

생각 공장 이야기를 재미있게 전개하려면 계속해서 질문을 던져야 한다. 'question(질문)' 이라는 단어에는 'quest(탐구)' 라는 단어가 들어 있다. 즉, 탐험의 첫 번째 단계는 바로 질문을 제기하는 것이다. 황금 양피, 계약의 궤, 청춘의 샘을 찾아 나선 사람들도 처음에는 '만약에' 라는 질문으로 시작했을 것이다.

이렇게 하면 '만약에' 로 시작하는 한 열두 개의 질문을 만들어놓고 매일 하나씩 골라서 한 페이지 분량의 개요를 구상한다. 아래 질문은 플롯 구상에 도움이 될 것이다. 그리고 열두 개의 개요가 모두 완성되면 가장 쓸 만한 것을 골라 글을 써보자.

- 만약 화학물질이 마을의 수원(水源)에 스며들어 수많은 사람들이 편집증이나 기억 상실증에 걸리면 어떻게 될까?
- 만약 태양 폭풍이 발생하여 위성통신 장치가 모두 마비된다면 어떻게 될까?
- 현재의 처벌 제도 시스템을 의료 프로그램으로 대체하여 범죄자들의 나쁜 성향을 모두 제거하고 모범 시민으로 다시 태어나게 만들면 어떻게 될까?

자유연상에 대하여

물리학자이자 철학자로 잘 알려진 마이클 폴러니는 '무언의 지식'과 '말로 표현하는 지식'은 분명히 다르다고 지적했다. 말로 표현하는 지식이란 자기가 알고 있다고 자각하는 것으로 필요한 경우 의식적으로 적용할 수 있는 지식이다. 하지만 무언의 지식은 무의식 속에 '남모르게' 숨어 있기 때문에 본인조차 그 지식이 자기 머릿속에 있다는 것을 알지 못한다. 예를 들어 가끔 사람들이 자기가 말을 해놓고도 '내가 이런 말을 알고 있었는지 미처 몰랐다'고 말하는 것은 무언의 지식을 인식하지 못한 이유에서다.

작가의 머릿속에도 깊은 바다를 휘젓는 파도처럼 무언의 지식이 자리 잡고 있다. 따라서 작가라면 어떻게 하면 무언의 지식을 이끌어낼

158

수 있는지 연구해야 한다. 그중 한 가지 방법이 바로 자유연상이다. 틀린 점이나 어색한 표현 등에 얽매이지 않고 자유롭게 종이에 글을 쓰다 보면 무언의 지식이 가득 들어 있는 지혜의 보고를 만날 수가 있다.

생각 공장 글을 쓸 때는 평소에 생각하는 것보다 더 많이 더 폭넓게 생각해야 한다. 따라서 작가는 말로 표현되는 지식과 무언의 지식 사이의 거리를 좁히는 노력을 해야 한다.

이렇게 하면 주제를 폭넓게 선정한 다음 그에 대해 무엇이든 생각나는 점을 자유롭게 적어본다. 쉬지 않고 계속 글을 쓰는 것이 중요하다. 말이 되지 않는 표현이나 서로 연관성이 없는 내용이 보일 때 수정하고 싶은 마음이 들어도 참고 계속 써내려간다. 이렇게 하면 어떤 주제에 대한 무언의 지식을 빨리 이끌어내는 연습을 할 수 있다. 그런 다음 써놓은 내용 중 일부를 선택하여 시나 짧은 이야기로 발전시킨다.

먼저 말로 표현하라

유명한 작가들 중에는 아이디어를 입 밖으로 내뱉으면 글로 표현하고 싶은 마음이 사라진다며 함부로 발설하지 말라고 하는 이들이 있다. 물론 메모도 하지 않은 채 말해버리면 그럴 수도 있다. 하지만 작은 세부 사항 하나까지도 빠짐없이 모두 글로 쓸 것이 아니라면 슬쩍 말로 풀어내는 것이 오히려 글쓰기에 도움이 된다. 대부분의 사람들은 말로 표현하는 것에 훨씬 익숙하다. 그러므로 좋은 글감이 떠오르면 곧바로 글로 옮기기보다는 일단 생각이 솟는 대로 말로 표현해보자. 대화를 주고받다 보면 자신이 한 말에 대한 상대방의 반응을 통해 아이디어를 더욱 세련되게 다듬을 수 있다.

대화로 표현하는 것이 어색하다면 녹음기를 활용하는 것도 좋은 방법이다. 어떤 작가들은 작품의 대략적인 줄거리나 개요를 녹음기에 저장하고는 한다. 사람에 따라 대충 말로 정리한 다음에 살을 붙여 본격적으로 글을 쓰는 것이 편할 수도 있고, 초안을 자세하게 만들어서 그로부터 글의 뼈대를 세우는 것이 더 편할 수도 있다. 어떤 방법을 이용하여 글을 쓸 지는 본인의 선택이다.

생각 공장 자신의 생각을 말로 표현하는 것은 즉흥적으로 이야기의 내용을 만들어내는 것과 같으며, 이는 나름대로 재미있는 경험이 될 수 있다. '아무런 사전 준비 없이' 한 편의 이야기를 완성했을 때의 뿌듯함을 상상해보라. 이렇게 자주 연습을 하다 보면 글솜씨가 더욱 향상될 것이다.

이렇게 하면 친구나 친척에게 이야기를 지어서 들려주고, 상대방이 원할 때는 배경, 등장인물, 상황 등을 구체적으로 설명해준다. 그런 다음 그 과정에서 쓸 만한 아이디어가 나오면 모두 기록한다.

불확실성을 견디는 일

불확실한 것은 그냥 못 넘기는 사람들이 있다. 하지만 작가는 글을 쓰는 과정 내내 불확실성을 견뎌야 한다. 이상하게 들릴 수도 있지만 불확실한 느낌은 지극히 정상적인 심리 상태이다. 특히 글쓰기를 계획하는 단계에서는 확실한 게 없는 것이 당연하다. 작가 브루스터 기셀린은 "새로운 것을 만들어내려면 불확실성은 감수해야 한다. 강한 충동만 앞서서 불확실성을 해결하려 하는 것은 별 도움이 되지 못한다. 존 리빙스턴 루이스는 이를 가리켜 '말로 표현할 수 없는 것에서 비롯되는 커다란 혼란'이라고 말했다."라고 지적하기도 했다.

글이란 마치 자기주장이 있는 인격체처럼 스스로 진화하기 때문에 정해진 대로만 끌고 나가면 자칫 밋밋하고 뻔한 글이 되어버릴 가능성이 높다. 물론 사전에 모든 것을 계획하는 것이 글쓰기에 도움이 된다고 말하는 작가들도 있다. 하지만 모든 상황은 유동적으로 흘러갈 수 있으므로 적어도 자신이 불확실성을 어느 정도까지 견딜 수 있는지 알아두어야 한다.

생각 공장 글쓰기는 동굴을 탐험하는 것처럼 한 치 앞도 예측하기 힘든 작업이다. 따라서 작가는 글의 줄거리, 등장인물의 특징과 개인 목표 등을 명확하게 정해놓기 보다는 여러 가지 변수를 고려하여 글을 쓰는 것이 좋다.

이렇게 하면 대략적인 주제만 생각한 채 곧바로 글을 써내려간다. 가령, 이별 이야기를 쓰기로 결정했다면 "그가 문을 쾅 닫고 나가자 그녀는 그가 오늘 밤에 돌아오지 않을 것을 직감했다"라는 식으로 글을 시작할 수 있다.
글쓰기 과정을 더 자세히 계획하거나 관련 자료를 찾기보다는 생각나는 대로 글을 써 보자. 이렇게 하면 머릿속에 떠오르는 아이디어에 온전히 의존하게 될 것이다.

정직과 진실성에 대하여

글에는 조심스럽게 정리한 생각, 오랜 시간 숙고한 결과, 어떤 사건을 생생하게 전달하거나 복잡한 아이디어를 설명하기 위해 정확한 단어나 표현을 찾으려고 했던 노력이 모두 담겨 있다. 또한 깊이 생각하지 않았거나 진지하게 고려하지 않은 표현 역시 글에 여지없이 드러난다. 때문에 깨끗한 종이에 자신의 생각을 옮기는 과정에는 진실성이 배어 있어야 한다.

만약 어린 시절 어머니가 자신을 어떻게 대했는지 글로 썼다면 이렇게 자문해보자. 정말 그때 어머니가 당신에게 그런 태도를 보였는지, 인물에 대한 묘사에 과장이나 왜곡된 부분은 없는지, 친구들과 함께 놀고 장난치는 장면 하나하나를 사실 그대로 묘사했는지 묻고 정직하게 답해보는 것이다.

소설가도 정직과 진실성을 중요하게 생각해야 한다. 그렇지 않으면 등장인물이나 줄거리 전개가 독자들의 마음에 와 닿지 않을 것이다. 독자는 말도 안 되는 이야기와 정직하지 않은 이야기를 대번에 구별할 수 있다. 그러므로 작가는 글을 쓸 때 가장 정직해야 한다.

생각 공장 다른 사람들에게 당신의 생활에 대해 어떤 식으로 이야기하는지 생각해보라. 마크 트웨인의 표현처럼 '진실을 잡아 늘리는' 편인가? 부정적인 설명은 아예 빼거나 듣기 좋은 말로 바꿔서 말하는가? 글을 쓸 때에도 그런 경향이 나타나는가? 만약 그렇다면 다른 작품을 쓰거나 기존 작품을 수정하기 전에 진실성을 구분할 수 있는 필수 원칙을 당장 정해야 한다.

이렇게 하면 아직 출판하지 않았거나 완성하지 않은 소설, 에세이, 시의 초안을 꺼내서 진실성을 기준으로 비판적인 평가서를 쓴다. 세부 묘사, 등장인물의 대사, 작가의 부연 설명 등 의문을 제기할 수 있는 것은 하나도 빼놓지 않는다. 수정할 여지가 있는 것은 어떻게 바꿀지 고민하고 친구나 가족들에게도 피드백을 요청한다. 그런 다음 피드백을 받아들여서 글을 수정해보자.

믿음의 표현을 글에 담아라

과학자가 여러 가지 우주 법칙이 지배하는 실제 우주를 탐구하 듯이 예술가는 내면의 우주를 탐구하는 사람이다. 내면의 우주는 야망과 열정, 사랑과 애증, 모험과 미스터리, 탐험 같은 온갖 의식이 펼쳐지는 곳으로서 마법사의 가마솥처럼 다양한 요소들이 한데 섞여서 끓고 있다. 작가는 다른 예술가들과 마찬가지로 이 가마솥을 들여다보고 그 속에 섞인 예술적인 요소를 찾아내야 한다. 이는 인간의 본성에 대한 숭고한 믿음의 표현이다.

소설가이자 에세이 작가인 론 한센은 《혼란에 맞서서: 믿음과 소설에 대한 에세이A Stay Against Confusion: Essays on Faith and Fiction》에서 "믿음에서 영감을 얻은 소설은 살면서 생각조차 하지 못한 상황에 정면으로 맞서는 모습을 그린 것과 동시에 인간의 본성에 대한 진리를 추구하는 과정을 보여주는 것"이라고 설명했다.

굳이 종교적인 글을 쓰지 않더라도 작가는 글에 믿음의 표현을 담아야 한다. 믿음은 끝없이 요동치며 복잡하게 얽혀 있는 내면의 우주를 이해하려는 인간의 의지를 다독여주는 효과가 있기 때문이다.

생각 공장 각각의 단어에 얼마나 대단한 힘이 있는지 생각해보라. 단어가 모여서 시, 소설, 희극, 자서전이 되며 역사가 완성된다. 또한 인간은 저마다 특정한 언어를 통해 자아 정체성을 확립한다. 이는 언어야말로 우주에 대한 진리를 보여주는 창과 같다는 것을 보여준다.

이렇게 하면 초현대주의 사상가들의 주장에 따르면 언어는 '있는 그대로의' 현실을 묘사하는 것이 아니라 언어가 표현할 수 있는 만큼의 현실만 담을 수 있다고 한다. 이러한 주장에 대해 자신이 어떻게 생각하는지 에세이로 적어보자.

글쓰기에 걸림돌이 되는 것을
미리 방지하라

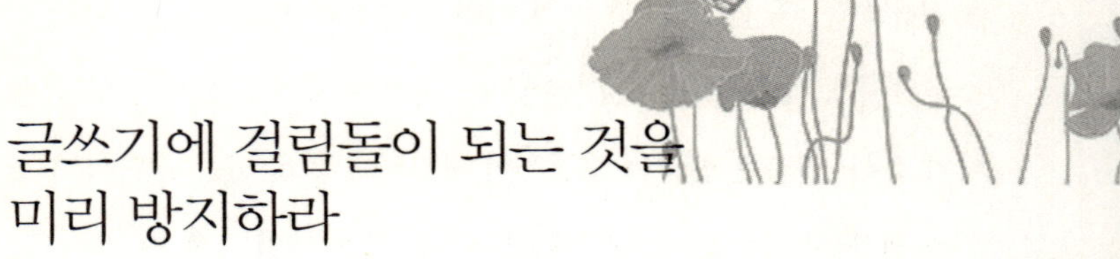

글쓰기에 걸림돌이 되는 것을 극복하는 것과 이를 미리 방지하는 것은 전혀 별개의 문제다. 독감에 걸리지 않게 예방주사를 맞듯이 글쓰기의 장애물을 예방하는 것이 과연 가능할까? 그냥 장애물이 생길 때마다 적절히 대처하면 되지 않을까? 물론 그것도 나쁘지는 않으나 가장 좋은 방법은 장애물이 생길 여지를 아예 없애는 것이다.

이를 위한 한 가지 방법은 무슨 일이 벌어지더라도 글을 계속 써내려가는 것이다. 예를 들면 부모님, 유명한 사람 또는 가상 인물에게 보내는 편지를 작성할 수 있다. 간단한 안부 인사 카드에 쓸 말을 적어보는 것도 도움이 된다. 즉, 지금 쓰던 글이 막힌다고 해서 글쓰기 자체를 포기할 이유는 없다는 것이다.

또 다른 방법으로는 단어 게임을 해보는 것이다. 이를테면 사전에서 무작위로 단어 열 개를 뽑아서 한 문단 정도의 글을 써본다.

생각 공장 글쓰기의 장애물은 얼마든지 예방할 수 있다. 단, 자신에게 제일 효과적인 방법을 먼저 찾아내야 한다. 잠깐 휴식을 취하며 생각을 정리할 수도 있고, 가벼운 운동 등을 통하여 쌓인 스트레스를 풀 수도 있다. 하지만 가장 중요한 것은 글을 쓰는 데 어려움이 생긴 이유부터 알아내는 것이다.

이렇게 하면 글이 잘 풀리지 않으면 옆 사람에게 신문에서 단어 두세 개를 골라달라고 부탁한다. 그런 다음 신문에서 고른 단어를 넣어 새로운 이야기의 첫 문단을 작성한다.

작가가 지켜야 할 윤리

윤리에 해당하는 영단어 'ethics'는 합당한 행동, 올바른 충성심 혹은 그러한 것을 지킬 줄 아는 성격을 뜻하는 그리스어 '에토스(ethos)'에서 유래한 말이다. 이 단어는 작가에게도 여러 가지 면에서 시사하는 바가 크다.

작품은 작가의 산물이다. 단어나 아이디어를 자신의 방식대로 쓰지 않으면 자연스러운 글이 나오지 않는다. 또 글 속에 언급하는 내용은 반드시 정확해야 한다. 예를 들어 자서전을 쓸 때 개인 경험은 과장이나 왜곡 없이 솔직하게 묘사해야 한다. 물론 기억이나 표현상의 문제는 있을 수 있지만 그렇다고 해서 없던 일을 지어내는 것은 곤란하다. 그렇게 쓸 바에는 차라리 소설을 쓰는 편이 낫다.

 대부분의 독자는 논픽션을 읽을 때 자신의 읽는 내용이 사실이라고 단정을 짓는다. 그러므로 작가는 마음대로 지어낸 이야기로 독자들을 속이면 안 된다. 논픽션을 쓸 때는 거짓이나 왜곡이 없도록 최선을 다해야 하고 필요한 부분은 증거 자료를 제시하는 것이 좋다.

 에세이, 신문 기사, 자서전, 전기 등의 초안을 완성한 다음 아래 사항을 확인한다.

- 날짜, 장소, 인명 등은 모두 정확한가?
- 사건이나 장면의 묘사는 확실한가?
- 다른 사람들의 증언과 일치하는가?
- 관련 사실이나 설명은 틀린 점이 없는가?
- 사건의 순서는 명확한가?

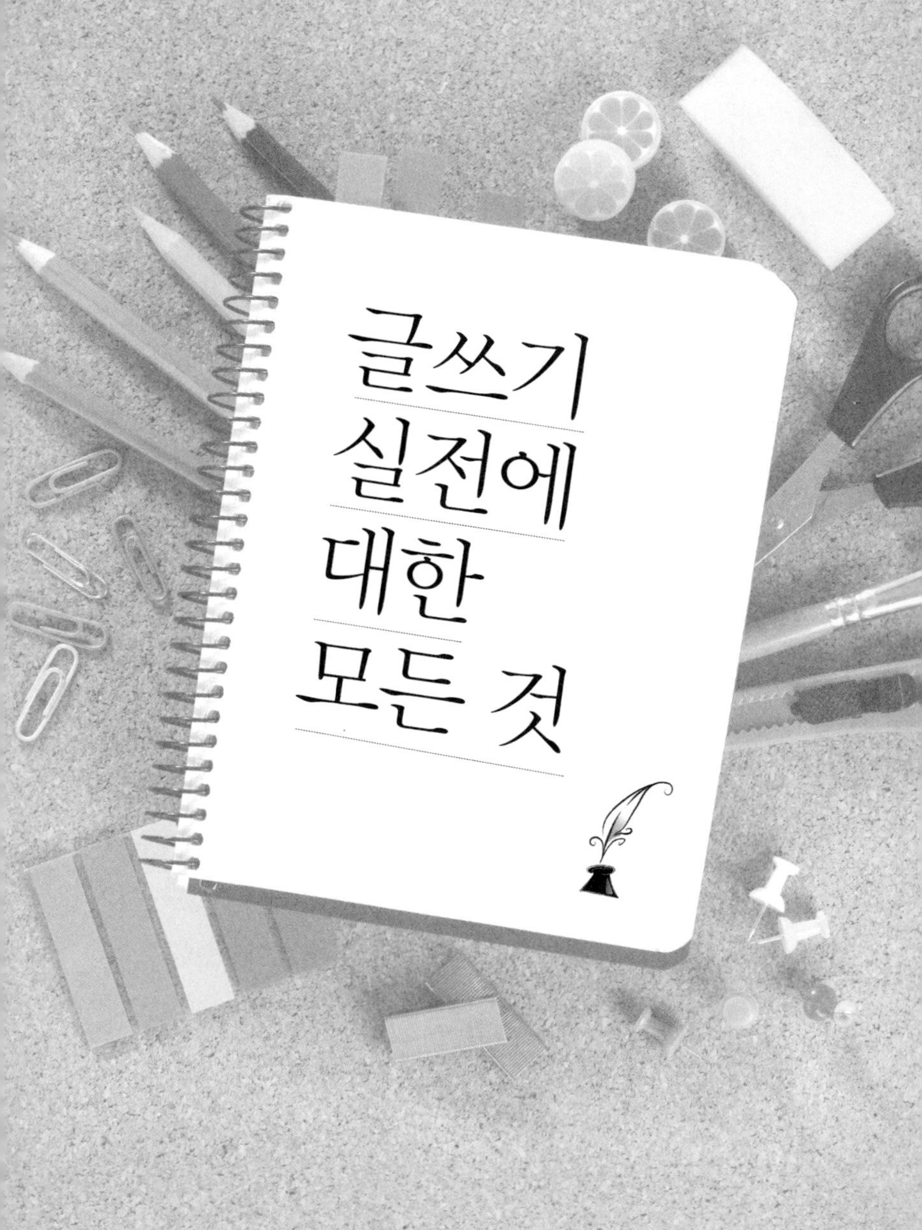
글쓰기
실전에
대한
모든 것

플롯에 대한 생각

'플롯'이라는 말만 들어도 머리가 아프다는 작가들이 많다. 이는 플롯에 대한 두 가지 오해 때문이다. 첫 번째는 초안을 만들기 전에 플롯을 완벽하게 마무리해야 한다는 생각이고, 두 번째는 플롯에는 일정한 공식이 있어야 한다고 믿는 것이다. 일부 작문 교사들이 플롯을 건축가의 청사진에 비유하기 때문에 이런 오해가 생긴 것일 수도 있다. 하지만 플롯은 청사진과 전혀 다른 개념이다. 청사진은 변하지 않지만 플롯은 초안을 쓰는 과정에서 계속 수정되기 때문이다.

어떤 작가들은 초안을 쓰면서 새로운 것을 발견하는 것이 또 다른 즐거움이라고 말한다. 오히려 처음부터 플롯의 세세한 것까지 정해두고 시작하면 창의성을 발휘할 여지가 없어 답답함을 느낄 수도 있다.

생각 공장 한 편의 글을 쓰는 것은 완성된 글을 읽는 것과 전혀 다른 작업이다. 순간 순간마다 등장인물과 주변 환경이 어떻게 달라질지 작가도 전부 알지는 못하기 때문이다. 보물 탐험대에 대한 이야기를 쓴다고 가정해보자. 주인공이 고생 끝에 오랫동안 숨겨져 있던 보물 지도를 찾아내지만 거기에는 거짓 정보도 많이 적혀 있다. 이때 작가는 주인공의 입장에 서서 작은 힌트 하나라도 놓치지 않도록 정신을 바짝 차려야 한다. 즉, 약한 불에 재료를 하나씩 천천히 넣으면서 뭉근하게 끓이는 요리사처럼 작가는 글이 전개되는 과정을 지켜보면서 글의 흐름에 맞게 새로운 플롯의 요소를 넣을 시점을 결정해야 한다.

이렇게 하면 아직 마무리하지 않은 작품이 있다면 플롯에 새로운 요소를 추가하면서 마무리한다. 예를 들면 주인공을 막다른 골목으로 밀어 넣는 등 전혀 다른 상황으로 이야기를 끌고가는 것이다. 하지만 이것은 어디까지나 플롯을 전개하면서 새로운 요소를 추가하는 연습일 뿐, 플롯 구성을 처음부터 다시 하라는 것은 아니다. 상상력을 마음껏 발휘해보자.

초안 작성하기

존 밀턴은 《실낙원*Paradise Lost*》을 집필할 때 이미 실명한 상태였다고 한다. 그래서 그는 머릿속으로 글을 구상하고, 딸들에게 작품의 대부분을 받아쓰게 했다. 하지만 밀턴처럼 천부적인 재능을 가진 작가가 아니라면 생각한 내용을 일단 종이로 옮긴 다음에야 그 초안을 어떻게 수정할지 알 수 있다.

초안을 작성하는 것은 글쓰기의 가장 첫 단계이다. 이에 대해 20세기 영국을 대표하는 작가 E. M. 포스터는 "일단 종이에 옮기지 않고서는 나도 내 머릿속에 든 생각을 다 안다고 말할 수 없다"는 유명한 말을 남겼다. 포스터와 같은 대작가도 초안을 수정할 필요성을 느낀다면 새내기 작가들은 더 말할 것도 없다.

이렇듯 초안을 반드시 수정해야 한다는 것을 인정하면 오히려 글쓰기가 수월해진다. '말이 되는지 안 되는지' 신경 쓰지 않아도 된다. 오직 내용을 구사하는 것, 이야기를 전개하는 것, 각 등장인물을 실감 나게 표현하는 데에만 집중할 수 있다. 물론 이런 작업은 굉장히 중요하고도 어려운 일이다.

어떤 작가들은 첫 번째 초안을 '발견 초안(discovery draft)' 이라고 부른다. 이것을 수정해야 비로소 다른 사람들에게 보여줄 만한 '초안다운 초안' 이 완성된다. 이때 다른 사람들이란 일반 대중이 아니라 객관적인 입장에서 제대로 된 피드백을 줄 수 있는 사람을 말한다.

생각 공장 초안 작성 단계는 가능한 한 빨리 진행하는 것이 좋다. 생각하는 속도에 맞추어 써내려가는 것이 가장 이상적이다. 초안을 쓸 때는 글의 초점을 한시라도 잊지 않도록 하되, 글의 스타일은 무시해야 한다. 좀 어색한 표현이 있다면 나중에 수정하도록 종이 여백에 표시해두고 일단 넘어간다.

이렇게 하면 이전에 썼던 글이나 에세이의 초안을 꺼내보라. 완성된 것도 좋고 아직 마무리가 안 된 것도 상관없다. 초안을 다시 읽으면서 수정할 점이 보이면 그 자리에서 바로 수정한다. 글의 흐름이나 문장의 완성도에 너무 연연하지 말고 빠르게 읽는 것이 중요하다. 그리고 모든 수정이 '끝나면' 신뢰할 수 있고 비평적인 조언을 해줄 수 있는 사람에게 보여줄 목적으로 한 번 더 읽으면서 마무리한다. 이렇게 하면 첫 번째 초안이 최종적으로 완성된다.

도입부에 대한 부담을 버려라

작가들은 종종 도입 부분을 처리하지 못해서 쩔쩔매고는 한다. 도입부에서 배경 설정을 잘해놓아야 글이 제대로 완성된다고 믿기 때문이다. 하지만 초안을 쓰는 경우 도입 부분은 이야기가 본격적으로 전개되는 바탕만 소개하고 구체적인 도입의 종류는 나중에 결정하는 것이 좋다.

도입의 종류는 다음과 같다.

보고 형식

다짜고짜 이야기를 시작하여 작가의 상상으로 만든 세상이 현실인 것처럼 착각하게 만든다. 존 어빙의 《가프가 본 세상*The World*

According to Garp》은 이렇게 시작한다.

가프의 어머니인 제니 필즈는 영화관에서 어떤 남자에게 상해를 입혔다는 혐의로 1942년 보스턴에서 체포되었다.

동화 형식

'옛날 옛적에' 라는 말로 이야기를 시작하거나 동화의 배경을 설명하는 방식이다. 유아를 대상으로 하는 글에서는 효과적이지만 어른들을 위한 소설에는 그리 추천할 만한 방법이 아니다.

인 메디아스 레스(In medias res, '사물의 중간으로'를 뜻하는 라틴어) 형식

이야기의 시작을 처음부터 차근차근 설명하는 것이 아니라 중간부터 시작하는 형식이다. 처음에 독자는 '도대체 뭐가 어떻게 돌아가는 거야?' 라고 의아해하지만 몇 페이지를 넘기고 나면 비로소 상황을 다 파악하게 된다.

분위기나 주위 환경을 소개하는 형식

글의 분위기를 구체적으로 정해놓고 이야기를 전개하는 형식이다. 디킨스의 《황폐한 집*Bleak House*》은 초반부터 강압적인 분위기로 독자들을 압도하고 있다.

　굴뚝에서 부드럽고 검은 재가 보슬비처럼 내렸다. 재 가루는 커다란 눈꽃 송이 같았으며 마치 태양의 죽음을 애도하는 눈물 같았다. 너무 어두워서 개가 있는지 확실히 보이지 않았다. 그나마 말은 커다란 눈을 껌벅거리는 것으로 겨우 찾아낼 수 있었다. 행인들은 우산을 거칠게 부딪치며 서로를 밀치고 지나갔다. 그 누구도 친절하게 양보하려 하지 않았다. 사방을 둘러봐도 두꺼운 안개밖에 보이지 않았다.

생각 공장 독자는 도입 부분을 통해 본격적으로 이야기의 세계에 입성하므로 이 부분은 상당히 중요하다. 그렇다고 해서 초고를 쓸 때부터 도입부에 무리해서 몰두할 필요는 없다. 서너 장 이상 글을 전개하다 보면 전체 글에 어울리는 도입의 내용과 종류를 자연스럽게 결정할 수 있기 때문이다.

이렇게 하면 예전에 쓴 작품 중 하나를 골라서 도입 부분을 완전히 바꿔보자. 그런 다음 도입을 바꾼 것이 글 전체의 분위기에 어떤 영향을 주는지, 글의 전개 속도는 어떠한지, 생동감이 한층 더 느껴지는지 평가해본다.

작품 속 배경 설정

소설이나 회고록을 쓸 때면 종종 독자의 호기심을 불러일으키기 위해서 현재 주인공이 직면한 문제 상황을 설명하는 것으로 글을 시작하는 경우가 있다. 그 상황 뒤에는 반드시 어떤 과정을 거쳐서 그런 문제가 생겼는지 부연 설명이 나온다. 과거에 있었던 일이 지금 눈앞에 그대로 펼쳐지는 것처럼 회상하는 장면을 설정할 수도 있고, 직접적으로 예전에 어떤 일이 있었는지 설명할 수도 있다. 이처럼 현재 시점의 이야기가 벌어지기 전에 있었던 중요한 사건을 배경 이야기라고 한다.

배경 이야기를 다룰 때는 독자들이 지루해하거나 혼란스럽지 않게 해야 한다. 때문에 나름대로 내적 갈등 요소를 포함하는 것이 좋다.

또한 배경 이야기를 제시할 때는 독자가 현재 시점의 이야기와 헷갈리지 않도록 주의해야 한다.

에세이를 쓸 때에도 배경 이야기를 언급할 수 있다. 딘티 W. 무어는 사적인 경험을 토대로 〈아, 황무지여! 진흙투성이 리오그란데 강에서 살아가는 인간과 매, 그리고 환경의 단아함에 대하여*Oh, Wilderness! Humans, Hawks, and Environmental Correctness on the Muddy Rio Grande*〉라는 에세이를 완성했다. 이 글은 빅벤드국립공원의 동쪽에 있는 리오그란데강에 카누를 타러온 관광객들과 가이드에 대한 묘사로 시작하지만, 곧 '전날 저녁에 우리 열 세 사람은 텍사스 주, 오데사에 있는 모텔에서 우연히 만났다' 라는 배경 이야기로 이어진다.

생각 공장 독자는 빨리 이야기에 빠져들고 싶어 한다. 그래서 소설가들은 글의 도입부터 아주 어려운 난관을 제시해서 독자들을 매료시키려 한다. 스릴러물 역시 독자들의 흥미를 유발시킬 수 있는 내용으로 글을 시작한다. 일단 독자들의 '흥미를 유발시킨 후에' 배경 이야기를 설명해도 늦지 않기 때문이다. 만약 배경 이야기 속에 주요 사건을 유발시키는 이유가 숨어 있다면 배경 이야기는 여러 부분으로 나누어 글의 중간 중간에 소개할 수도 있다.

이렇게 하면 어린 시절을 돌이켜보면서 난관에 부딪혀 쩔쩔매던 경험이 없는지 생각해본다. 친구와 함께 낯선 곳에서 길을 잃은 적은 없었는가? 선생님이나 경찰 등 자기보다 지위가 높은 사람과 마찰이 생겨서 문제를 겪지는 않았는가? 당시 상황을 한 문단 정도로 묘사하고 그다음 문단에서는 왜 그런 상황에 처하게 되었는지 배경을 설명한다. 이때 독자가 흥미를 잃지 않고 계속 글을 읽게 만드는 것이 무엇보다 중요하다.

등장인물의 모티브

등장인물을 설정할 때는 아래의 다섯 가지 질문을 고려해야 한다. 이 질문들은 서로 연결되어 있다.

- 무엇을 원하는가?
- 그렇게 간절히 원하는 이유는 무엇인가?
- 어떤 방법으로 원하는 바를 이루려 하는가?
- 무엇 때문에 방해받고 있는가?
- 방해물을 어떻게 극복할 것인가?

이러한 질문에 아주 자세하게 대답한 다음 본격적으로 글을 써야 한다.

　목표를 이루려는 의지와 그 목표를 이루는 데 방해가 되는 것을 극복하는 자세를 동기라고 한다. 등산가들은 산이 '거기 있기 때문에' 힘들어도 그 산을 정복하는 것이라고 말하지만 동기는 훨씬 더 복잡할 수도 있다. 그 동기가 무엇인지 설정하는 것이 작가의 몫인 것이다.

　당신이 만든 각각의 등장인물들은 어떤 동기를 품고 있는가? 자신을 탐탁지 않게 여기는 부모에게 보란 듯이 자신의 능력을 증명하려고 애쓰는가? 장애를 딛고 일어서서 인간 승리를 쟁취하려고 하는가? 세상 사람들 앞에 용맹스런 모습을 보이기 위해 노력하는가? 이렇듯 뿌리 깊이 감추어진 동기를 설정하는 것은 글쓰기에 반드시 필요한 과정이다.

생각 공장 등장인물의 동기는 독자들이 쉽게 이해할 수 있는 보편적인 것이 좋다. 그러므로 작가는 자신의 인생뿐만 아니라 주변 사람들의 생활도 깊이 숙고하여 이를 토대로 현실적인 동기를 찾아내야 한다.

이렇게 하면 등장인물 한 사람 한 사람마다 어떤 '동기'를 가지고 있는지 한 페이지 분량으로 설명한다. 이를 위해서는 먼저 자신의 동기와 주변 사람들의 동기를 모두 정리하여 분석할 필요가 있다. 물론 자기 자신의 동기를 파악하는 것은 쉽지 않은 일이다. 하지만 자신의 동기를 구체적으로 정하고 이해해야만 등장인물의 동기를 합당하게 설정할 수 있다.

글의 분위기

소설 속의 분위기는 크게 두 가지로 나뉜다. 하나는 장소에서 풍겨 나오는 분위기이고, 다른 하나는 등장인물과 장소가 서로 어우러져서 만들어지는 분위기이다. 프리모 레비의 회고록인 《주기율표*The Periodic Table*》에서 레비가 파시즘 당원들에게 화학 실험을 하는 장면이 분위기는 곧 다가올 불행을 강하게 암시한다.

나로서는 빠져나갈 수 있는 길이 전혀 없었다. 목숨을 부지하려면 시키는 대로 약품을 준비해야 했다. 확실히 알 수는 없지만 불행한 일이 곧 펼쳐질 것이 분명했다.

아이러니하게도 화학 약품에 대한 비유를 들면서 자신의 삶을 돌아보는 이 부분은 슬프고 암울한 분위기와는 다소 거리가 멀다. 예를 들어 레비는 니켈('작은 악마'라는 뜻)을 다루는 일을 하는데, 그 일은 같이 일하던 실험실 조수를 자꾸 생각나게 한다. 조수라는 아이에 대한 묘사는 다음과 같다.

뼈만 앙상하게 남은 열여덟 살짜리 여자 아이였다. 붉은 머리카락은 아무렇게나 헝클어져 있었고 경계심 가득한 녹색 눈동자는 장난기로 반짝거렸다.

생각 공장 이야기의 분위기는 화자가 주변 환경에 어떻게 반응하느냐에 따라 크게 달라진다. 예를 들어 귀신이 나타나는 집에 갇힌 화자의 반응에서 유발되는 두려움, 공포, 암울함 등은 독특한 흥분을 자아낸다.

이렇게 하면

1. 시종일관 어둡고 무거운 분위기 또는 밝고 긍정적인 분위기로 일관하는 글을 구상한다.
2. 이야기의 분위기가 계속 달라지는 글을 한 편 써본다. 예를 들면 으스스한 분위기에서 밝고 신나는 분위기로 이어졌다가 다시 으스스한 분위기로 돌아올 수 있다.

186

감각적인 세부 묘사

글을 읽는 독자들은 작가가 만들어놓은 세계를 간접적으로 경험한다. 때문에 작가는 간접경험의 효과를 최대화하기 위해 감각적인 세부 사항을 넣어줘야 한다. 즉 다섯 가지 감각 중 하나 이상을 자극하는 표현들이다. 예를 들어 냉장고에 들어 있는 차가운 자두의 맛, 가구의 먼지를 털어내고 세탁물을 다림질하는 것, 기차에 앉아 있는 승객들의 모습 등이 있다. 에밀리 디킨슨 역시 지붕 위를 두드리는 빗방울, 벌레를 삼키는 작은 새, '코치닐 꼴풀처럼' 날아다니는 벌새와 같은 표현에서 볼 수 있듯이 감각적인 세부 사항을 사용해서 훌륭한 시를 남겼다.

독자는 이런 표현을 읽는 것만으로도 해당 감각이 살아나서 실제로 경험한 듯한 느낌을 갖게 된다. 실비아 플라스의 〈상처Cut〉라는 시를 보면 야채를 자르다가 엄지손가락을 베었는데 '살이 푹 파여서' 피가 철철 흘러나왔다는 표현이 나온다. 이 부분을 읽는 순간 아마 많은 독자들이 섬뜩하다고 느낄 것이다. 프랭크 맥코트의 작품인 《앤젤라의 유골Angela's Ashes》에는 '벼룩으로 뒤덮인 침대'라는 표현이 있다. 독자들은 그 부분을 읽는 순간 어쩌면 자기 팔이나 다리를 벅벅 긁었을지도 모른다.

생각 공장 감각적인 세부 묘사는 독자가 등장인물의 경험에 공감하게 해주며 이야기의 배경에 완전히 동화시키므로 작가는 감각적 느낌을 잘 전달할 줄 알아야 한다. 그러려면 먼저 일상생활에서 볼 수 있는 것을 잘 사용해야 한다. 사실 우리가 대수롭지 않게 넘기는 일상은 바로 감각적 경험의 연속이다. 따라서 이제부터라도 직접 경험한 것들의 느낌을 잘 기억해두고, 글을 읽으면서 풍부한 간접경험을 쌓으려고 노력해야 한다. 꾸준히 훈련을 하다 보면 글쓰기에도 도움이 되고 생활 전체에 생동감이 흘러넘칠 것이다.

이렇게 하면 시각, 청각, 후각 등에 대한 짧은 시나 글을 계속 쓰되, 가능한 한 가장 생생한 표현으로 느낌을 살려낸다.

함축적 의미

단어에는 표면적으로 드러나는 의미에 더하여 그 단어가 불러일으키는 연상 작용, 즉 함축적 의미가 존재한다. 특히 시인은 이 함축적 의미를 자주 사용한다. 덕분에 독자는 모든 사물의 사전적 정의를 넘어선 함축적 의미를 감상할 수 있다. 블레이크의 〈병든 장미_The Sick Rose_〉라는 시에서 '병든', '벌레', '비밀' 등의 단어에 담겨 있는 함축적 의미를 생각해보자.

오, 장미여, 그대 병들었구나!

폭풍 울부짖는

어두운 밤

보이지 않는 벌레가 날아와

그대 침상에서

진홍빛 환희를 찾아내

그 은밀하고 어두운 사랑으로

그대의 생명을 파괴하는구나.

이 시에서 한밤중 날아든 벌레로 인해 시들어버린 '장미'는 실제 꽃을 가리키는 것이 아니라 성추행과 그로 인한 인간의 부패를 상징하고 있다.

생각 공장 단어는 사람에 따라 함축적 의미가 달라진다. 예를 들어 '집'이라는 단어를 들었을 때 많은 사람들은 편안함, 안전함, 따뜻함, 안정감을 느낀다. 하지만 어떤 사람은 집에 대한 안 좋은 기억이나 추억을 떠올릴 수도 있다. 이처럼 단어에 독특한 함축적 의미를 부여할 수 있다는 가능성을 염두에 두면 시를 쓸 때 복합적인 의미를 담을 수 있다.

이렇게 하면

1. 좋아하는 시인의 작품을 읽은 후 감정적인 연상을 불러일으키는 단어들을 찾아본다. 그리고 그러한 단어에서 느낀 점을 써본다.
2. 일반적인 함축뿐만 아니라 개인적 함축적 의미를 불러일으키는 단어를 사용해서 시를 한 편 구상한다.

알레고리를 사용하라

글쓰기에 남다른 열정이 있다면 알레고리를 반드시 알아야 한다. 알레고리는 스토리텔링의 본질을 아주 생생하면서도 압축적으로 제시하기 때문이다. 알레고리란 추상적인 개념을 사람이나 장소, 사물에 빗대어 표현하는 이야기 방식이다. 이를테면 식탐은 악취가 나는 늪이나 '식탐이' 라는 이름을 가진 못생기고 뚱뚱한 사람으로 형상화할 수 있다.

대표적인 알레고리 작품으로 손꼽히는 존 버니언의 《천로역정*The Pilgrim's Progress*》은 주인공 크리스천이 파괴의 도시에서 출발하여 천상의 도시까지 여행하는 내용을 다루고 있다. 그는 여정 내내 무거운 죄책감으로 인해 절망의 늪(Slough of Despond)에 빠지고 세속의 현인

(Mr. Worldly Wiseman)의 설득에 넘어가 위험한 여행을 포기하고 싶은 유혹을 느끼는 등 힘겨운 장애물에 계속 부딪힌다.

패러블이나 우화처럼 알레고리는 추상적인 개념을 극적인 사건을 통해 전달함으로써 지혜가 무엇인지 보여준다. 대부분의 사람들은 예시를 통해 글을 이해하기 때문에 알레고리는 아주 유용한 방법이라 할 수 있다.

생각 공장 일상생활에서 알레고리를 이용해서 표현할 수 있는 것은 어떤 게 있는지 찾아보라. 루이사 메이 올콧의 《작은 아씨들*Little Women*》을 읽어보면 알레고리의 역할을 알 수 있다. 여기 나오는 네 명의 주인공들 모두 아버지 없이 가족을 돌보느라 힘든 일을 겪을 때마다 존 버니언의 《천로역정》을 읽으며 위로를 받았다.

이렇게 하면 직접 알레고리를 만들어보자. 우선 등장인물 한 사람, 한 사람마다 특징을 부여한다. 그리고 주인공이 온갖 어려움을 이겨내고 반드시 이루어야 할 목표를 정해준다. 예를 들면 제3세계의 가난한 사람들을 도와줌으로써 명예의 나라에 도착하는 것을 목표로 하는 주인공을 설정하고 이름을 '동정심'이라고 지어줄 수 있다. 하지만 명예의 나라로 가는 동안 동정심은 힘든 여행을 관두게 하려는 '두려움'의 꼬임에 넘어가지 않기 위해 안간힘을 써야 한다.

실내 묘사

실내 묘사를 효과적으로 하려면 우선 작가의 머릿속에 무대를 만들어야 한다. 그리고 한 문장, 한 문장 설명하는 것이 곧 이야기 전개에 어떤 영향을 미치는지 세심하게 고려해야 한다. 실내 묘사의 대가인 에드가 앨런 포우의 작품에서 알 수 있듯이 세부적인 것을 잘 묘사하면 굉장히 큰 효과를 얻을 수 있다. 《함정과 진자*The Pit and the Pendulum*》라는 소설을 보면 온몸이 묶인 채 어두운 지하실에 갇힌 화자가 잔뜩 겁에 질려 주변을 둘러보는 장면이 이렇게 묘사되어 있다

이 의자에 묶여 있은 지 벌써 여러 시간이 지난 것 같다. 의자 바로

밑으로는 쥐가 우글거린다. 덩치가 아주 큰 것이 무서울 게 하나도 없는 녀석들이다. 내가 의식을 잃는 순간 곧바로 나를 덮치려는 듯 벌건 눈으로 나를 주시하고 있다. … 소름끼치는 쥐 때문에 잠시도 긴장을 놓을 수 없다. 그 와중에 온갖 벌레들이 쉴 새 없이 내 손가락을 물어 뜯고 있다

생각 공장 실내 묘사도 외부의 자연 환경을 묘사하는 것 못지않게 글의 분위기에 큰 영향을 준다. 따라서 고대 상류사회를 배경으로 하는 작품을 주로 쓴다면 이디스 와튼의 소설에서 금박 시대의 미용실, 오페라 하우스 등이 얼마나 화려하게 묘사되어 있는지 살펴본다. 초자연적인 내용의 소설이나 고딕 소설(고딕 건축 양식의 중세 건물과 폐허 등에서 영감을 받은 작품)을 주로 쓰는 작가는 포우, 러브크래프트 및 이들을 계승하는 스티븐 킹, 딘 쿤츠, 피터 스트라우브의 작품을 깊이 연구한다. 또한 극작가의 경우 스토리라인을 작성할 때 매 장면 설정이 매우 중요하므로 실내 묘사에 특히 신경을 쓰도록 한다.

이렇게 하면

1. 음침한 분위기의 방 안에서 정신을 잃을 정도로 두려움에 떨고 있는 주인공을 묘사한다. 이때 음울하고 불안한 느낌이 들도록 방 안의 모습을 자세히 표현하는 것이 중요하다. 《함정과 진자》에서 가차 없이 내려오는 진자 또는 눈을 번뜩이는 쥐를 생각하면 도움이 될 것이다.
2. 연극 대본 중에서 실내 장면을 묘사해야 하는 부분을 설정한다. 노엘 카워드의 연극처럼 거실을 주 무대로 삼거나 데이비드 마멧의 〈글렌게리 글렌 로스〉처럼 사무실을 배경으로 이야기를 전개할 수 있다.

콜라주

대부분의 작가는 시간이나 공간의 순서에 따라 글을 전개한다. 하지만 반드시 꼭 그렇게 해야 하는 것은 아니다. 때로는 모자이크나 콜라주를 하듯이 글을 쓰는 것이 더 극적인 느낌을 줄 수 있다. 내레이션 형식으로 시작하여 묘사, 설명, 보고하는 방식을 중간에 넣고 다시 내레이션으로 돌아오는 것도 한 가지 방법이다.

멜빌의 《백경》은 대표적인 콜라주 기법의 소설이다. 글의 중간에 고래를 연구하는 학문에 대한 설명을 삽입하여 고래 사냥이나 고래에 대한 전설을 자세하게 기술하는 식이다. 존 더스패서스의 《미합중국 U.S.A.》은 3부작 소설로 전혀 다른 방법으로 콜라주 기법을 선보였다. 그는 뉴스영화, 신문의 헤드라인, 카메라의 눈 기법(camera eye,

카메라로 촬영하듯이 대상을 묘사하는 일종의 보여주기 기법)을 통해 세상을 바라보는 시점, 등장인물의 프로필 등이 서로 어우러지면서 1900년부터 1930년까지 정신없이 돌아가는 미국의 모습을 사실적으로 묘사했다.

생각 공장 콜라주 소설은 한 시대나 문화 혹은 고래잡이나 전쟁과 같은 독특한 경험을 완벽하게 그려내려는 시도이다. 그래서 소설의 범위는 서사시를 닮아야 하고, 글도 산문답지 않게 하나의 비주얼 아트처럼 보여야 된다. 실제로 더스패서스는 뉴스영화와 카메라의 눈 기법으로 시각적 이미지를 굉장히 자주 사용했다.

이렇게 하면 멜빌의 《백경》과 더스패서스의 《미합중국》의 구조를 분석한 다음, 이를 참고하여 새로운 콜라주 기법의 소설 초안을 작성한다. 그리고 콜라주의 관점에서 멀티미디어를 활용한 프레젠테이션을 구상한다. 이를테면 만화경으로 들여다본 것처럼 모든 것을 한꺼번에 제시하여 에너지가 솟아나는 느낌을 강조하거나 독자의 흥미를 고조시킬 수 있다. 단, 시간의 흐름보다는 장면 위주로 많이 생각해본다.

투명하게 써라

초보 작가들은 독자에게 강한 인상을 주려고 표현을 과장하려는 경향이 있다. 일부러 어렵고 복잡한 말을 쓰거나 문장을 길게 하고 웅변조로 이야기하는 것은 초보 작가들이 자주 사용하는 방법이다. 그러나 이것은 지극히 잘못된 판단이다. 독자는 장면이든 문제 상황이든 명료하게 설명해주는 것을 원하기 때문이다. 복잡한 개념이나 문제를 독자들이 이해하지 못하면 더 이상의 이야기 전개는 아무런 의미가 없다. 즉, 독자가 원하는 글의 스타일은 이야기의 전개를 그대로 들여다볼 수 있는 투명한 창문 같은 스타일이지, 안에서 무슨 일이 벌어지는지 전혀 알 수 없는 단단한 금속 문이 아니라는 것이다.

그렇다고 해서 우아한 문체가 나쁘다는 말은 아니다. 다만 글을 이해하는 데 방해하지 않는 범위 내에서 구사해야 한다. 또한 필요 이상으로 단어를 많이 사용하는 것은 우아함을 더해주기보다는 글의 군더더기만 늘리는 역효과를 가져올 수 있다.

생각 공장 투명한 스타일이란 굳이 자세히 보려 하지 않아도 방 안을 훤히 보여주는 창문처럼 이야기 전개를 명쾌하게 전달해주는 스타일을 말한다. 이는 모든 작가들이 지향해야 할 스타일이다.

이렇게 하면 완성된 초안을 살펴보면서 독자들이 이해하는 데 어려움을 겪을 가능성이 높은 부분을 점검한다. 그런 다음 어떻게 수정하면 이야기 전개나 정보 전달이 원활하게 이루어질지 생각해본다. 더 명료하게 설명해야 할 단어는 없는지, 쉽게 이해되지 않아서 여러 번 읽어보게 만드는 문장은 없는지 세세하게 검토하는 것이 중요하다.

특정 분위기를 조성하라

독자가 글에 표현된 허구 세계를 현실처럼 받아들이는 이유는 바로 작가가 마련해놓은 분위기 때문이다. 글의 분위기는 단 하나의 문단으로 표현될 수도 있고 여러 페이지에 걸쳐 서서히 그려지기도 한다. 조지 오웰의 《1984년*Nineteen Eighty-Four*》은 서론의 몇 문장만으로 글 전체의 분위기를 설명한다.

4월의 어느 맑고 쌀쌀한 날이었다. 낮 한 시를 가리키는 괘종시계 소리가 울려 퍼졌다. 윈스턴 스미스는 매서운 바람을 피해 턱을 웃자락 깊숙이 파묻은 채, 빅토리 맨션의 유리문을 재빨리 통과했다. 하지만 매서운 바람에 날려 온 먼지가 그의 얼굴을 한 차례 뒤덮는 것은 피할 수 없었다.

복도에 들어서자마자 양배추 삶는 냄새와 낡은 매트에서 나는 퀴퀴한 냄새가 코를 찔렀다. 복도의 한쪽 끝에는 알록달록한 포스터 한 장이 붙어 있었다. 실내 장식용 포스터로 쓰기에는 너무 큰 것 같았다. 그 포스터에는 사람의 얼굴이 대문짝만하게 그려져 있었다.

이 부분에서는 정부의 선전 문구가 사방에 널려져 있는 가운데 한겨울 바람보다 더 추운 꽃샘추위가 기승을 부리는 것이 느껴진다. 오웰은 어떻게 이런 분위기를 그려냈을까? 악몽 같은 전제주의 정권이 런던을 장악했다고 직접적으로 말하는 것이 아니라 감각적인 이미지를 최대한 활용하여 간접적으로 전달하려고 애쓴 흔적이 역력하다. 아마도 전제주의 정권이라는 용어를 그대로 사용했다면 유토피아와 같은 미래를 꿈꾸는 독자들이 크게 실망했을 것이다.

생각 공장 좋아하는 소설 하나를 골라서 작가가 적절한 분위기를 묘사하기 위해 어떤 기법을 사용했는지 연구한다. 특히 그 장면을 읽을 때 어떤 상상을 하게 되는지 유의해보고 특정 표현이 구체적으로 어떤 분위기를 그려내는지 분석한다.

이렇게 하면 귀신이 등장하는 이야기처럼 특정 분위기를 유도하는 글의 서론을 써본다. 그런 다음 개요를 작성하고 본격적인 글쓰기를 시작한다.

스토리텔링 기법

스토리텔링의 가장 흔한 방식은 화자의 입을 통해 이야기를 전개하는 것이다. 물론 그 밖에도 효과가 입증된 방식은 많이 있다. 그중 하나가 바로 편지이다. 사무엘 리차드슨의 《클라리사 *Clarissa*》는 소설 전체가 편지 형식으로 진행된다. 이는 서간체 소설의 대표작으로 일컬어지며, 최근에는 A. S. 바이어트의 《소유*Possession*》가 그 뒤를 잇고 있다.

또 저널, 일기, 노트 형식으로 소설을 쓰는 경우도 있다. 일기 형식으로 가장 성공을 거둔 작품은 다니엘 키스의 《앨저넌에게 꽃을 *Flowers for Algernon*》이라는 소설로, 정신 지체아인 주인공 찰리가 수술을 받고 지능이 급속도로 높아지는 과정을 찰리의 보고서이자 일기 형식으로 다루고 있다.

이밖에도 액자 형식을 빼놓을 수 없다. 액자 형식이란 이야기 속에 또 다른 이야기를 넣는 방식이다. 대표 작품인 에밀리 브론테의 《폭풍의 언덕 *Wuthering Heights*》는 가정부 넬리가 하숙생인 락우드에게 캐서린과 히스클리프의 이야기를 들려주는 식으로 전개된다.

생각 공장 어떤 방식을 택하느냐에 따라 글의 특정 내용을 공개하는 방법도 달라진다. 편지, 일기, 저널, 노트, 항해 일지, 보고서, 잃어버린 필사본, 등장인물의 상태를 그대로 묘사한 것 등 모두 이야기를 전달하는 방식으로 활용할 수 있다.

이렇게 하면
1. 편지나 일기 형식의 소설 개요를 작성한다. 이때 이야기 전개를 암시하는 데 도움이 될 만한 것을 모두 나열해본다.
2. 지진, 허리케인, 쓰나미 등의 자연재해로부터 살아남은 주인공의 생존기를 긴장감 넘치는 소설로 만든다. 생존자 앞에 아직도 해결해야 할 문제가 남아 있으며 이를 피해갈 방법은 없다는 것을 부각시키면 플롯이 더욱 살아날 것이다.

술의 활용

스토리텔링에서 술이 차지하는 역할은 굳이 설명할 필요가 없다. 알코올 성분이 있든 없든 간에 술은 미스터리 소설에 반드시 나온다. 또 누군가에게 약을 먹이거나 독살하려 할 때 어김없이 음료가 등장한다. 예를 들면 아이라 레빈의 《로즈메리의 아기 *Rosemary's Baby*》에서 주인공 로즈메리는 내용물을 알 수 없는 이상한 혼합물을 매번 억지로 마시게 된다.

그는 첫 번째 주전자의 위에 자리를 잡더니 오른팔을 내밀었다. 그는 왼손에 칼을 들고는 오른팔 손목을 내리쳤다. 그러자 손목에서 피가 분수처럼 솟구쳐서 고스란히 주전자로 흘러내렸다.

위의 내용은 앤 라이스의 《뱀파이어 빅토리오*Victorio the Vampire*》에서 인용한 것으로, 뱀파이어를 위한 특별한 음료도 소설에 심심찮게 등장한다.

이외에도 소설, 연극, 영화에는 술을 마시고 난동을 부리는 장면이 자주 나타난다. 영화 〈술과 장미의 나날들*Days of Wine and Roses*〉과 〈라스베가스를 떠나며*Leaving Las Vegas*〉는 한 사람의 인생이 알코올 중독 때문에 어떻게 철저히 망가지는지 적나라하게 보여준다. 영화 〈캣 벌루*Cat Ballou*〉는 비슷한 줄거리를 코믹하게 표현한 작품으로, 영화배우 리 마빈은 한때 유명세를 누렸지만 술 때문에 초라하게 살아가는 청부 살인 업자로 등장한다. 그는 결국 자신을 죽이려는 상대편 청부 살인 업자에 맞서기 위해 술을 끊지 않을 수 없는 운명에 처한다.

생각 공장 음식과 마찬가지로 차, 커피, 와인, 맥주, 독한 술, 과일 주스, 내용물을 알 수 없는 의심스러운 혼합물 등 다양한 음료는 이야기의 흥을 돋우며 때로는 이야기 전개에서 아주 중요한 역할을 한다. 등장인물이 고르는 음료를 보면 그 사람의 성격, 출신 배경 및 역사적 시대까지도 추측할 수 있다.

이렇게 하면 주인공이 특정한 종류의 음료를 마시면서 아주 중요한 이야기를 나누는 장면을 설정한다. 단, 음료수의 종류가 글 전체의 분위기에 직접적 또는 간접적으로 영향을 미쳐야 한다.

기억력 퍼즐

기억력 자체를 이야기의 주제로 삼을 때, 세 가지 접근법이 있다. 첫 번째는 이미 많이 쓰이긴 했지만 능숙하게 가공하면 독자들에게 좋은 반응을 얻을 수 있는 방법으로 주인공이 기억상실증에 걸리는 것이다. 주인공은 처음에는 만나는 사람마다 누군지 알아보지 못하고 혼란스러워 하지만 점점 시간이 지날수록 기억이 단편적으로 되살아나게 된다.

두 번째는 주인공의 기억이 정신적 외상에 의해 왜곡되었다가 한 치료사의 도움으로 기억을 되찾는 것이다. 알프레드 히치콕의 〈스펠바운드*Spellbound*〉에 등장하는 그레고리 팻과 팻 콘로이의 소설 《사랑과 추억*The Prince of Tides*》에 등장하는 주인공 톰 윙고는 바로 여기에 해당한다.

마지막으로 세 번째는 위의 두 가지 접근법이 동시에 일어나는 것이다. 그러면 배경 소개가 끝날 무렵에 두 가지 스토리 라인이 형성될 것이다.

생각 공장 인간 정신의 복잡한 작용을 이해하려면 시간과 노력이 많이 필요하다. 하지만 정신적 충격 때문에 기억이 산산이 부서졌다가 다시 서서히 맞춰가는 과정은 퍼즐을 맞추는 것처럼 신선한 흥미를 불러일으킨다.

이렇게 하면 정신분석학적인 소설이나 심리 공포물을 감상한다. 그런 다음 주인공이 기억상실 혹은 기억 왜곡의 희생자가 된다는 줄거리로 새로운 심리 공포물을 구상한다.

등장인물을 현실적으로 설정하라

재즈 시대를 대표하는 소설가인 스콧 피츠제럴드는《최후의 대군*The Last Tycoon*》을 집필할 때 사용했던 메모장에 "행동은 곧 그 인물이다"라는 말을 남겼다. 이 말은 이야기의 중심이 되는 사건은 사람들의 행동에서 비롯된다는 뜻이다.

1950년 대 흑인인권운동을 떠올리면 이 말의 의미를 더욱 쉽게 이해할 수 있다. 어느 날 오후 앨라배마 주 셀마에서 버스를 타고 가다가 백인 남자에게 자리를 양보하지 않겠다고 선언한 로사 파크와 링컨 기념관 계단에 서서 수많은 관중을 향해 "나는 꿈이 있습니다"라고 목청 높여 외친 마틴 루터 킹. 이들은 행동이 곧 그 사람이라는 것을 단적으로 보여준다.

소설이나 회고록에 등장시킬 인물을 설정할 때는 직장에 있을 때, 친구나 가족과 있을 때, 위기에 처했을 때 어떻게 행동하며 다른 사람들에게 어떤 영향을 주는지 검토해야 한다. 아무리 극단적인 성격의 사람이라도 드러나지 않은 면이 있기 마련이고 상황에 따라 행동이 달라질 수 있기 때문이다.

생각 공장 자신이 가장 잘 아는 사람을 생각해본다. 아마 가족을 꼽는 사람이 대부분일 것이다. 그 사람의 행동의 가장 두드러진 특징은 무엇인가? 가족들 전체에게서 볼 수 있는 공통점은 무엇인가? 서로 비슷한 것 같으면서도 다르게 느껴지는 이유는 무엇인가? 아끼는 사람을 이렇게 분석하는 것이 다소 냉정해 보일지는 모르지만, 이는 작가로서 당연히 해야 할 일을 하는 것뿐이다.

이렇게 하면 소설이나 회고록에 등장시킬 사람의 '특징'을 한두 페이지 분량으로 정리한다. 이때 다음 항목을 빠뜨리지 않도록 주의한다.

- 외모 및 행동의 특징
- 성격
- 말투나 말버릇
- 신념
- 특이한 점
- 무서워하거나 걱정하는 대상
- 좋아하거나 싫어하는 대상

주인공이 다른 등장인물과 함께 어울리는 장면을 내레이션, 대화, 액션 등의 방식으로 다채롭게 표현한다. 그리고 위에서 열거한 특징을 최대한 부각시킨다. 글에 드러나는 것은 이러한 특성 중 몇 가지로 압축되므로 등장인물의 특성 하나하나에 세심한 주의를 기울여야 현실감을 살릴 수 있다.

사기꾼 캐릭터

직접적으로 사기꾼이라고 지칭하는 것 이외에도 장난꾸러기, 잔소리꾼, 광대, 바보, 궁정의 어릿광대 등 사기꾼의 성격을 띠고 있는 캐릭터는 굉장히 많다. 이러한 캐릭터는 글의 감칠맛을 더해주는 것은 물론 이야기의 흐름을 더욱 흥미진진하게 만들어준다.

사기꾼은 대개 짓궂고 공연히 나서서 일을 망치기만 하여 주인공을 힘들게 하는 인물로 등장한다. 때로는 셰익스피어의 희곡에 자주 나오는 광대나 바보처럼 다른 사람의 또 다른 자아로서 묘사되기도 한다. 하지만 사기꾼이라고 해서 무조건 악당으로 볼 필요는 없다. 사실 〈배트맨*Batman*〉의 천적인 조커와 〈마스크*The Mask*〉에 나오는 짐 캐리처럼 장난기 넘치고 천방지축인 캐릭터도 의외로 많다.

어느 문화권에서나 사기꾼 캐릭터를 볼 수 있다. 사실 이들은 고대 종교나 신화에도 등장한다. 조셉 캠벨의《천의 얼굴을 가진 영웅*The Hero with a Thonsand Faces*》에는 요루바(Yoruba, 서아프리카에 사는 종족)의 사기꾼 신이 등장한다. 그는 자신이 이 세상의 중심을 상징한다고 주장하며 사람들 앞에 계속 다른 모습으로 나타나 결국 전쟁을 유발한다.

생각 공장 문학작품이나 옛날이야기에는 신이나 반신반인 혹은 왕의 광대 등 여러 가지 모습으로 사기꾼 캐릭터가 반드시 등장한다. 이러한 캐릭터는 적나라한 표현을 거침없이 사용하여 웃음을 유발하거나 글의 분위기를 반전시키는 역할을 한다.

이렇게 하면 다음과 같은 사기꾼 캐릭터가 등장하는 개요를 구상한다.

● 신으로 변장한 사람
● 멍청하고 고집 센 폭군이 저지른 상황을 솔직하게 분석하는 광대
● 예술가인 척하면서 자신의 정체를 감추고 군주제를 타도하려는 사람

영웅의 여행

일반적으로 '영웅'이라는 단어에는 연쇄살인범을 처벌할 충분한 증거나 알 수 없는 역병의 해독제 따위를 찾기 위해 여행을 떠나야 한다는 의미가 내포되어 있다. 신화학자인 조셉 캠벨은 《천의 얼굴을 가진 영웅》에서 전형적인 영웅의 여행을 세 단계로 구분했다.

- **출발**: 영웅이 될 사람은 '소명(召命)'을 받고 사람들을 돕거나 보호하기 위해 모험을 시작한다. 일례로 사람들을 위협하는 용을 죽이러 여행을 떠나는 경우가 많다.
- **시련**: 영웅이 될 사람은 수많은 덫과 수수께끼 혹은 정체를 알

수 없는 문제를 극복해야 한다. 이는 승리를 얻는 것이 결코 쉽지 않다는 것을 보여주는 것이다. 시나이산에서 모세가 변형을 경험했듯이 주인공은 이런 과정을 통해 영웅다운 모습으로 탈바꿈한다.

● **귀환**: 영웅주의란 다른 사람을 위한 용감한 행동을 의미한다. 그러므로 새롭게 태어난 영웅은 다시 마을로 돌아가 승리를 함께 나누어야 진정한 영웅이 될 수 있다. 모세가 시나이 산을 내려가서 하느님의 계명을 이스라엘 백성들에게 알려준 것과 같은 이치이다.

위와 같은 여행의 전형적인 패러다임을 따라가면 스토리텔링의 기본 틀을 만들 수 있다.

생각 공장 고대의 신화와 전설은 거의 영웅의 활약에 관한 이야기로 전해 내려오고 있으며, 현대의 스토리텔링은 여기로부터 발전해왔다. 즉, 현대 소설의 영웅은 고대 이야기에 뿌리를 두고 있는 것이다.

이렇게 하면

1. 출발, 시련, 귀환의 세 단계로 이루어진 짧은 영웅 이야기의 개요를 작성한다.
2. 1번에서 준비한 개요를 기초로 판타지 소설 또는 현실 세계를 배경으로 하는 짧은 소설을 구상한다.

반영웅(Antihero)

요즘 글에는 기존의 영웅주의를 완전히 깨뜨리는 사람이 주인공으로 나오기도 하는데, 이런 주인공을 가르켜 '반영웅'이라고 한다. 사람들이 영웅에게 기대하는 행동을 풍자하여 웃음을 선사하는 찰리 채플린, 마르크스 브라더스 같은 코미디언들이 바로 반영웅과 같은 캐릭터이다.

부조리극과 같은 현대극에도 이러한 반영웅이 심심찮게 등장한다. 사무엘 베케트, 유진 이오네스코, 장 폴 사르트르, 헤롤드 핀터 등의 작품은 인생의 어려움과 고뇌라는 비극을 유머로 풀어내면서 역설적으로 인생의 허망함을 보여준다. 이런 부조리극에서 묘사하는 인간 행동의 이면에는 우리가 거의 신성불가침의 존재로 생각하는 제도가 도덕적으로나 질적으로 타락했음을 비평하는 메시지가 숨겨져 있다. 일례로 사무엘 베케트의 《고도를 기다리며》라는 작품을 보면 부랑자들은 아무것도 안 하고 앉아서 앞으로 무엇을 할 것인지 떠벌리기만 한다.

생각 공장 현대에 와서 영웅주의는 많은 예술가들에게 회의적인 대상이 된 것 같다. 사람들이 영웅주의에 대한 환상을 완전히 깨버린 것은 아니지만, 요즘 영웅들이 기대에 못 미치는 모습을 보이거나 '전형적인 영웅'과는 전혀 딴판인 모습으로 등장한다. 이는 영웅의 신비한 이미지 보다 인간다운 모습이 더 많이 부각되었기 때문이다.

이렇게 하면
1. 실수투성이인 영웅을 주인공으로 소설을 쓴다. 슈퍼맨처럼 모든 범죄를 종식시키겠다고 큰소리치는 사람이 로빈 후드처럼 가난한 사람들을 독특한 방법으로 도우려는 무리를 만나서 좌충우돌하는 줄거리로 글을 전개한다.
2. 겁쟁이 주인공이나 편집증으로 고생하는 사람을 주인공으로 부조리극을 쓴다. 예를 들어 회계사라는 좋은 직업도 마다하면서 어린 시절 꿈꾸던 환상을 실현시키려고 노력하는 인물을 설정할 수 있다.

비교와 대조에 대하여

이 세상은 모든 것이 상대적이다. 이상하거나 외모가 못생겼다거나 영웅적이라는 특징도 어디까지나 상대적일 뿐이다. 따라서 작가는 여러 등장인물을 '비슷한 점을 부각시키기 위해' 비교하거나 '차이점을 강조하고자' 대조한다. 예를 들면 "실비아는 여동생인 마고트와 달리 생명의 위협을 받으면서까지 비밀을 지키고 싶지는 않았다"라든가 "노트르담처럼 중세 후반의 사르트르 성당은 플라잉 버트레스(고딕 양식의 구조물)로 지탱하고 있었다"와 같은 표현을 들 수 있다. 또 브루스 캐턴은 〈그랜트와 리: 대조 연구*Grant and Lee: A Study in Contrasts*〉라는 에세이에서 남북전쟁을 지휘한 율리시스 S. 그랜트 장군과 로버트 E. 리 장군을 다음과 같이 대조적으로 묘사했다.

버지니아 주의 귀족은 출신 지역을 매우 중시했다. 리 장군은 변화를 허용하지 않는 정적인 세상에 익숙한 사람이었다. …… 그는 변화를 막기 위해 자신의 인내심이 한계에 이를 때까지 싸우고 또 싸웠다. …… 반면에 서부 사람들은 더 큰 세상을 만들기 위해 인내심을 발휘했다. …… 그들은 성장, 팽창, 확장이 끊임없이 이루어져야 한다고 굳게 믿었다.

이처럼 비교를 통해 캐턴은 두 장군을 세밀하고 입체적으로 묘사했다. 그 결과 독자는 그들의 영웅적인 면모에 더욱 감동받을 수 있었다.

생각 공장 사람을 비교하면 인간의 본성을 깊이 이해할 수 있고, 장소를 비교하면 역사적인 순간을 더 정확하게 파악할 수 있다. 비교 방법에는 브루스 캐턴이 그랜트 장군과 리 장군을 비교한 것처럼 직접적으로 비교하는 방법과 선한 여왕의 행적을 집중적으로 다룬 후에 다음 장에서 악한 여왕의 만행을 부각시키는 것처럼 간접적으로 비교하는 방법이 있다.

이렇게 하면 일기를 쓸 때 아래와 같이 비교와 대조를 연습한다.

● 형제자매 중 한 사람을 골라 자신과 성격을 비교한다.
● 블루스를 부르는 스타일에서 레이 찰스와 빌리 홀리데이가 서로 어떻게 다른지 설명한다.
● 영화 〈스타 워즈*Star Wars*〉의 다스 베이더와 《해리 포터*Harry Potter*》시리즈의 볼드모트의 차이점을 찾는다.
● 자신이 14세, 18세, 23세였을 때 각각 어떻게 달라졌는지 생각하여 글로 써본다.

은유의 활용에 대하여

은유란 사물을 다른 것에 비교하여 설명하는 방법으로, 사물의 특징에 대한 이해의 폭을 넓혀주고, 추상적인 것을 쉽게 이해할 수 있도록 도와준다. 예를 들어 공기 중에 소리가 퍼지는 것이나 빛이 눈에 보이는 것을 파도에 비유하면 '파도'라는 친숙한 이미지를 통해 누구나 쉽게 파동의 개념을 이해할 수 있다. '바람이 깃발을 채찍질한다'는 표현 역시 깃발의 움직임을 채찍으로 때리는 행동에 비유하여 설명한 것이다.

조지 레이코프와 마크 존슨은 《삶으로서의 은유*Metaphors We Live By*》에서 "은유는 인간의 사고에서 가장 중심적인 개념으로서 주변 상황을 머릿속에서 개념화하는 과정을 뜻한다"고 설명했다.

 은유는 작가들이 사용하는 가장 다채로운 표현 방법 중의 하나다. 가령 우주선의 움직임을 설명할 때 '초고도 감마선으로 지구에 방사능선을 내리쬐는 것'이라고 설명하기보다는 '원자보다 더 작은 크기의 총알 수십억 개가 한꺼번에 지구를 강타하는 것'이라고 말하는 것이 훨씬 더 이해하기 쉽다.

 작가들이 흔히 사용하는 은유법을 종류별로 모두 정리해보자. 《삶으로서의 은유》에서 은유적인 사고방식의 종류를 확인하면 도움이 될 것이다.

생동감을 더하는 묘사

독자는 작가가 만들어놓은 가상의 세계에 들어가고 싶어하지만 아는 쉬운 일은 아니다. 독자가 상상을 통해 주변 환경이나 사건에서 생동감을 느끼려면 세부 사항에 대한 묘사가 충분해야하기 때문이다.

사소한 것 하나에도 생동감은 크게 좌우될 수 있다. 따라서 작가는 마차나 말이 달릴 때 길에 흙먼지가 이는 모습, 중서부 지방의 더운 여름날 밤에 모기가 앵앵거리는 소리, 갓난아이가 아무렇게나 팔다리를 움직이는 모습과 배가 고플 때 얼굴을 찌푸리며 우는 모습 등을 사실적으로 표현할 수 있어야 한다. 에이미 탠은 《접골사의 딸*The Bonesetter's Daughter*》이라는 소설에서 추석날 중국 음식점을 묘사하면서 "손님들이 많이 몰려서 길게 줄 선 모습이 용의 꼬리 같았으며" 아이들은 "젓가락으로 물이나 차가 담긴 컵을 신나게 두드렸다"라고 기술한다.

이처럼 세부 묘사가 폭포수처럼 끊임없이 쏟아져야 독자는 머릿속으로 그 장면을 생생하게 그릴 수 있다. 그렇지 않은 글은 속 빈 조개껍데기 같은 글로 여겨지기 십상이다.

생각 공장 생동감 있고 구체적인 묘사는 글에 생기를 불어넣어준다. 이렇게 글을 쓰려면 작가는 자신이 계획하고 있는 가상현실에 직접 들어가야 한다. 다시 말해 '어두침침하고 무서운 지하실'과 같은 상투적인 표현에 만족하지 말고 '거미줄투성이인 데다 쥐의 배설물이 여기저기 널려 있고 먼지로 뒤덮인 지하실의 선반을 자기 손으로 직접 더듬는다'고 상상할 수 있어야 한다는 것이다. 작가라면 상상력을 보다 적극적으로 발휘할 필요가 있다.

이렇게 하면 별도의 노트를 마련하여 여러 가지 주변 환경 묘사를 연습한다. 황량한 집 주변의 모습, 두꺼운 안개가 덮인 해변 마을, 아이들의 놀이터, 휴일 공항의 모습 등을 주제로 삼을 수 있다. 단, 주변 환경을 묘사할 때는 다섯 가지 감각을 모두 동원하려고 노력해야 한다.

관점을 다양하게 설정하라

히치콕의 영화를 볼 기회가 생기면 카메라 앵글을 유심히 살펴보라. 긴장감이 고조될 때는 아무것도 할 수 없는 무력감을 강조하기라도 하는 듯 카메라 역시 아래에서 위를 바라본다. 또 〈현기증Vertigo〉이라는 작품에서 주인공 지미 스튜어트가 위로 기어 올라가는 모습은 카메라가 위에서 아래로 내려다보면서 촬영된다. 이렇게 하면 땅에서 거리가 멀어지는 것이 단적으로 드러나게 되어 주인공의 고소공포증이 독자의 피부에 와 닿는 효과가 있기 때문이다.

이 밖에도 〈2001 스페이스 오디세이2001: A Space Odyssey〉를 감독하고 극본을 공동으로 집필한 스탠리 큐브릭은 기준계(基準系)를 자주 바꾸어서 상대성 이론을 강조했다. 즉, 조금도 움직이지 않는 것 같은 우주왕복선의 관점에서 모함(母艦)이 쏜살같이 날아가는 것처럼 보이게 하고, 모함의 관점에서는 모함이 가만히 있고 우주왕복선이 빠르게 지나가는 것처럼 연출했다.

영화와 마찬가지로 글을 쓸 때에도 관점을 매우 다양하게 설정할 수 있다. 아주 먼 거리에서 사물을 묘사하거나 등산하는 장면을 상승 각도로 표현하는 것이다. 이때 화자가 선택한 관점을 통해서 독자가 이야기에 얼마만큼 몰입하느냐가 무엇보다 중요하다.

생각 공장 화자의 관점을 달리하면 높이, 거리, 불확실성을 영화처럼 극적으로 강조할 수 있다. 작가는 마음대로 원하는 관점을 선택할 수 있고, 관점에 변화를 줄 필요가 있을 때는 언제든지 다시 바꿀 수 있다.

이렇게 하면

1. 이야기 전개에는 실제로 관여하지 않지만 주인공을 가까이에서 관찰할 수 있는 제3자의 관점에서 아주 짧은 이야기를 한 편 써본다.
2. 1번의 글이 완성되면 동일한 이야기를 주인공의 관점에서 다시 기술한다.

그로테스크의 미학

조금만 조사해보면 역사 속에서 배제되거나 관심 밖에 놓여 있었던 놀라운 사건들을 많이 알 수 있다. 정신병원, 사탄을 믿는 종교, 이상한 질병을 앓는 사람들에 대한 이야기들이다. 이런 사람들의 인생을 소재로 한 연극, 영화, 소설, 에세이 등은 대중의 마음에 깊은 인상을 남긴다.

최초의 샴쌍둥이인 창 벙커와 엥 벙커의 이야기는 아주 유명하다. 두 사람은 몸통이 붙어 있음에도 불구하고 다른 샴쌍둥이들보다 오래 살았고 행복하고 만족스런 삶을 누렸다. 1979년에 나온 버나드 포메란스의 연극 〈엘리펀트 맨*The Elephant Man*〉역시 브로드웨이를 떠들썩하게 만들었다. 주인공 조셉 메릭은 상피병에 걸려서 외모가 흉

측하기 짝이 없다. 사람들은 그의 겉모습만 보고 화들짝 놀라지만 조셉은 자신도 한 인간으로서 존중받고 싶은 바람을 늘 간직하며 살아간다.

신경학자인 올리버 색스는 유창한 글솜씨로 여러 편의 에세이를 발표했으며 이를 모아서 《아내를 모자로 착각한 남자*The Man Who Mistook His Wife for a Hat*》라는 책을 출간했다. 그는 이 책에서 끔찍한 사고나 병을 겪은 여러 환자들의 사례를 소개한다. 책의 제목에 언급된 환자는 아주 뛰어난 음악가이지만 두뇌가 손상되어 사물을 구분하는 능력을 상실한 사람이다. 한번은 그가 아내의 머리를 모자로 착각한 나머지 아내의 머리를 확 잡아당겨 자기 머리에 쓰려고 한다. 황당하면서도 마음이 아픈 장면이 아닐 수 없다.

생각 공장 끔찍하고 희귀한 병을 앓는 사람들에 대한 이야기는 독자의 호기심을 자극하는 동시에 연민을 불러일으킨다. 이런 소재는 전문가의 입장에서 동정심에 호소하는 방식으로 다룰 때 독자들을 크게 감동시키는 훌륭한 글이 된다.

이렇게 하면

1. 열악한 상황에 놓여 있거나 희귀한 병을 앓는 사람들 중에서 에세이나 책 한 권 분량의 전기를 쓸 만한 대상을 몇 명 골라 프로필을 작성한다.
2. 1번에서 정한 사람들 중 한 명을 선정하여 전기 형식의 에세이를 집필한다.

위트를 추구하라

 '위트'를 달리 말하면 '총명함의 수준 높은 표현'이라고 할 수 있다. 작가에게 위트는 생명과도 같은 것으로 지성과 인품, 열정과 생각을 동시에 표현할 수 있는 수단이다. 재치 있는 표현, 풍자, 허를 찌르는 장난기 가득한 표현 등 위트를 묘사하는 방법은 매우 다양하다.

셰익스피어의 작품에 등장하는 인물들은 주인공과 악한을 구분할 것도 없이 모두 위트 넘치는 인물들이다. 일례로 이아고는 오셀로를 "자기가 그냥 먹어도 될 고깃덩어리를 두고 질투하는 어리석은 자"라고 부르면서 질투를 경계하라고 경고했다.

 글쓰기는 사물에 대한 예리한 시각을 재미있게 표현한다는 면에서 위트를 발휘하는 작업이다. 포프는 《비평론》에서 다음과 같이 기술했다.

참다운 위트는 교묘히 꾸민 자연스러움이다. 그것은 누구나 흔히 생각할 수 있는 것이지만 정곡을 찌르는 말로 표현하는 것은 아무나 하지 못한다.

1. 가까운 친구에게 교만하지 않으면서도 세련되고 수준 높은 표현을 사용하여 지성을 자극하는 내용의 편지를 쓴다. 단, 너무 잘난 척하는 느낌을 주지 않도록 조심해야 한다.
2. 지성과 총명함 그리고 생기 넘치는 성격을 가진 등장인물이 위트를 발휘하여 성공적으로 일을 처리하는 과정을 글로 표현한다.

풍자의 힘

풍자란 비꼬는 말을 문학적 예술로 승화시키는 기법으로, 주로 위선적인 행동이나 근시안적인 태도에 비웃음을 던진다. 냉정한 말투로 강하게 비판할 때도 있고 가벼운 웃음을 이끌어 낼 때도 있다. 조나단 스위프트는 영문학 사상 풍자에 가장 뛰어난 작가다. 그 밖에도 찰리 채플린, 레니 브루스, 릴리 토믈린, 조지 칼린, 우디 앨런, 노라 에프론 등이 풍자의 대가로 알려져 있다.

진지한 분위기를 구사하든 웃음을 주든 간에 모든 풍자는 겉으로 보기에 윤리적으로 아무런 문제가 없는 관습의 허점을 꼬집어낸다. 희곡 작가이자 시나리오 작가인 패디 차예프스키는 1976년에 개봉한 영화 〈네트워크*Network*〉에서 텔레비전 프로그램 심의 위원회가 대중들의 관심사를 충족시키겠다고 공언했으면서도 심의 기준을 낮추지 않는다고 풍자적으로 비판했다.

생각 공장 총명함에 유머와 인간의 허점에 대한 예리한 판단력이 더해지면 빈틈없이 만들어진 논리적인 주장도 단박에 무너뜨릴 수 있다. 풍자는 논리적 주장을 위트와 결합한 것이라서 더 강한 감정적 반응을 일으키기 때문이다. 또한 인간의 특성상 지성보다는 감성에 호소하는 것이 더 효과적이다. 풍자는 바로 이성과 감성을 모두 설득하는 힘이 있다.

이렇게 하면 현대 문화의 약점을 풍자하는 글을 써보면 자신의 풍자 실력을 확인할 수 있다. 아래의 목록에서 주제를 선택해서 써보자.

- 유명 인사를 따라다니면서 괴롭히는 사람들
- 대통령 후보를 고를 때와 실제로 투표할 때 가장 중요하게 여기는 것의 차이점
- 구애할 때 하는 행동들

과장과 절제에 대하여

문학에서 과장은 아주 유용한 표현 방법 중 하나이다. 앤드루 마블의 〈수줍은 애인에게 *To His Coy Mistress*〉는 현재를 즐기라는 메시지를 전달하는 작품으로, 이 시의 화자는 과장법을 사용하여 자신의 사랑을 적극적으로 표현하고 있다.

이 세상의 시간을 모두 가질 수 있다면…

당신의 눈이 얼마나 아름다운지 찬양하고

그대의 이마를 바라보는 데에만 백 년이 걸릴 것이고

두 가슴의 아름다움을 이야기하는 데 2백 년이 걸릴 것이며

그 밖의 다른 아름다움을 노래하는 데에는 3만 년도 모자랄 것이오.

과장법을 제대로 배우는 방법은 데이브 배리와 같은 과장법의 거장을 연구하는 것이다. 《데이브 배리의 못된 습관들*Dave Barry's Bad Habits*》이라는 책에서 발췌한 다음 예시를 살펴보자.

〈내셔널 인콰이어러*National Enquirer*〉처럼 슈퍼마켓 계산대 옆에 진열된 잡지를 읽는 사람은 그리 많지 않을 것이다. 어쩌면 지적 수준이 그리 높지 않아서 신발 끈을 묶는 방법도 아주 자세히 풀어서 설명해줘야 하는 사람들이나 그런 책을 좋아할 것이라고 생각할지도 모른다.

과장법과 반대적 표현법인 절제는 대상을 낮추거나 얕잡아 묘사하는 방식이다. 가령 숨도 쉬기 어려울 정도로 더운 날씨에 '날씨가 이제야 조금 따뜻해지는 것 같군요'라고 말한다면 이는 절제에 해당된다. 우디 앨런은 사람들이 크게 기대하는 것을 반대로 표현하는 절제된 코미디의 대가로서, 그의 저서인 《깃털 없이*Without Feathers*》에는 이런 대목이 나온다.

나는 목이 콱 막혀서 기절할 것 같았다. 방 안 공기는 축축했고 온몸에 오한이 들면서 심장이 쿵쾅거렸다. 냅킨이 다 떨어졌다는 것을 깨달은 순간이었다.

 문학작품에서는 과장과 절제를 통해 대상을 풍자할 수 있다. 특히 코미디 작가들은 과장과 절제를 통해 웃음을 자아낸다.

 다음과 같은 상황을 설정하여 과장과 절제를 연습한다.

● 운전자가 꽉 막힌 도로를 요리조리 뚫고 나가면서 휴대전화로 누군가와 이야기할 때
● 할로윈 파티에 참석하기 위해 길을 나설 때
● 이를 뽑기 직전의 심정을 토로할 때

삐딱하게 말하기

에밀리 디킨슨은 〈진실을 모두 말해요 하지만 비딱하게 말해야 해요*Tell All the Truth but Tell It Slant*〉라는 시의 마지막 부분에서 이렇게 말했다.

진실의 빛은 서서히 드러나야 해요
그렇지 않으면 사람들은 모두 눈이 멀어버리고 말 거예요.

이는 진실은 태양과 같아서 정면으로 쳐다보면 아무것도 보이지 않으며 간접적인 방법이나 예를 통해 다가설 때 가장 잘 이해할 수 있다는 뜻이다. 만약 어떤 글의 주제가 지나치게 분명하면 독자들은 작가가 의도적으로 사람들에게 '설교'하려고 그 이야기를 썼다고 의심할 것이다.

진실을 돌려서 말하는 또 다른 방법으로 일종의 패러다임을 활용할 수 있다. 토마스 쿤은 《과학 혁명의 구조*The Structure of Scientific Revolutions*》라는 저서에서 "과학에서도 패러다임이 쓰인다"고 기술했다. 패러다임이 있어야 과학이 발전하고, 패러다임을 마음대로 수정하면 과학은 진보할 수 없다는 것이 그의 주장이다.

쿤의 이론은 작가들에게 큰 의미가 있다. 작가는 스토리텔링 기법을 잘 익힌 후에 글을 써야 하는 것은 물론 그 기법을 확대하여 글의 주제를 뒷받침하는 관련 사실을 효과적으로 제시할 줄 알아야 한다.

생각 공장 과학자나 탐정가와 마찬가지로 작가는 사물의 진실을 드러낼 줄 알아야 한다. 이를 위해서는 인간의 본성이나 자연을 깊이 이해하는 노력이 필요하다. 그러면 진실을 예술적이면서도 독창적으로 묘사할 수 있게 된다.

이렇게 하면 주인공의 본래 성격을 간접적으로 드러내는 방식으로 소설의 개요를 작성한다. 겉으로 드러나는 말이나 행동이 아니라 '사람들이 보지 않을 때' 하는 말이나 행동에 주인공의 진짜 모습을 담아낸다.

효과적인 문장을 만들려면

무작정 쓴다고 해서 다 문장이 되는 것이 아니다. 문장은 한 폭의 그림을 그리듯이, 거대한 오케스트라 앞에서 지휘하듯이 심혈을 기울여 만들어야 한다. 더욱이 문장은 글 전체의 리듬을 좌우한다. 이 리듬은 시에서만이 아니라 소설에서도 매우 중요한 요소이다.

예를 들어 윌리엄 포크너의 문장은 굉장히 섬세하고 복잡하다. 특히 주인공의 마음을 독백으로 표현한 부분은 우리가 평소에 쓰는 문장과 감히 비교조차 할 수 없다. 이에 반해 헤밍웨이나 레이먼드 카버는 최대한 짧은 문장으로 핵심을 파헤친다. 존 업다이크의 문장은 강한 뉘앙스를 풍기며 예술적인 느낌으로 노랫말 같다는 착각을 불러일으킨다. 또한 톰 울프의 문장은 독자를 흥분시킬 정도로 활력과 힘이 넘친다. 역사상 최초의 우주 비행사를 배출한 미 공군 실험 조종사들에 대한 소설인 《필사의 도전*The Right Stuff*》을 잠깐 생각해보자. 아래는 낙마로 갈비뼈가 부러진 주인공 척 예거의 심리를 묘사한 부분이다.

화요일 아침, 그는 날이 밝기 전에 일어났다. 그날은 음향 장애물을 없애기로 했던 날이었다. 부러진 갈비뼈로 인해 참기 어려운 통증이 그를 괴롭혔다. 그는 아내가 운전하는 차로 필드에 나갔다. 오른팔로 아픈 곳을 감싸 안았지만 통증은 가시지 않았다. 그는 한순간도 팔을 뗄 수 없었다

생각 공장 자기가 좋아하는 작가의 문장 하나하나를 분석해보고, 나아가 문단 내에서 여러 문장들이 서로 조화를 이루는 방식을 꼼꼼하게 살펴본다. 특히 문장의 연결에 의해 생기는 리듬에 유의한다. 긴 문장의 바로 뒤에 두 개의 짧은 문장이 나올 때 글의 리듬이 어떻게 변하는지, '그러나', '반면에', '그리고' 등의 접속사를 넣을 때 글의 응집성이 얼마나 강해지며 글의 흐름이 어떻게 달라지는지 분석한다.

 문장 구조는 이야기의 흐름에 큰 영향을 미친다. '조가 도둑을 넘어뜨렸다'라는 문장이 있다고 생각해보자. 이 문장은 주어, 목적어, 동사로 이루어진 '기본' 문장이다. 이제 여기에 여러 가지 변형을 시도해볼 수 있다. 이를테면 '조는 62세라고 믿기 어려울 정도로 힘과 용기가 솟구치는 것을 느끼고는 즉시 도둑을 넘어뜨렸다'라는 식으로 주어를 설명하는 말을 붙일 수 있다. 또는 동사 부분을 좀 더 자세히 설명할 수도 있다. '조는 도둑의 목을 꽉 조이며 허리 아랫부분에서 우두둑 소리가 분명히 들릴 정도로 강하게 그의 몸을 뒤로 잡아당겼다'라는 식이다. 글에 푹 빠져들 수 있도록 글의 리듬을 최대한 살리는 것을 목표로 하고, 위 문장에 두세 문장의 설명을 덧붙여 장면 묘사를 완성해보자.

추론하기

추론이란 과거에 일어난 일을 토대로 미래에 벌어질 사건을 예상하는 것이다. 만약 공상과학소설을 쓰는 작가가 되고 싶다면 추론의 대가가 되어야 한다. 예를 들어 여러 행성을 돌아다닐 수 있는 추진 시스템을 소재로 이야기를 쓴다면 작가는 이미 존재하거나 계획 단계에 있는 추진 시스템부터 알아보고 이를 기반으로 새로운 시스템을 상상해야 한다. 이때 기존 시스템에 비해 훨씬 더 먼 거리를 날아갈 수 있도록 계획하는 것이 중요하다. 이를테면 지금도 단지 이론상으로만 가능한 추진 시스템을 어떻게 발전시켜서 속도를 천 배 이상 높일 것인지 고민해야 한다.

 공상과학 소설가가 아니어도 추론하는 기술을 얼마든지 연마할 수 있다. 예를 들어 스릴러물을 쓰고 있다면 제임스 본드처럼 첩보 활동에 사용되는 특별한 도구를 직접 상상해본다.

1. 현재 자신이 알고 있는 것을 토대로 가까운 혹은 먼 미래에 있을 새로운 사물이나 상황을 추론해보고 이에 대한 글을 구상한다.
2. 공상과학소설이 기호에 맞지 않으면 첩보 스릴러물의 개요를 만들어 보자. 이를테면 뇌 이식 수술을 받은 사람이 다른 사람의 마음을 읽거나 생각까지도 마음대로 조종할 수 있다고 가정할 수 있다.

내면의 드라마

사람들은 눈에 보이는 사건의 전개가 이야기의 줄거리를 좌우한다고 생각한다. 하지만 등장인물의 심리에 따라 내면에서 줄거리가 전개되는 글도 있다. 이런 경우에는 등장인물이 장애물에 부딪혀 사물을 있는 그대로 보지 못하면서 갈등이 벌어지는데, 이때 교사나 치료사가 '외적' 행동을 자극하기도 한다. 윌리엄 깁슨의 희곡 〈기적은 사랑과 함께*The Miracle Worker*〉에서 교사 설리반은 맹인인 데다 청각 장애가 있는 헬렌 켈러가 추상적인 개념과 실제 사물을 연결하도록 도와준다.

주인공의 심리 변화를 보여주는 내면의 드라마는 정신이상을 뜻할 수도 있는 '사이코드라마(psychodrama)' 와는 다르다. 물론 정신적 문제를 겪는 주인공에 대한 이야기도 흥미롭지만 작가는 더 나아가서 인물의 내면세계를 심층적으로 탐구해야 한다. 포크너의 대표작인 《음향과 분노*The Sound and the Fury*》는 실제 나이는 서른 살이지만 정신연령은 다섯 살에 머물러 있는 벤지의 눈으로 세상을 바라본다.

생각 공장 인간의 심리에 대한 연구가 백여 년 넘게 진행되었지만 인간의 의식과 무의식에 대한 비밀은 아직 풀리지 않았다. 하지만 지금까지 밝혀진 것만으로도 인간의 심리를 주제로 흥미로운 내면의 드라마를 집필할 수 있다.

이렇게 하면 정신적으로 편집증이나 과대망상, 고소공포증, 강박장애, 계절성 우울증 등과 같은 증세를 보이는 주인공이 등장하는 내면의 드라마를 작성한다.

평면적 인물과
입체적 인물에 대하여

소설을 읽다 보면 미리 짜놓은 것처럼 전형적인 특성을 보이는 인물이 나온다. 전형적인 악당, 선한 사람, 비운의 주인공, 유머러스한 캐릭터 등은 어떤 작품에서건 금방 눈에 띠며, 갖가지 상황에서 어떤 반응을 보일지 쉽게 예측할 수 있다. 이에 반해 개성이 강하고 성격을 파악하기 어려운 등장인물도 있다

E. M. 포스터는 1927년에 소설의 구조와 목적을 심층적으로 분석한 《소설의 이해*Aspects of the Novel*》를 출간하였다. 그는 '평면적' 인물과 '입체적' 인물이라는 개념을 소개하면서 같은 작품 안에 두 가지 인물이 동시에 등장할 수 있다고 기술했다.

평면적 인물은 '단 한 문장으로 성격을 설명할 수 있는 사람'이라서 입체적인 느낌과는 거리가 멀다. 디킨슨의 《데이비드 코퍼필드》를 예로 들면서 "나는 절대로 남편을 저버리지 않을 거야"라는 미카버 부인의 대사에 그녀의 성격이 고스란히 담겨있다고 설명한다. 이에 반해 윌리엄 메이크피스 새커리의 《허영의 시장Vanity Fair》에 나오는 베키 샤프는 성격을 한마디로 딱 꼬집어서 말하기 힘든 인물이다. 그녀의 성격은 전형적인 여주인공이자 악을 대표하는 세력이라고 하기엔 일관성이 부족하고 이해하기 힘든 면이 많다. 사실 베키 샤프와 같은 등장인물은 선과 악 중에서 어느 쪽을 대표하는지 쉽게 단정지어서 말할 수 없다.

생각 공장 실제 생활과 마찬가지로 소설에는 어떤 미덕이나 악한 특성을 대표하는 인물이 등장한다. 성적으로 강하게 유혹하는 사람이 있는가 하면 매사에 자신을 낮추는 사람이 있고 좌충우돌 모험을 즐기는 사람도 있다. 하지만 이렇다 할 특징을 찾기 어렵고 도무지 예측이 안 된다는 말 밖에는 달리 성격을 묘사할 방도가 없는 사람도 있다. 따라서 소설을 쓸 때 인간의 행동에 이러한 양면성이 있다는 것을 이해하고 평면적 인물과 입체적 인물을 상황에 맞게 적절히 배치해야 한다.

이렇게 하면 종이를 넉 장 준비해서 그중 두 장은 '평면적 인물', 나머지 두 장에는 '입체적 인물'이라고 쓴다. 그러고 나서 각각의 제목에 어울리는 등장인물을 설정하고 자세한 프로필을 작성한다. 평면적 인물은 예술가라고 허풍 떠는 사기꾼이나 광신도처럼 누가 봐도 특징이 뚜렷한 캐릭터여야 하고, 입체적 인물은 일정한 틀에 끼워 맞출 수 없다는 느낌이 들도록 설정해야 한다.

독특한 어조를 만들어라

초보 작가들은 자기 어조에 대한 자신감이 부족하다. 그래서 알게 모르게 자신이 가장 존경하는 작가를 흉내 내려는 경향이 강하다. 물론 다른 작가의 스타일을 따라하면 문장을 만드는 요령이나 이야기를 전개하는 방식을 배울 수 있다. 그렇지만 작가라면 궁극적으로 자신만의 어조를 찾아내야 한다. 여기서 말하는 어조란, 실제 대화를 하는 말투가 아니라 문장을 표현하는 방식이나 강조하고 싶은 표현을 만드는 방식을 말한다.

어떻게 해야 어조가 자연스러워질 수 있을까? 우선 자주 사용해서 익숙하게 만들어야 한다. 특정한 방식을 따라야 한다고 생각하면 오히려 어색하고 부자연스러운 느낌을 줄 수 있으므로 자신만의 개성을 살려서 글을 쓰는 것이 중요하다.

 꾸밈없이 자연스럽게 쓰려고 너무 애쓰다 보면 자기만의 어조를 만들지도 못하고 부자연스러운 느낌만 주게 된다.

 편안한 마음으로 신문기사에 대해 느낀 점을 글로 쓴다. 형식이나 어휘에 크게 신경 쓸 필요는 없다. 글을 다 쓰고 나면 소리 내어 읽어본다. 그런 다음 어색하거나 과장된 문장은 따로 표시하고 자연스럽게 들릴 때까지 여러 가지 방법으로 수정한다. 이렇게 하면 자신에게 잘 어울리는 어조를 찾을 수 있을 것이다.

극적인 사건

글을 쓸 때 사건은 크게 두 가지 종류로 나눌 수 있다. 첫 번째는 등장인물이 겪는 갈등 상황이다. 이때는 등장인물이 그 상황을 해결하기 위해 어떤 행동을 하는지 부각시켜야 한다. 두 번째는 서로 연관성이 없어 보이는 여러 사건들이 모여 결국 중요한 시점이나 상황으로 연결되는 것이다. 예를 들어 비행기에서 처음 만난 사람과 몇 마디 나눈 것이 알고 봤더니 대기업 간부와의 인터뷰였고, 그로 인해 주인공이 부자가 되는 기회를 얻었다고 가정해보자. 그 기회를 통해 주인공이 평생 꿈꾸던 일을 할 수 있는 자금을 마련한다면 이것이야말로 정말 극적인 사건이라 할 수 있다.

 인생을 살다 보면 하루가 멀다 하고 여러 가지 사건·사고를 겪게 되는데, 결국 그러한 경험들이 모여 인생이 만들어진다. 만약 자서전을 쓰거나 자신의 경험에 근거하여 소설을 쓰려 한다면 그동안 겪었던 일을 통해 자기 인생이 어떤 방향으로 흘러왔는지 곰곰이 돌이켜볼 필요가 있다. 별일 아닌 것처럼 보였던 일이 인생행로를 바꾼 계기가 되었음을 발견하게 될 것이다. 이를테면 피아노를 포기하기로 마음먹은 찰나에 피아노 선생님의 몇 마디 칭찬이 위로가 되어 다시 한 번 마음을 다잡고 연습에 매진하여 결국 경연 대회에서 1등을 한 경험 등을 들 수 있다.

 작년에 있었던 일을 모두 적어보자. 그중에서 하나를 고른 다음 그로 인해 자신의 인생에 어떤 변화가 있었는지 글을 써본다. 단, 한 가지 극적인 사건을 기준으로 글의 흐름을 만들어가야 한다. 예를 들어 다른 학생을 구타하는 학생을 말리는 교사를 본 기억을 선택했다면 학교에서 말썽을 피우는 청소년들을 선도하는 교사에 대한 이야기를 구상할 수 있을 것이다.

고대 신화를 응용하라

지금까지 많은 작가들이 고대 신화에서 작품의 주제를 얻었으며, 앞으로도 그러할 것이다. 이아손과 메데아 공주의 비극적인 사랑 이야기를 생각해보자. 메데아 공주는 이아손이 황금 양피를 찾도록 도와주지만, 결국 그에게 버림받는다. 메데아 공주는 이아손에게 복수하기위해 그의 두 아이를 죽여버린다.

존 오하라는 메데아 공주의 이야기를 할리우드로 옮겨와서 《나티카 잭슨Natica Jackson》이라는 단편소설을 완성했다. 주인공인 젊은 화학자는 현대판 이아손이라 할 수 있다. 주인공이 어느 영화배우와 바람을 피우자 그의 아내는 아이들을 호수 한가운데로 데려가서 다이빙을 해보라고 부추긴 다음 아이들이 익사하도록 내버려둔다.

이처럼 고대 신화를 현대적 배경으로 다시 각색하면 또 다른 묘미를 느낄 수 있다. 배우자를 두고 바람을 피우거나 신의를 저버리는 일, 교만과 복수 등이 가져오는 결말에 대한 글은 시대를 불문하고 독자들의 사랑을 받는다.

생각 공장 고대 신화는 오늘날까지도 확대재생산되고 있다. 고대 신화의 주제는 시대나 장소에 제약을 받지 않기 때문이다. 사랑을 믿고 목숨을 내걸었던 여인을 배신한 이아손, 신의 소유였던 불을 훔쳐 인간에게 전해준 프로메테우스, 아버지인 아폴로에게 태양의 전차를 한 번만 몰아보게 해달라고 졸랐던 파에톤 등 신화에 등장하는 인물에 상응하는 현대판 인물을 구상하면 좋은 작품을 쓸 수 있을 것이다.

이렇게 하면 자기가 좋아하는 신화나 설화를 각색하여 두 편의 이야기를 완성한다. 이를테면 페르세포네와 그녀를 지하 세계로 납치한 하데스의 이야기를 각색해볼 수 있다. 가난에 허덕이던 여자 주인공이 비밀을 누설하면 돈을 주겠다는 유혹에 빠지는 줄거리로 재구성할 수 있을 것이다. 또 다른 방향에서 생각해보면 판타지 소설도 가능하다. 예를 들면 어떤 천사가 악마에게 납치되어 몸값을 지불할 때까지 포로 신세가 된다는 줄거리를 생각해볼 수 있다.

대중이 환영하지 않는
주제를 다루어라

〈루이 파스퇴르의 이야기*The Story of Louis Pasteur*〉라는 영화의 마지막 부분에서 파스퇴르는 그를 존경하여 찾아온 젊은 물리학자들에게 "과학적 진보란 대개 처음엔 외면당하게 마련이지"라고 말한다. 그는 일부 세균이 탄저병이나 광견병을 유발하여 사람을 죽인다고 주장하여 오랫동안 많은 사람들에게 조롱과 비판을 받았다. 그렇기에 이와 같이 마음에서 우러난 말을 할 수 있었던 것이다.

파스퇴르와 마찬가지로 작가는 대중이 별로 좋아하지 않거나 통념에 맞지 않는 주제를 과감하게 다룰 수 있어야 한다. 즉, 진정한 작가라면 사람들이 외면해버리는 대상에도 관심을 가져야 한다는 말이다.

때로는 사람들이 좋아하지 않는 것, 불편해하는 것, 상식에서 벗어나는 것에 진리가 숨겨져 있다. 애니 레이보비츠의 사진집 〈여자들 Women〉을 보면 이 점을 쉽게 이해할 수 있다. 작가는 여성성이라고는 조금도 찾아볼 수 없는 옷을 입고 전통적인 미의 기준을 정면으로 거부하는 여자들에게 따뜻한 시선으로 다가간다.

생각 공장 예술가는 주변의 조롱을 꿋꿋이 견뎌내야 하며 심한 경우 두 귀를 막아서라도 조롱과 반대를 무시해야 한다. 원래 혁신적인 아이디어나 논쟁거리가 되는 생각, 기존과 다른 방식으로 시도한 새로운 표현이 나오면 불쾌해하는 사람들도 있고 적극적으로 환영하는 사람들도 있게 마련이다. 그러므로 작가는 자신의 방식이나 표현에 확신을 가져야 한다. 또한 자신의 관점이나 표현 방식을 조금 고치면 더 나아질 가능성도 있음을 기억해야 한다.

이렇게 하면
1. 깜짝 놀랄 행동을 대수롭지 않게 하거나 이상한 모습을 하고 다니는 사람을 일기 형식으로 자세하게 묘사한다.
2. 당신이 본능적으로 거부감을 느끼는 대상이 무엇인지 생각해보라. 노숙자, 외모가 지저분하거나 옷이 더러운 사람 등을 꼽을지도 모른다. 이렇듯 자신이 혐오하거나 기피하는 것을 모두 열거한 다음 그중 하나를 주인공으로 삼아 글을 쓴다.

신빙성 있는 픽션

신빙성이 있다는 말은 상황 설명이 어느 것 하나 흠잡을 데 없고 실감이 난다는 뜻이다. 예를 들어 트롱프뢰유(trompe l'oeil, 실제의 것으로 착각할 정도로 세밀하게 묘사한 그림) 기법은 캔버스에 손을 뻗으면 바로 포도를 따먹을 수 있을 것 같은 착각이 들게 만든다. 또 시네마 베리테(cinema verite, 핸드 카메라나 가두(街頭) 녹음 등으로 현실을 있는 그대로 그려내는 수법) 기법으로 쓴 글을 읽으면 눈앞에 현실이 조금도 손보지 않은 상태 그대로 펼쳐지는 느낌이 든다. 이처럼 신빙성 있는 픽션은 있는 그대로의 모습을 담음으로써 모든 세부 사항 여실히 드러내준다.

물론 작가가 아무리 사실적으로 표현했다고 할지라도 독자는 자신이 어디까지나 픽션을 읽고 있다는 사실을 알 것이다. 갑자기 불어온 폭풍에 작은 보트가 뒤집히지 않게 하려고 안간힘을 쓰는 것과 그런 상황을 단지 눈으로만 읽는 것은 어마어마한 차이가 있기 때문이다. 하지만 독자가 직접 그 긴박한 상황에 처한 것 같은 착각을 일으킬 때 비로소 그 글은 신빙성을 제대로 갖추고 있다고 할 수 있다.

생각 공장 인간은 감각을 통해 현실을 지각한다. 그러나 구체적이고 정확한 감각 묘사가 있다면 언어를 통해서도 얼마든지 현실을 재구성할 수 있다. 이를 위해서는 신빙성 있는 언어가 필요하다. 이야기를 전개하는 과정에서 신빙성 있는 언어로 독자의 감각을 많이 자극할수록 독자는 이야기에 푹 빠질 것이다.

이렇게 하면 여러 가지 감각 기관을 자극하는 표현을 동원하여 다음 사항들을 글로 묘사해보라. 독자가 그 사물을 쉽게 머릿속에 떠올릴 수 있도록 그림을 그리듯 세밀하게 표현해야 한다.

● 메스키트 그릴 위에서 지글거리는 두꺼운 스테이크 고기
● 배고픈 노숙자가 제과점 창 너머로 방금 구운 신선한 빵을 물끄러미 쳐다보는 장면
● 폭풍이 부는 숲길 혹은 폭풍이 금방 지나간 숲길의 모습
● 밤늦은 시각의 눅눅하고 곰팡이 냄새가 나는 지하실

목적이나 대상에 맞는 글쓰기

특정 잡지에 글을 기고하고자 한다면 먼저 그 잡지에 실린 기사를 주의 깊게 살펴봐야 한다. 어느 잡지든 독자층을 크게 확보하기위해 노력하고 독자층이 확보되면 그들의 기대에 부응하는 글을 실으려고 주력한다. 실제로 편집자들은 기사를 실어달라고 부탁하는 작가들에게 '잡지에 실린 기사를 먼저 분석' 해보라고 권유한다. 하지만 정확히 무엇을, 어떻게 분석해야 할지 파악하는 것은 쉽지 않은 일이다. 우선 아래의 문항들을 고려해보자.

● 픽션을 주로 다루는 잡지인가? 그렇다면 플롯 위주인가, 아니면 등장인물 위주인가? 연애와 사랑 이야기, 사회의 부조리, 종교

적인 문제 중에서 어떤 주제가 많이 나오는가? 가볍게 읽을 수
있는 글인가? 심각한 분위기의 글이 많은가?

● 시, 에세이, 시사적인 글이 많이 나오는가? 다른 잡지와 비교할
때 어떤 차이점이 있는가?

생각 공장 정기 간행물은 일정 수준 이상의 독자층이 확보되지 않으면 파산하고 만
다. 따라서 구독자들의 기대에 얼마나 부응하느냐에 따라 간행물의 성공 여부가 결정
된다. 특정 간행물이나 잡지에 자신의 글을 싣고 싶다면 맞춤형 기사를 써야 한다. 다
시 말해 독자의 기호에 맞춘 글을 쓸 수 있어야 한다는 것이다.

이렇게 하면 잡지사에 글을 보내기 전에 적어도 해당 잡지를 두 권 이상 읽는다. 먼
저 자신의 글과 관련이 있는지 따지지 말고 잡지를 처음부터 끝까지 정독한다. 이렇
게 하면 잡지의 전체적인 분위기와 선호하는 주제를 파악할 수 있다. 그런 다음 잡지
의 특성에 따라 자신의 글을 수정한다.

이상적인 독자를 상상해보라

독자 마케팅은 결코 쉬운 일이 아니다. 미스터리를 좋아하는 독자들 사이에도 취향이 천차만별이기 때문에 한 가지 기준을 정한다는 것은 거의 불가능하다. 그러므로 작가는 독자들 모두에게 다가서는 것을 목표로 삼기보다는 한 사람의 이상적인 독자를 겨냥하는 편이 낫다.

이상적인 독자 한 사람을 겨냥한다는 것은 무슨 의미일까? 전 세계의 패권을 얻고자 대결하는 두 명의 군주에 관한 판타지 소설을 쓴다고 가정해보자. 어떻게 하면 이상적인 독자가 소설에 푹 빠지게 만들 수 있을까? 지하 감옥이 나오는 장면을 좋아할까? 아니면 사악한 마법사가 사람들에게 마법을 거는 장면은 어떨까? 배경은 중세 시대로 할까, 아니면 현대가 나을까? 아예 현실과 거리가 먼 세상을 새로 구상하는 것은 어떨까? 이렇듯 작가는 시간적 배경은 물론 공간적 배경, 등장인물의 행동 하나하나까지 독자의 흥미를 유발시키는 것으로 이야기를 진행시켜야 한다.

아직 정해놓은 이상적인 독자가 없다면 작가가 직접 독자의 역할을 하면 된다. 단, 자신과 독자가 같은 사람이라는 생각은 금물이다. 현실의 독자는 더 까다롭고 분별력이 있는 제3의 인물임을 잊지 말아야 한다.

생각 공장 연기자나 가수처럼 작가 역시 독자들에게 즐거움을 준다는 생각을 해야 한다. 그래야 한 명의 독자라도 더 얻을 수 있을 것이다. 만약 독자에게 신경을 쓰지 않으면 독자들이 기대하는 높은 기준에 절대 가까워질 수 없다.

이렇게 하면
1. 이상적인 독자의 프로필을 만들어본다. 이는 등장인물을 구상하는 것과 비슷한 작업이다. 프로필은 가능한 한 자세하게 작성한다. 특히 교육 수준이나 분야, 예술적 감각, 좋아하는 책 등을 적을 때는 세심한 주의를 기울인다.
2. 위에서 작성한 이상적인 독자의 프로필을 바탕으로 그 독자가 주인공으로 등장하는 짧은 소설을 집필한다.

여러 작품의 초안을
동시에 작성하라

글을 쓸 때는 여러 작품을 동시에 진행하는 것이 효과적이다. 여러 작품의 초안을 동시에 작성하면 창의력을 계속 보충할 수 있어서 글이 막히는 현상을 방지할 수 있기 때문이다. 또한 어떤 초안을 쓰다 보면 다른 초안에 쓸 만한 생각이 번뜩 떠오르기도 한다.

이외에도 여러 개의 초안을 동시에 진행하면 서로 다른 작품 사이에 연관성을 발견하거나 비교하게 된다. 예를 들면 남북전쟁이 일어나기 전에 미국 남부 지역에 살던 어느 노예의 반란에 대한 이야기와 폭군 같은 아버지에게 반항하는 십 대 청소년에 대한 이야기를 쓴다고 가정해보자. 분명히 두 이야기에서 벌어지는 사건마다 비슷한 점을 발견하게 되고, 각각의 작품을 진행하는 데 긍정적인 영향력을 주고받을 수 있을 것이다.

생각 공장 여러 작품의 초안을 동시에 작성하는 것이 모든 사람에게 효율적인 것은 아니지만 한 번쯤 시도해볼 필요는 있다. 특히 창의력이 뛰어난 사람이라면 서로 전혀 관련이 없어 보이는 주제라도 단박에 연관지을 수 있으므로 한 번에 여러 가지 작품을 동시에 진행하는 것이 더욱 유리하다.

이렇게 하면 새로운 소설이나 에세이를 쓸 때 글의 전개에 어느 정도 속도가 붙으면 잠깐 멈추고 다른 작품을 시작한다. 전혀 다른 장르의 글을 써도 좋다. 그리고 두 작품을 다 끝낼 때까지 계속 번갈아가며 집필한다. 작품 집필이 모두 끝나면 한꺼번에 두 작품을 진행한 소감을 간단히 저널 형식으로 기록한다.

실수를 줄이는 비결

사람은 누구나 실수를 저지르고 그 실수를 통해 새로운 것을 배운다. 이는 작가도 마찬가지이다. 하지만 중요한 것은 어색한 문장이나 불분명한 표현처럼 작은 실수이든, 일관성이 부족한 등장인물의 묘사나 부자연스러운 플롯 전개와 같이 심각한 실수이든, 실수 그 자체를 발견하는 것이다. 20세기를 대표하는 소설가 블라디미르 나보코프는 "실수는 금방 잊히지만 글은 영원히 존재한다"라고 말했다. 이는 실수를 하지 않고 글을 쓰는 작가는 없을 거라는 뜻도 된다.

글을 제대로 수정하기 위해서는 초안을 끝낸 후 곧바로 수정 작업에 들어가지 말고 잠깐 다른 작품을 생각하는 것이 좋다. 그렇게 해야

자기 실수를 명확하게 볼 수 있는 비판적인 거리를 확보할 수 있기 때

문이다.

생각 공장 글쓰기란 원래 복잡한 작업이라 필연적으로 실수를 할 수밖에 없다. 규모
가 큰 작품은 부차적인 줄거리, 등장인물의 성격과 행동 묘사 등 신경 써야 할 문제
가 한두 가지가 아니다. 때문에 일관성을 계속 유지하면서 글을 쓰려면 시간을 많이
투자하는 것이 최선의 방법이다.

이렇게 하면 초안을 수정하면서 '실수'를 몇 개나 고쳤는지 세어본다. 실수는 세부
배경에 충분한 주의를 기울이지 못한 것, 이야기의 전개가 부자연스러운 것, 등장인
물이나 주요 사건의 묘사에 일관성이 없는 것, 불필요한 내용이 반복되는 것 등에서
발생할 수 있다. 이렇듯 실수의 종류를 구분해두면 나중에 다른 초안을 수정할 때에
도 도움이 된다.

개념적 장벽(Conceptual Block)

문제를 제대로 지각하지 못하게 하는 개념적 장벽을 해결하는 것은 쉬운 일이 아니다. 특히 플롯의 구조, 등장인물의 행동, 역사적 배경, 지리 및 식물에 대한 전문 지식 등에 관한 까다로운 문제는 엄청난 시간과 인내심을 필요로 하기 때문이다. 가장 쉬운 해결책은 조사를 더 많이 하는 것이다. 그런데 알고 보면 자료의 양의 문제가 아니라 조사하는 대상 또는 조사한 자료에서 정확히 무엇을 추출하여 어떻게 글에 연결할 것인지 결정하는 문제인 경우가 더 많다.

이러한 개념적 장벽을 극복하는 한 가지 방법으로는 관련 주제만 조사하는 것이 아니라 연관된 분야를 폭넓게 조사하는 것이다. 예를 들어 골드러시(gold rush, 19세기 미국에서 금광이 발견된 지역으로 사람들이 몰려든 현상) 이후의 샌프란시스코를 배경으로 미스터리 소설을 쓴다고 하면 먼저 19세기 샌프란시스코의 암흑가에서 볼 수 있는 하류층의 생활과 노브 힐(Nob Hill, 샌프란시스코에 있는 부유층 거주 지역)의 상류층 생활에 대해 조사해볼 수 있다.

생각 공장 빅토리아 넬슨은 《글이 막힐 때Writer's Block and How to Use It》라는 저서에서 "글이 풀리지 않는 것은 무의식 속에서 당신의 자아가 의식적인 자아의 작동을 가로막고 있다는 뜻이다"라고 기술했다. 다시 말해서 글이 막히는 것은 현재 작품을 다루는 접근 방식을 확대하거나 수정해야 한다는 무의식의 신호이다. 이럴 때 내면의 목소리에 귀를 기울이면 대수롭지 않게 넘겼던 것에 대해 중요한 사실을 깨닫게 될 수도 있다.

이렇게 하면 글을 쓸 때 방향을 결정하지 못하고 우물쭈물할 때에는 개인 서재나 공공 도서관으로 가서 자신이 쓰려는 주제의 역사에 대해 조사해본다. 처음에 생각하지 못했던 요소를 발견할 수 있다. 또한 사실 여부가 불분명한 것, 예전에는 별로 중요하게 생각하지 않았던 것에 주목한다. 그런 다음 뭔가 쓸 만한 것을 찾으면 다시 작업에 착수하라.

사실 여부를 치밀히 확인하라

간혹 출판사 편집자가 알아서 봐주겠거니 하고 자기 글의 정보에 대해 사실 확인을 철저히 하지 않는 작가들이 있다. 이는 작가로서 기본이 안 되어 있는 자세다. 편집을 담당한 사람도 실수를 범할 수 있기 때문이다. 작가가 처음부터 철두철미한 원고를 내놓으면 추후의 결과물의 수준도 훨씬 높아진다.

자료 조사에 대한 작가의 게으름은 초안에 치명적인 악영향을 준다. 따라서 자료 조사 및 사실 여부를 확인해야 할 사항 등은 글을 쓰는 와중에 꼼꼼히 기록해둔 다음 집중력이 떨어져 글이 잘 안 풀릴 때 활용하도록 한다.

 아무리 꼼꼼한 사람이라도 큰 프로젝트를 진행하다 보면 작은 실수를 범하게 마련이다. 때문에 글을 쓸 때는 사실에 기반을 두고 이야기하는 것이 무엇보다 가장 중요하다. '내 기억은 틀림없어'라는 생각에 현혹되어서는 안된다. 특히 인명, 지명, 특정 에피소드에 관련된 구체적인 사항 등은 반드시 확인하고 넘어가자.

 한두 해 전에 있었던 기억을 떠올리며 약 한 페이지 분량의 글을 써보자. 인명, 지명 등을 포함하여 사물이나 장소의 이름도 반드시 포함시킨다. 그런 다음 글의 내용을 실제 사실과 비교해보라. 아마 날짜, 사람 이름, 장소 등 여러 가지 세부 사항이 틀렸다는 것을 알게 될 것이다. 사실 여부 확인은 말처럼 그리 쉬운 일이 아니다.

상황에 따라 형식을 맞추라

사람들은 이야기하는 대상에 따라 말하는 방식에 차이가 있다. 예를 들어 자녀와 이야기하는 방식과 직장 상사와 이야기하는 방식은 전혀 다를 것이다. 낯선 사람이나 친한 친구와 이야기할 때도 형식은 크게 달라진다. 누구와 이야기를 하느냐에 따라 특정한 어법을 사용할 수도 있고, 말하는 상황에 맞추어 격식을 지켜야하는 일도 발생한다.

이와 마찬가지로 작가도 어떤 독자를 겨냥하여 글을 쓰는가에 따라 형식에 변화를 주어야 한다. 특히 소설가라면 각 상황에 맞는 다양한 어법을 잘 알아둘 필요가 있다. 등장인물이 사회적 계층이나 각자의 입장에 어울리는 말투를 구사하면 글의 리얼리티가 살아나는 것은 물론 독자가 이야기의 흐름에 자연스럽게 빠져들게 될 것이다.

 언어를 화가의 팔레트라고 생각해보자. 여러 종류의 색깔은 다양한 어법이나 형식의 정도를 나타낸다. 만약 농부가 농부와 이야기를 나누는 장면이라면 한 가지 색깔로 그리면 되지만, 등장인물이 복음 전도사라면 말투의 색깔을 바꿔야 한다. 또 농부가 복음 전도사와 이야기를 나누게 된다면 하나의 장면에 두 가지 색을 섞어야 할 것이다.

 서로 출신 계층이 다른 두 주인공이 대화하는 장면을 구상한다. 이를테면 헌신적인 피아노 선생님이 음악적 재능은 뛰어나지만 반항적인 기질이 다분한 학생과 이야기하는 장면을 설정할 수 있다.

266

지시하지 말고 유도하라

리어 왕은 숨을 거둔 코델리아를 부둥켜안고 "개와 말과 쥐도 목숨을 갖고 있는데, 어찌하여 너는 전혀 숨을 쉬지 않느냐?"라며 울부짖었다. 이 장면에서 작가는 리어 왕이 비탄에 잠겨 있다고 굳이 설명할 필요가 없다. 만약 그랬다면 독자는 작가가 쓸데없는 말을 한다고 짜증을 낼 것이다. 즉, 작가는 독자에게 어떤 감정을 느끼라고 지시하는 것이 아니라 글 속의 상황이나 사건을 통해 자연스럽게 감정을 유도해야 한다.

20세기 초에 활동한 시인이자 비평가인 T. S. 엘리어트는 〈햄릿과 그의 문제들*Hamlet and His Problems*〉이라는 에세이에서 문학작품에 나오는 상황과 그 상황에서 유발되는 감정 사이의 상관관계를 언급했다. 그는 우스갯소리를 할 때 상대방에게 웃으라고 말할 필요가 없듯이 작가는 독자의 감정을 일일이 신경 쓸 필요가 없다고 주장했다. 다시 말해 사물, 상황, 일련의 사건은 특정한 감정을 만드는 제조법과 같기 때문에 감정을 자극하는 어떤 사건이 제시되면 즉시 원하는 반응이 나오므로 두 요소는 객관적인 상호관계가 있다는 것이다.

생각 공장 "제인은 맏아들이 배를 타고 전쟁터로 떠나는 모습을 바라보며 눈물을 뚝뚝 흘렸다"라며 구체적인 감정을 언급하는 것보다 "아들이 전함에 승선하는 것을 보며 제인은 손톱으로 자신의 팔을 꽉 눌렀다"처럼 간접적으로 암시하는 것이 독자에게 감정을 전달하는 데 훨씬 효과적이다.

이렇게 하면

1. 주인공의 감정을 직접적으로 묘사하지 말고 대화나 행동을 통해 간접적으로 전달하는 방식으로 글을 써본다.
2. '황량한' 또는 '장엄한'이라는 단어를 사용하지 않으면서도 그런 느낌을 불러일으키도록 풍경을 묘사한다.

비유와 픽션에 대하여

소설은 신화나 전설이라고 부르는 고대의 작품에서 비롯된 것이다. 위험한 적이나 힘센 세력에 맞서 위풍당당하게 싸우는 전설들의 이야기는 대부분 고대에 시작되었다. 소설가라면 이 점을 알아둘 필요가 있다. 탐정이든 우주선 선장이든 전쟁 영웅이든 간에 글의 주인공은 일반인과 구분되는 특별한 점, 즉 영웅다운 면모가 있다.

플라톤의 《국가론*theory of the state*》 7장에 나오는 동굴의 비유를 예로 들어보자. 동굴에는 죄수들이 쇠사슬에 묶여 있다. 그중 한 사람이 쇠사슬을 끊고 나오지만 햇빛에 잠시 눈이 멀게 된다. 하지만 그는 곧 빛의 가치를 이해하게 되고 동굴로 돌아가서 예전에 함께 묶여 있던 죄수들에게도 '빛에 대해 알려줘야겠다'는 강한 의무감을 느낀다.

 비유는 구체적인 예를 들어 도덕적 교훈을 전달하는 이야기의 형식으로, 추상적인 것은 설득력이 없으므로 인간의 경험에 연결해서 표현하는 것이 좋다.

1. 평범한 주인공이 어느 날 갑자기 자신에게 아주 특별한 능력이 있다는 것을 깨닫는다는 줄거리로 글을 쓴다. 이를테면 응급 상황이 발생할 때 특별한 리더십을 발휘하는 능력이 있다고 설정할 수 있다.
2. 플라톤의 동굴의 비유를 공부한 다음, 지하실이나 지하 감옥처럼 동굴을 '업데이트' 할 만한 새로운 비유를 생각해본다.

성(性)의 표현

유명한 소설가이자 문화 역사가인 루이스 오친클로스는 테네시 윌리엄스의 극작품을 분석하는 에세이를 썼다. 그는 에세이에서 "사회는 인간의 성적 본능에 여러 제약을 가하고 있다"고 주장하면서 "성은 인간관계에 필수 불가결한 요소로 인간의 상상력과 모든 행동을 지배한다"라고 기술했다. 그렇기에 "테네시 윌리엄스의 작품에 나오는 에피소드와 대화에는 욕망과 사랑이 깃들어 있어서 거칠고 난폭한 악역조차 인간다운 따스함과 열정을 지닌 인물처럼 느껴진다"고 덧붙였다.

예술 작품에는 성을 지나치게 강조하는 경향이 있을지도 모른다. 하지만 프로이트를 전공한 심리학자가 아니더라도 모든 인간 행동의 이면에는 성이 커다란 원동력으로 작용한다는 것을 이해할 수 있다. 성적인 분위기나 장면을 적나라하게 묘사하는 것이 꺼려진다면 억지로 할 필요는 없다. 간접적인 표현만으로도 자신의 의도를 충분히 전달할 수 있기 때문이다.

생각 공장 사랑이나 연애를 주제로 글을 쓸 때에는 성에 대한 표현을 간접적으로 하는 것이 더 효과적이다. 다른 것에 빗대어 주인공의 긴장된 심리를 묘사해도 좋고 남녀가 사랑을 속삭이는 대화를 보여주거나 몸동작으로 표현해도 상관없다. 단지 선정적인 느낌을 줄 목적으로 성을 강조하면 오히려 좋은 글을 망치는 역효과를 불러일으킬 수 있다.

이렇게 하면 두 남녀가 서로에게 성적 호감을 느끼기 시작하는 장면을 설정한다. 노골적인 묘사를 지양하고 독자의 상상력을 자극하는 표현을 주로 사용해보자.

상징을 활용하라

억지로 상징을 끼워 넣는 것은 아무런 의미가 없다. 가장 좋은 방법은 글의 전개에서 자연스럽게 상징을 활용할 기회가 생길 때까지 기다리는 것이다. 예를 들면 전쟁을 배경으로 한 소설에서 '용기'라는 덕목을 강조하기 위해 스티븐 크레인은 '붉은 무공훈장(red badge)'이라는 상징을 사용했다. 주인공은 자신의 용기를 내보이려고 머리에 피 묻은 붕대를 감고 있으면서도 부대의 맨 앞에 서지 않으려는 이율배반적인 행동을 한다. 봄의 이미지에 맞게 모든 사물이 깨어나는 느낌을 강조하고 싶다면 T. S. 엘리어트가 〈황무지*The Waste Land*〉에서 다산과 불모의 상징을 어떻게 활용했는지 유의해 읽어보자.

　추악함이 아름다움을 짓밟고 악이 선을 이기는 것은 어떻게 표현할 수 있을까? 블레이크의 〈순수와 경험의 노래Songs of Innocence and Experience〉에서 ‘런던’에 대한 부분을 읽어보면 도움이 될 것이다. 런던에 대해 시의 화자는 이렇게 노래한다.

　　가는 곳마다 미약함과 재앙의 표시가 보인다.

　　굴뚝 청소하는 아이의 울음,

　　불길한 느낌을 주는 교회의 종소리,

　　절망이 섞인 어느 군인의 한숨 소리,

　　왕궁의 벽에도 그런 분위기가 고스란히 풍겨 나온다.

　상징을 활용하면 심오한 경험이나 현상을 구체적인 이미지로 표현할 수 있다. 이처럼 상징은 아름다움과 심오함을 동시에 보여주는 형이상학적 표현법이라 할 수 있다.

 시를 읽으면 문학과 상징의 관계를 빨리 이해할 수 있다. 그중에서도 블레이크, 코울리지, 키츠와 같은 낭만주의 시인들의 작품을 추천한다. 코울리지의 〈노수부의 노래*Rime of the Ancient Mariner*〉, 키츠의 〈그리스 항아리에 부치는 노래*Ode on a Grecian Urn*〉, 〈나이팅게일에게 부치는 노래*Ode to a Nightingale*〉와 같은 작품의 제목에서 알 수 있듯이 상징은 독자의 상상력에 신비한 힘을 행사하는 것 같다.

 블레이크의 〈순수와 경험의 노래〉라는 시를 읽은 다음 그 시에 나오는 대상 중 하나를 골라서 현대적인 느낌으로 시를 쓴다. 시의 구조에 너무 연연할 필요는 없다. 대상에 상징성을 부여할 수 있는 가능성에만 집중한다.

느낌이 강한 동사를 사용하라

문장에 힘을 싣거나 이야기를 끌어나가야 할 때 동사는 게으른 노새가 되기도 하고 힘센 경주마가 되기도 한다. 한 가지 예를 들어보자.

마가렛은 누군가 자신의 뒤를 밟는 것 같다는 강한 느낌을 받았다.

이 문장은 다소 늘어지는 감이 있다. 실제 행동이 '강한 느낌'이라는 명사구에 담겨 있기 때문이다. 하지만 힘센 경주마 같은 동사를 사용하면 문장이 완전히 달라진다.

마가렛은 누군가 자신의 뒤를 밟는다는 느낌이 강하게 들었다.

초보 작가들은 명사구가 '격식을 갖춘' 느낌을 주거나 권위 있는 것처럼 들린다고 생각해서 이를 이용하여 글을 쓰는 경향이 있다. 때문에 초보 작가들이 쓴 문장은 게으른 노새가 끌고 가는 느낌이 든다.

위원회의 보고서에 대한 토니의 최종 평가는 보고서를 한 번 더 수정하는 것이 더 낫겠다는 것이었다.

위 문장은 공문서 느낌이 강해서 몇 번이고 다시 읽어야 이해할 수 있다. 하지만 느낌이 강한 동사를 쓰면 이렇게 고칠 수 있다.

토니는 위원회의 보고서를 한 번 더 수정하면 한결 나아질 것이라고 결론 내렸다.

생각 공장 느낌이 강한 동사를 사용하면 문장이 한층 명확해지고 쉽게 이해할 수 있다. 하지만 강하고 생생한 느낌을 주는 동사를 자유자재로 사용하는 요령을 익히려면 많은 시간이 필요하다.

이렇게 하면 이전에 썼던 글을 꺼내서 동사를 어떻게 사용했었는지 검토해보라. 늘어지는 느낌을 주는 명사구가 많이 나오면 동사구 위주로 문장을 다시 써보자.

독백과 대화문에 대하여

등장인물의 기질을 잘 표현하기 위해서는 대화문을 사용하는 것이 좋다. 따라서 작가는 사람들마다 각자 말하는 방식에 어떤 특징이 있는지 파악하는 감각을 길러야 한다. 이는 시인들도 마찬가지다. 로버트 브라우닝의 〈나의 죽은 아내에게*My Last Duchess*〉처럼 독백으로써 캐릭터를 살리고자 한다면 말하는 방식에 유의해야 한다.

그녀는 너무 쉽게 기뻐하고

너무 쉽게 감명을 받는 마음을 가졌다.

그녀는 눈에 보이는 모든 것들을 좋아했고

그녀의 시선은 사방으로 향해 있다.

앨리스 밀러는 작가를 지망하는 사람들에게 "당신의 등장인물이 입을 열어 말하기 시작할 때, 비로소 그들의 본모습이 드러난다"라는 조언을 했다.

생각 공장 대화문은 두 명 이상의 사람들이 서로 말을 주고받는 것으로, 이야기를 전개하는 데 있어 가장 기본적으로 필요한 요소다. 반면 독백은 한 사람이 혼자 이야기하는 것으로, 이야기의 내용은 다른 사람을 향한 것일 수 있지만 상대방에게는 들리지 않는다.

이렇게 하면 두 명의 등장인물이 서로 대립하는 장면을 두 페이지 분량으로 써본다. 내레이션과 대화문을 모두 사용하되, 두 사람이 첨예하게 대립하는 모습은 대화문을 중심으로 보여준다. 대립 구도를 제시하는 방법은 다음과 같이 크게 세 가지로 나눌 수 있다.

- 투수가 스트라이크 공을 던졌는지 아닌지에 대해 타자가 심판과 대립한다.
- 정자와 난자가 결합하여 세포가 분화하기 시작한 것을 살아 있는 인간으로 간주할 수 있는지에 대해 낙태 찬반론자들이 논쟁한다.
- 졸업 필수 과정에 문학개론을 포함시킬 것인지에 관해 두 교수가 논쟁한다.

등장인물마다 어조를 달리하라

소설에 따라 화자는 두 명에서 많게는 네댓 명까지 늘어날 수 있다. 또 어떤 경우에는 장이 바뀔 때마다 화자가 달라지기도 한다. 그러므로 작가는 글을 쓰기에 앞서 등장인물의 세세한 프로필을 작성하는 것이 좋다. 작가라 할지라도 여러 화자의 입장을 모두 파악하기란 쉽지 않기 때문이다. 프로필에는 행동이나 외모에 대한 특징뿐만 아니라 말투나 어조, 자주 쓰는 표현 등 아주 세세한 점까지 담겨 있어야 한다.

마크 트웨인은 다양한 인물과 어조를 표현하는 작가로 알려져 있다. 은을 캐러 네바다에 몰려든 탐험가들의 이야기를 다룬 《유랑Roughing It》에서 어느 교직자와 탐험가가 나누는 대화를 잠깐 살펴보자.

"저는 이웃집 양떼를 맡고 있는 양치기입니다."

"뭐라고요?"

"신앙심 깊은 사람들을 영적으로 이끄는 사람이라는 뜻입니다."

스카티는 머리를 긁적이며 잠깐 생각하더니 다시 입을 열었다.

"난 당신이 뭐라고 하는 건지 하나도 모르겠어. 아무튼 돈이나 내고 가시오."

생각 공장 작가는 복화술사처럼 등장인물이 바뀔 때마다 어조를 달리해야 한다. 말과 생각은 곧 그 사람의 성격을 반영하므로 특히 대화문을 쓸 때는 어떻게 하면 그 사람 특유의 어조를 잘 표현해낼 수 있는지 고민해야 한다.

이렇게 하면 성격이 전혀 다른 두 사람이 대화하는 장면을 구상해보자. 말투를 통해 각자의 성격을 짐작할 수 있어야 한다. 또한 독특한 행동이나 외모를 통해 두 사람의 차이점을 크게 부각시킨다.

인칭 시점을 빨리 결정하라

현실은 시각에 따라 매 순간 달라지기 때문에 작가는 어떤 글을 쓰든 반드시 시점이나 관점을 결정해야 한다.

어떤 소설은 전지전능한 신의 관점에서 기술되어 마치 신이 이야기를 전개하는 듯한 착각을 불러일으킨다. 이는 작가가 신이 되어 등장인물의 머릿속을 마음대로 드나들거나 때로는 미래에 있을 일까지 내다보면서 글을 쓴 결과이다.

각 장이 끝날 때마다 시점을 바꾸는 방법도 있다. 그렉 아일즈의 소설 《신의 발자국*The Footprints of God*》은 1인칭(주인공) 시점에서 시작하여 나중에 3인칭(악당) 시점으로 바뀐다. 멜빌의 《백경》 역시 얼핏 보기에는 1인칭시점처럼 보이지만, 결국 화자는 서서히 모습을 감추고 전지전능한 신의 관점에서 이야기가 진행된다.

 시점에 따라 이야기 전개가 크게 달라질 수 있다. 이는 전지전능한 신의 관점에서 글을 전개할 때도 마찬가지이다. 화자의 시각이 다양하게 바뀌거나 서로 대립하는 입장에 놓인 사람들의 시각을 모두 보여주면 독자는 책을 읽으면서 보다 풍부한 감정을 경험하게 된다.

이렇게 하면

1. 1인칭 시점에서 세 명의 등장인물이 나오는 이야기 한 편과 3인칭 시점으로 시작하여 두세 문단마다 각 등장인물의 관점으로 바뀌는 이야기 한 편을 구상한다.
2. 벌목 작업을 설명하는 환경주의자를 화자로 하여 한 문단을 쓴 다음 인부의 입장에서 동일한 작업을 설명하는 문단을 다시 쓴다.

리듬을 타며 써라

음악에만 리듬이 있는 것이 아니라 그림이나 조각에도 나름의 리듬이 존재한다. 사실 예술은 리듬 그 자체라고 해도 과언이 아니다. 글쓰기에서 리듬은 독자의 주의를 사로잡는 관건이 되므로 매우 중요하다. 특히 시를 쓸 때 강세가 있는 음절과 그렇지 않은 음절을 적절히 조합하고, 특정 단어 또는 표현을 강조하고자 한다면 리듬을 반드시 이해하고 있어야 한다. 이는 산문에서도 마찬가지다. 리듬을 전혀 고려하지 않고 똑같은 형태의 문장만 계속 반복하면 이야기의 흐름이 뚝뚝 끊어지거나 단조로운 느낌을 줄 수 있다. 따라서 작가는 글을 쓸 때 문장의 길이와 형태를 다양하게 하여 리듬감을 살려야 한다.

 달이 뜨고 지는 것, 파도가 밀려왔다 빠져나가는 것, 하늘의 구름이 움직이는 것, 꽃이나 나무가 산들바람에 흔들리는 것과 같이 자연에는 리듬이 존재한다. 또한 인간의 신체 구조와 움직임에도 일정한 리듬이 있으며, 모든 예술 분야에서 리듬은 중요한 역할을 한다. 따라서 작가는 이러한 리듬을 반영하며 자신만의 확고한 리듬 체계를 구축하여 글을 써나가야 한다.

 약약강 혹은 강약과 같이 리듬의 형식을 달리하여 여러 편의 시를 쓴다. 단, 그중 하나는 자신이 직접 고안한 리듬 패턴을 사용한다.

외적 동기를 만들어라

글쓰기는 시간이 많이 소요되는 작업으로 제시간에 끝마치기란 매우 힘든 일이다. 때문에 작가에게는 글쓰기를 기한 내에 끝낼 수 있게 해주는 외적 동기가 반드시 필요하다. 사실 사람은 누구나 일을 마쳐야겠다는 동기보다 채찍질해줄 누군가가 옆에 있어야 한다. 이것은 인간의 본성상 어쩔 수 없는 부분이다.

작가에게 가장 큰 외적 동기를 불러일으키는 사람은 바로 편집자와 출판 계약자이다. 그러나 초보 작가들에게는 마감 날짜에 촉박해서 다그치는 사람보다는 작업 초반부터 도움을 줄 수 있는 사람이 더 효과적일 수 있다.

음주 금지, TV 시청 금지, 게임 금지 또한 외적 동기에 포함된다.

 외적 제재 수단은 처음에는 힘들게 느껴지기도 하지만 결국에는 좋은 결과를 얻게 한다. 다만 외적 제재를 고안할 때에는 기본 원칙을 세우고 이를 준수해야한다. 이를테면 '다섯 페이지를 봐야 와인 한 잔을 마실 수 있다' 혹은 '마감 기한을넘기면 벌금을 매긴다'와 같은 규칙이다.

 하루에 써야 할 페이지의 수를 계산한 후 정해진 양을 채울 때까지 아무것도 못한다는 식으로 스스로를 통제하는 규칙을 세운다. 매일 작업량이 불규칙적이라도 크게 걱정할 필요는 없다. 가장 중요한 것은 매일 작업을 하고 있다는 것이며정해놓은 기간 내에 완성하기만 하면 되는 것이다.

프리라이팅(Free-writing)으로
아이디어를 빨리 생각해내라

작가처럼 생각하고 사물을 관찰하면 아이디어가 비 오듯 쏟아져 나온다. 하지만 이때 써봤자 별로 도움이 안 된다고 생각하여 종이에 적어두지 않으면 본인의 글에 스스로 장애물을 만드는 꼴이 된다. 내용이나 형식이 어떠하든 간에 일단 글을 쓴다는 것 자체가 생각을 정리하는 데 도움이 되기 때문이다.

완성되지 않은 아이디어가 있거나 아이디어라고 하기에는 다소 부족한 면이 있더라도 우선 쓰고 봐야 한다. 글을 쓸 때는 펜을 되도록이면 빨리 움직이는 것이 좋다. 레이 브래드베리는 《글쓰기의 기술에서 볼 수 있는 선*Zen in the Art of Writing*》에서 "진실은 빨리 써내려가는 글 속에 담긴다"라고 말했다.

프리라이팅을 한마디로 표현하면 '즉흥적인 글쓰기'이다. 처음부터 문법이나 단어 선택, 문장부호 등에 신경을 쓰는 사람이면 즉흥적으로 글을 쓰는 것이 쉽지 않을 것이다. 하지만 그런 사소한 요소는 글을 최종적으로 수정할 때 고치는 것이지 아이디어를 생각해낼 때 필요한 요소는 아니다. 훌륭한 글을 쓰려면 문장구조나 문장부호가 아니라 오로지 내용에만 집중해야 한다.

생각 공장 때로는 수정하고 싶은 마음을 참고 생각이 자연스럽게 흐르도록 내버려두는 것이 가장 좋을 때가 있다. 어느 방향으로 튈지 모르는 럭비공 같은 생각의 흐름을 따라가다 보면 예상치 못한 좋은 결과를 얻을 수도 있기 때문이다.

이렇게 하면 글에 필요한 아이디어가 떠올랐다면 10분 동안 쉬지 않고 써내려간다. 단어가 생각나지 않거나 문장이 막혀도 멈추면 안 된다. 갑자기 생각이 나지 않는다면 자기 자신에게 말을 걸어본다. 예를 들어 '이번 등장인물의 성격은 어떠한가?' 또는 '주인공의 큰 문제점은 무엇인가?'라는 질문을 던질 수 있다.

음식과 사랑에 대하여

러브 스토리에는 흔히 음식이 등장한다. 음식과 사랑은 정말 서로 잘 어울리는 글감이자 주제이기 때문이다. 라우라 에스키벨의 《달콤 쌉싸름한 초콜릿*Like Water for Chocolate*》은 음식을 주제로한 대표적인 소설이다. 이 소설은 22년 동안 이어진 사랑 이야기가 1월부터 12월까지 볼 수 있는 요리책처럼 구성되어 있다. 글의 첫머리부터 크리스마스 롤을 만드는 레시피와 함께 요리를 준비하는 방법이나온다.

양파는 일정한 두께와 모양으로 썰어야 해요. 양파를 썰면 눈이 따갑고 눈물이 줄줄 나오지요. 이것 때문에 양파 써는 것이 정말 고역스럽게 느껴질 겁니다. 이럴 때는 머리 위에 양파를 얹어놓고 썰어보세요.

음식과 요리는 모든 러브 스토리에 잘 어울리는 소재이다. 음식의 종류와 먹는 방법이 다양하듯이 연인 관계도 상황에 따라 크게 달라질 수 있기 때문이다. 소설의 주인공인 티타는 요리를 통해 페드로에 대한 자신의 사랑을 표현한다.

티타는 몰레(mole)를 요리할 준비를 하면서 점점 신이 났다. 페드로는 거실에 앉아서 티타가 분주하게 움직이는 소리를 듣고 있었다. 페드로 역시 예전에 느껴보지 못한 묘한 기분에 사로잡혔다. 팬과 냄비가 서로 부딪히는 소리, 아몬드가 익어가는 냄새, 티타가 요리를 하면서 아름다운 목소리로 노래하는 것이 한데 어우러지면서 그녀에 대한 사랑이 더욱 강하게 불타올랐다.

생각 공장 음식과 사랑을 어떻게 연결할 수 있는지 상상해보라. 누군가와의 특별한 순간을 연상하게 만드는 음식이 있는가? 작가라면 사랑을 주제로 하는 글을 쓸 때 한 번쯤 음식과 사랑을 연결해볼 필요가 있다.

이렇게 하면
1. 두 연인이 음식이나 마실 것을 사이에 두고 사랑을 표현하는 장면을 그려본다. 이때 음식을 진지한 사랑의 증표로 상징화하거나 웃음을 주는 소재로 활용한다.
2. 일기장을 펼쳐서 여러 가지 음식을 하나씩 떠올리면서 자유롭게 상상력을 발휘한다. 단, 기존에 있는 이미지의 연결은 지양해야 한다. 꽃양배추, 마시멜로, 수박, 버섯 등을 생각하면 무엇이 떠오르는가? 글로 자유롭게 표현해보라.

향수(鄕愁)

사람들은 나이가 들수록 지난 일에 대한 향수에 젖는다. 가령 대학 신입생들도 부푼 꿈을 안고 대학 생활을 시작하지만 곧 고등학교 학창 시절을 그리워하기도 하고, 고향을 떠나 외지에서 생활하는 사람은 어린 시절을 추억하기도 한다. 이런 경험은 누구나 간직하고 있으므로 향수를 자극하면 독자에게 큰 감동을 줄 수 있다.

따라서 회고록을 쓸 계획이라면 향수를 불러일으키는 경험담을 포함시키는 것이 좋다. 이를테면 철없던 어린 시절 조부모와 함께 울고 웃던 시간이나 유년 시절을 보낸 집에 대한 추억, 휴일이나 축제 때 정신없이 뛰놀던 기억, 아끼던 애완동물이 죽은 것을 보고 마음 아파하던 기억, 멀리 이사를 가게 되어 오랜 친구들과 이별하던 기억 등은 모두 좋은 글감이 된다.

 독특하게도 향수는 긍정적인 느낌과 부정적인 느낌을 동시에 불러일으킨다. 이것은 사랑하는 연인들이 헤어질 때 느끼는 '달콤한 슬픔'과는 또 다른 개념이다. 향수를 통해 작가는 독자에게 아주 특별한 감정적 경험을 선물할 수 있다.

1. 과거를 돌이켜보면서 향수를 불러일으키는 기억을 모두 적어본다. 어린 시절에 함께 놀았던 친구, 결혼식, 성년의 날 등에 얽힌 추억 등을 꼽을 수 있다. 이러한 기억을 주제로 삼아 일기를 쓴다.
2. 1번에서 쓴 일기 중 하나를 골라 단편소설이나 에세이로 각색한다.

도시를 배경으로 한 글쓰기

작가에게 도시는 인간 행동의 쇼케이스이다. 셀 수 없이 많은 일들이 흥미진진하게 펼쳐지는 것은 물론 도시에 있으면 온몸이 감당할 수 없을 정도로 강렬한 자극을 끊임없이 받게 된다.

하지만 노벨상 수상자인 소설가 사울 벨로는 어느 인터뷰에서 현대사회를 살아가는 등장인물과 그에 대한 작가들의 생각을 논하던 중 "도시에서는 차분함이나 평온함을 충분히 느낄 수 없다는 역설적인 단점이 있다"고 지적했다. 그는 또 이렇게 말했다.

예술은 혼란 속에서 정적을 발견하는 것과 관련이 있습니다. 여기서 말하는 정적이란 폭풍의 눈과 같습니다……. 나는 예술이 혼란 속에서도 주의를 사로잡을 수 있는 힘에서 시작된다고 생각합니다.

생각 공장 역설적으로 들릴지 모르지만 도시의 소음과 혼란은 작가에게 더없이 소중한 자극이 될 수 있다. 글감을 찾아내는 데에도 도움이 될 뿐만 아니라 작가의 생활 자체에 원동력을 불어넣어 주기 때문이다.

이렇게 하면 지금 당장 도시를 배경으로 한 글을 쓸 계획이 없더라도 일기에 자주 묘사해본다. 사람들을 많이 관찰할 수 있는 곳에 가는 것도 도움이 될 것이다. 몇 가지 예를 들면 다음과 같다.

- 전시회가 열리고 있는 미술관
- 거리에서 벌어지는 퍼레이드
- 호텔 로비나 칵테일 바
- 어린이들을 위한 박물관
- 거리에서 열리는 예술품 또는 공예품 전시회

우여곡절을 만들어라

흥미진진한 이야기는 마치 롤러코스터를 타고 있는 느낌을 준다. 시작하자마자 '아래로 뚝 떨어지는' 롤러코스터는 독자의 흥미를 사로잡기에 충분하다. 더욱이 가파른 경사를 쏜살같이 달리다가 루프 모양으로 돌거나 아래로 곤두박질치는 것을 반복할수록 흥분과 기대감은 극에 달한다.

롤러코스터를 타는 사람과 마찬가지로 독자들도 이야기 속의 우여곡절이 빚어내는 스릴이 가득한 이야기를 좋아한다. 따라서 사연이 많은 가족 이야기나 심리 드라마를 쓴다면 어떤 우여곡절이 어울릴지 곰곰이 생각해 볼 필요가 있다. 이를테면 오랫동안 해결하지 못한 위기나 문제의 해결책을 전혀 생각지 못한 곳에서 찾아내는 과정을 글로 묘사할 수 있다.

 이야기는 결과를 예측할 수 없을 때 가장 흥미진진하다. 특히 글이 전개되는 내내 예측할 수 없는 우여곡절이 계속될 때 이야기의 흥미는 극에 달한다. 독자는 재미있는 것이든 아니든 글의 절정에 이르는 과정에서 갑작스러운 반전이 나오기를 기대한다. 가령 《오즈의 마법사》의 절정은 마법사를 만나는 순간이지만 그를 만나기 전에 도로시가 노란 벽돌 길에서 아무도 만나지 못했다면 무미건조한 이야기가 되고 말았을 것이다.

 우여곡절에 특별히 주의를 기울여서 새로운 소설의 개요를 작성한다. 이때 독자가 전혀 기대하지 못한 사실이 밝혀지거나 놀라운 사건이 벌어지도록 구성하는 것이 중요하다. 물론 작업이 쉽지는 않겠지만 사건이 아예 없는 것보다는 너무 많다는 느낌이 드는 쪽이 낫다. 이는 글쓰기를 연습하는 과정이므로 완벽을 가하기 보다는 '이 정도면 독자들이 책 속으로 빨려 들어가겠다' 싶은 확신이 들 정도로 만들면 된다.

글의 전개를 바로잡는 질문

작가는 글을 쓰는 도중에 자신의 속마음을 털어놓거나 자기 내면의 목소리를 듣는 데 치중하지 않는지 수시로 점검해야 한다. 다시 말해서 작가는 가장 기본적인 질문, 즉 '그래서 뭐가 어쨌다는 것인지'를 따져봐야 한다. 이 질문은 갈등 상황에서 뭔가 특별한 내용을 밝히려는 의도가 아닌 한, 글이 엉뚱한 방향으로 흐르지 않도록 막아준다.

아무 생각이 없는 상태에서 글을 쓰거나 글의 배경이 되는 사회, 역사적 상황에 대해 깊이 숙고하지 않은 채 글을 전개하는 일은 없어야 한다. 작가는 독자가 인간의 본성, 시대상 혹은 이야기의 배경이 되는 역사적 상황을 잘 이해하도록 도와주어야 한다.

 글을 쓰면서 수시로 '그래서 뭐가 어쨌다는 거야?'라고 스스로 질문하면 이야기가 피상적으로 흐르거나 방향을 잃고 헤매는 일이 없을 것이다. 하지만 글을 쓰기 시작하는 시점에는 이 질문을 가급적이면 사용하지 않는 것이 좋다. 독자들의 흥미를 자극하는 배경과 실감나는 인물 묘사가 더 중요하기 때문이다. 이때는 오직 그 요소들에만 집중해야 나중에 '그래서 뭐가 어쨌다는 거야?'라는 질문에 만족할 만한 대답을 제공할 수 있다.

 사회적으로 중요한 이슈가 될 만한 문제를 소재로 하나의 갈등 상황을 만들어보라. 예를 들면 태아에게 유전자 문제가 있다는 것을 알면서도 아이를 낳겠다는 아내와 강력하게 임신 중절을 요구하는 남편을 등장인물로 설정할 수 있다.

글쓰기의 걸림돌에 직면할 때

작품 활동을 왕성하게 하거나 체계적으로 작품 활동을 하는 사람이라도 언젠가는 막다른 골목에 다다른 것처럼 머릿속에 아무 생각도 떠오르지 않을 때가 있다. 이럴 때는 어떻게 대처해야 할까?

먼저 작가들이 주로 어떤 어려움에 부딪히는지 살펴보자.

다음 단계로 넘어가는 데 어려움을 겪는 경우

플롯을 구상하던 중 갑자기 큰 벽에 부딪힌 것처럼 이야기를 더 이상 전개하지 못하는 상황이 생길 수 있다.

300

창의력을 발휘하지 못하고 쩔쩔 매는 경우

아이디어가 고갈된 상태로, 해결하기가 무척 힘든 문제다.

심리적인 벽에 부딪힌 경우

마음속의 악마가 '너는 작가가 될 만한 그릇이 아냐'라고 속삭이거나 지금 쓰고 있는 작품을 비평하면 자신감이 떨어져서 아무것도 할 수 없게 된다.

주의가 산만해지는 경우

친구에게 전화가 오거나 집안일 등 다른 일 때문에 작업에 온전히 집중하지 못할 때가 있다.

나중으로 미루고 싶은 마음이 생기는 경우

지지부진하게 진행되거나 글의 흐름을 놓치게 되면 글 쓰는 것을 미루고 다른 일을 먼저 처리하고 싶은 마음에 사로잡힌다.

어떤 걸림돌이 발생하든 해결책은 반드시 있게 마련이다. 다음 단계로 넘어가는 데 어려움을 겪을 때는 잠깐 머리를 식히면서 글감을 다시 정리하거나 글의 장면을 보다 확대해서 묘사해본다. 자료를 더 조사하는 것도 도움이 된다.

 글을 쓰는 것은 두뇌 활동이 많이 요구되는 작업이므로 가끔은 머리를 식힐 필요가 있다. 그런 시간은 걸림돌 때문에 낭비하는 것이 아니라 자신을 재충전하는 시간이다.

 다음에 어떤 이유로든 글쓰기의 걸림돌에 부딪히면 딱 한 문장만 더 쓰고 쉬겠다고 다짐한다. 그 문장을 쓴 다음에 다시 딱 한 문장만 더 써보자는 마음으로 글을 계속 쓴다. 그렇게 해서 얼마나 더 버틸 수 있는지 자신을 시험해본다.

수정은 미리 하는 것이 아니다

어떤 작가들은 문법, 단어 선택, 어색한 문장이나 장황한 문장을 어떻게 고칠까 염려하느라 글을 쓰기도 전에 진을 다 빼 버린다. 하지만 글이란 여러 차례 퇴고를 거듭하는 과정이지 한 번의 글쓰기로 끝나는 결과물이 아니다. 그러므로 초안을 쓸 때는 머릿속에 있는 생각을 종이에 다 옮겨놓는 데에만 집중해야 한다. 내용을 정돈하고 다듬는 것은 나중에 해도 될 일이다. 아르헨티나 출신의 유명 작가 호르헤 루이스 보르헤스도 실수를 빨리 고치려고 서두르는 것보다 잠시 내버려두고 글 전체의 흐름에 집중하는 것이 훨씬 낫다고 말했다.

글쓰기는 글감 수집, 아이디어 정리, 아이디어 수정의 세 단계로 이루어진다. 글감 수집 단계에서는 특정 표현을 대신할 만한 단어나 문장이 금방 떠오르지 않는 한, 글쓰기를 멈추지 말고 가능한 한 빨리 써내려가는 것이 좋다. 사소한 오류를 고치려고 흐름을 끊으면 글의 핵심을 놓치기 쉽기 때문이다.

생각 공장 보통 글을 쓸 때 사람들은 '절대로 틀리지 말아야 해' 하고 생각한다. 하지만 이런 생각에 지나치게 신경을 쓰다 보면 글을 쓰는 과정에서 더 좋은 표현으로 고치고 싶은 충동을 느끼게 된다. 초안을 쓸 때는 글의 형식이나 모양이 아니라 내용의 흐름이 가장 중요하다. 따라서 머릿속의 아이디어를 종이 위에 쏟아내는 데에만 신경을 집중해야 한다. 독자들을 고려하여 이해하기 쉬운 방식으로 내용을 다듬거나 글의 구조를 수정하는 것은 그다음에 할 일이다.

이렇게 하면 공항에서 비행기를 기다리며 시간을 보낸 적이 있는가? 그렇다면 아마 공항에 막 도착한 사람들과 탑승하러 서둘러 뛰어가는 사람들을 많이 보았을 것이다. 그런 공항을 배경으로 하여 어느 부부나 가족의 이야기를 한 편 만들어보자. 그들의 목적지는 어디이며 왜 거기에 가려고 하는지, 한 집에 같이 사는지 아니면 따로 지내고 있는지, 현재 그들에게 가장 시급한 문제는 무엇인지 등에 관한 이야기가 나올 수 있다. 단어 선택이나 문장 구조 그리고 이야기의 흐름이 자연스러운지 확인하려고 멈추지 말고 글을 한 번에 써내려가는 것이 중요하다.

작업 과정을 체계적으로 관리하라

소설 또는 책 한 권 분량의 논픽션을 쓰다 보면 개요를 미리 만들어두었음에도 불구하고 여전히 특정 부분이 마음대로 풀리지 않아서 고생하는 경우가 있다. 플롯이 꼬이면서 등장인물의 특징을 제대로 살리지 못하게 되는 경우가 생기기도 한다. 아무리 경험이 많은 작가라 할지라도 종종 이런 어려움을 겪는다. 애니 딜라드는 《글을 쓰는 삶*The Writing Life*》에서 "작품을 한창 쓰다 보면 집 나온 아이처럼 이리저리 헤매는 것을 느껴요"라고 말했다.

이런 문제를 방지하려면 별도의 노트를 마련하여 배경 설정, 플롯 전개, 등장인물의 특징 등을 일일이 기록하는 것이 좋다. 그렇게 되면 세부 사항을 일관되게 관리하게 되어 글 전체의 가치가 높아지고, 작품을 새로운 각도에서 보면서 다시 점검할 수 있다.

 글 전체에 대한 계획 없이 즉흥적으로 글 쓰는 것을 좋아한다면 그로 인해 혹독한 대가를 치를 위험이 크다. 그러나 글 쓰는 속도에 탄력이 붙으면 계획이나 세부 사항을 관리하는 것이 더 이상 귀찮게 느껴지지 않을 것이다.

 노트는 쉽게 참조할 수 있다는 장점이 있다. 배경 설정, 플롯, 등장인물을 구분한 다음, 등장인물마다 특징을 자세히 기입하고 플롯과 배경에 대한 세부 사항을 작성한다.

끈기를 발휘하라

아무런 단어도 생각나지 않고 글이 도무지 써지지 않아 기운만 빠질 때, 바로 이럴 때 끈기가 필요하다. 끈기도 하나의 기술이다. 끈기 있는 사람은 계속 자기 자신에게 도전장을 내미는 방법을 찾아내기 때문이다. '천리 길도 한 걸음부터' 라는 속담이 있다. 어느 정도 일리가 있는 말이지만 그것만으로는 충분하지 않다. 어렵고 시간이 많이 드는 프로젝트를 끝내려면 첫걸음을 시작하게 만든 용기 이상의 그 무엇, 즉 끈기가 필요한 것이다.

글이 써지지 않아 힘이 다 빠지는 느낌이 들 때 기운을 되찾는 방법 몇 가지를 살펴보자.

휴식 시간을 마련한다

몇 분 정도 컴퓨터를 끄고 휴식을 취하면 머리가 맑아지는 데 도움이 된다.

한 작품에만 매달리지 않는다

한 번에 한 작품만 해야 된다는 고정관념을 깨라. 여러 작품을 오가면서 글을 쓰는 것은 보편적인 방법이며 효율성 또한 높여준다.

정확한 마감 일자를 정해둔다

가까운 사람과 마감 날짜를 걸고 내기를 한다. 남에게 의지하지 않아도 될 만큼 의지가 강하다면 스스로 마감 일자를 약간 촉박하게 정해둔다. 이런 습관은 마감 일자에 맞추기 어려운 계약을 협상할 때 도움이 된다.

생각 공장 육체적, 정신적으로 피곤하거나 자신감이 떨어지면 끈기를 발휘하는 것 자체가 불가능하다. 물론 이때도 끈기를 되살릴 방법은 많지만, 별도의 노력이 필요하다.

이렇게 하면 끈기를 유지하거나 늘리는 데 도움이 된 방법을 따로 기록해두고 기운이 빠질 때마다 활용한다.

집중력을 높이는 방법

에머슨은 《처세론*Conduct of Life*》에서 "정치, 전쟁, 사업에서 성공하는 비결은 바로 집중력이다"라고 기술했다. 이 말을 글쓰기에 적용하려면 집중력의 두 가지 의미를 모두 이해해야 한다. 한 가지 의미는 어떤 주제에 대해 열심히 생각하는 것이고 다른 하나는 주제의 핵심적인 면만 생각하는 것이다. 전자의 의미를 적용하면 글쓰기를 할 때 주제에 온전히 주의를 기울여야 한다는 뜻이 되지만, 후자를 적용하면 작가는 독자가 모르는 점을 부각시키기 위해 깊이 연구해야 한다는 뜻이 된다.

그렇다면 어떻게 하면 집중력을 높일 수 있을까? 우선 충동적인 해결책에 현혹되면 안 된다. 어떤 해결책이든 일단 세부 사항을 일일이 따져본 후에 실행에 옮겨야 한다.

생각 공장 위대한 아이디어, 과학이나 예술 분야의 놀라온 업적, 기억에 오래 남는 감동적인 이야기는 모두 집중력의 산물이다. 때문에 작가로 성공하기 위해서는 집중하는 습관이 몸에 배어야 한다. 주의가 산만하다거나 참을성 있게 오래 생각하지 못하는 편이라면 집중할 수 있는 시간을 천천히 조금씩 늘려본다. 이를테면 평소 10분 정도 고민하던 것에서 30분 정도로 생각하는 시간을 늘리는 것이다. 아주 사소한 것까지 철저하게 계획하고 점검한다면 집중하는 시간이 늘어나있을 것이다.

이렇게 하면 새로운 작품의 개요를 미처 완성하지 못했거나 회고록에 구체적으로 어떤 내용을 담을 것인지 결정하지 못했다면 아래 방법으로 집중력을 향상시키는 연습을 할 수 있다.

- 첫 번째 단계: 사건을 일반적인 표현으로 묘사한다. 예를 들면 "그 남자는 사나운 폭풍이 치는 날씨에도 불구하고 거동이 불편한 어머니를 만나러 80킬로미터가 넘는 거리를 운전했다."와 같이 사실을 전달하는 데 중점을 둔다.
- 두 번째 단계: 위 문장에 덧붙일 점을 생각해본다. 그런 다음 그가 먼 길을 운전하는 동안 어떤 어려움을 겪었을지 상상하여 글로 적어본다.
- 세 번째 단계: 대략적인 초안을 만든다. 그 장면 외에는 아무것도 생각하지 말고 중간에 수정할 부분이 보여도 멈추지 말고 끝까지 쓴다.

310

즉흥적으로 쓰기

책 한 권 분량의 프로젝트를 진행할 때는 개요나 줄거리를 먼저 완성하는 것이 현명한 방법이다. 그러나 때로는 이러한 준비가 오히려 글쓰기에 방해가 되는 경우도 있다. 그렇게 되지 않으려면 어떻게 해야 할까? 자신을 믿고 경험적인 육감에 한번 의존해보는 것도 좋은 해결책이 된다. 좀 위험한 방법일 수도 있지만 작가들 중에는 직관력이 뛰어난 사람이 많기 때문에 충분히 가능한 일이다.

지금까지는 미리미리 철저히 계획하여 위험 요소를 줄이는 것의 중요성을 강조했다. 다른 한편으로 글쓰기는 창의성에 크게 영향을 받는 작업이므로 간혹 꼼꼼한 계획과 직감이 상충할 수도 있다. 창조적 글쓰기에서 즉흥적인 발견과 작가의 육감은 매우 중요한 부분을 차지

한다. 물론 육감을 따르다가 완전히 실패할 수도 있다. 하지만 이런 실패 또한 직관력과 창의성을 키우는 데 훌륭한 자산이 되므로 한번쯤 시도해볼 만하다.

생각 공장 '즉흥적으로 쓴다'는 것은 이야기를 전개하거나 특정 표현을 전달하는 참신한 방법을 연구한다는 뜻이다. 작가는 독자 역시 일종의 탐험가라는 점을 항상 기억해야 한다. 작가가 얼마나 참신한 글과 표현을 썼느냐에 따라 독자의 만족도는 달라진다.

이렇게 하면 앞으로 며칠간 즉흥적인 글쓰기 방식으로 일기를 쓴다. 예를 들면 검시관이나 우주 비행사, 고고학자 등 당신이 거의 모르고 지냈던 분야의 전문가를 주인공으로 내세워 이야기를 구상할 수 있다. 우선 개요부터 만든 후에 관련 분야에 관해 조사한다. 물론 여러 개의 개요 중에서 하나를 선택하여 본격적으로 글을 쓴다면 아마 많은 시간에 걸쳐 심층 조사를 해야 할 수도 있다.

새로운 세상을 창조하라

지금 아무 소설책이나 꺼내서 읽어보라. 책을 읽는 순간 완전히 새로운 세상이 펼쳐질 것이다. 원래 알고 있던 세상일지라도 분명히 중요한 차이점이 있다. 예를 들어 안개는 누구나 다 아는 것이지만 빅토리아 여왕 시대에 런던을 뒤덮은 안개와는 다르다. 뉴올리언스에 가본 사람이라면 말이 끄는 마차에서 나는 소리를 들어봤겠지만 1880년에 네브래스카 주를 가로지르는 웰스 파고 역마차 소리는 상상하기 힘들다. 만약 판타지를 쓴다면 어슐라 K. 르귄처럼 마법의 나라를 생생하게 묘사해야 한다. 《어스시의 마법사 *Wizard of Earthsea*》에서 곤트섬을 묘사한 부분을 살펴보자.

곤트 섬은 폭풍이 휩쓸고 간 북동쪽 바다 위로 홀로 솟아 있었다. 산의 높이는 2킬로미터에 가까웠으며, 산세가 매우 험준하였다. 곤트 섬은 마법사들로 유명한 곳이었다. 곤트 사람들은 높은 계곡에 있는 도시와 어둡고 좁은 바닷가 항구에 살았다. 그들은 아치펠라고의 군주를 마법사로 섬겼다.

소설 속 세상을 만들 때는 단어를 여러 가지 물감으로 생각해서 그림을 그리듯이 묘사한다. 세부 사항은 많이 묘사할수록 좋다. 존 가드너는 《소설의 기교 *The Art of Fiction*》에서 "세부 사항이 독자의 상상력을 자극하고 이끌어가기에 충분하지 못하면 그 장면은 생생하게 느껴지지 않는다"라고 강조했다.

생각 공장 새로운 세상을 맛보는 것은 소설이 주는 또 하나의 기쁨이다. 금주법이 시행되던 시대의 시카고, 드루이드 사람들이 스톤헨지를 만들던 고대 영국의 모습, 토지 소유권을 두고 카우보이들이 대결을 벌이던 서부 텍사스의 어느 먼지투성이 도시 등이 대표적이다. 이처럼 우리가 사는 세상과 비슷하든 그렇지 않든 간에 소설을 쓴다는 것은 마법으로 새로운 세상을 건설하는 것과 같다.

이렇게 하면 새로운 세상을 묘사하는 글을 한 페이지 정도 써보자. 국립공원처럼 웅장한 자연 경관이나 뱀파이어들이 숨어 있는 도시의 어느 구불구불하고 어두운 길, 굶어 죽어가는 아이들을 살리려고 의료 자원봉사자들이 모여드는 우간다의 작은 시골 마을 등을 상상해볼 수 있다.

소설 속의 역사

역사는 과거에서 가장 중요한 일을 단순하게 기록한 것이지만 문학은 이러한 기록에 극적인 현장감을 더하여 역사에 생명력을 불어넣는다. 로버트 해리스의 《폼페이*Pompeii*》를 생각해보면 이 말을 쉽게 이해할 수 있다. 이 소설은 서기 79년 베수비오스 화산이 폭발한 사건을 다루고 있다. 작가가 당시 화산 폭발을 목격한 사람의 심정을 어떻게 묘사했는지 살펴보자.

그들 주변에는 사람들이 공포에 질려 울부짖는 소리밖에는 아무것도 들리지 않았다. 바다는 미친 듯이 요동치고 바위덩어리가 비 오듯 쏟아져서 모든 건물과 주택의 지붕이 무너져 내렸다. … 모든 신들이 불카누스(Vulcan, 로마 신화에 나오는 불과 대장장이의 신)의 편을 들어주었고, 불카누스는 인간 포로들에게 견디기 힘든 고통을 가하기로 작정한 것 같았다. 인간의 존엄성이라고는 조금도 찾아볼 수 없었다. 폼페이 시민들의 탈출 행렬은 끝이 보이지 않았다. 사람들은 아주 느린 속도로 앞으로 밀고 나갔지만 화산 폭발에서 날아온 부석이 무릎까지 쌓여서 몸을 제대로 가눌 수 없었다.

이와 비슷하게 로버트 그레이브는 《클라우디우스 1세*I, Claudius*》에서 단순히 '주인공이 미래를 내다보는 시빌을 만나러 갔다' 라고 기술하지 않고 다음과 같이 극적으로 묘사했다.

내가 안간힘을 다해서 계단을 겨우 기어오르자 동굴 안쪽으로 들어서자 시빌이 보였다. 그녀는 천장에 매달린 우리 안에 있는 의자에 앉아 있었다. 여자라기보다는 원숭이에 더 가까운 모습이었다. 그녀는 붉은 색 옷을 입고 있었으며 눈은 한 번도 깜박거리지 않았다. 그녀의 눈은 붉게 충혈된 채로 빛을 뿜어냈다.

이렇게 시빌의 모습을 세세하게 묘사했기 때문에 독자들은 상상력을 발휘하여 그녀의 모습을 직접 그려보게 되고, 그 주변 상황을 실감

316

하면서 이야기에 푹 빠져들게 되는 것이다.

 역사 시대를 배경으로 한 소설을 많이 읽으면 역사에 대한 관심을 더 넓힐 수 있을 뿐 아니라 생동감 넘치는 소설을 쓸 수 있게 된다.

 줄리어스 시저의 암살 현장이나 자전거 기술자 두 사람이 키티호크에서 최초로 하늘을 나는 기계를 실험한 사건처럼 역사적으로 중요한 순간을 직접 목격한 사람을 화자로 설정하여 소설을 집필한다. 특히 주요 사건을 묘사할 때 한 페이지 정도 할애하여 세부 사항을 조금도 빠뜨리지 않고 설명해 독자들이 소설 속의 세계에 직접 들어온 느낌을 갖도록 한다.

내적 독백에 대하여

내적 독백은 일반적인 독백과는 분명히 다르다. 생각의 흐름을 있는 그대로 글로 옮긴 것이라서 기존의 문법이나 어법에 맞지 않을 수도 있지만 내적 독백은 의식의 흐름과 비슷하다. 쉽게 말해 문법에서 최소한의 일관성만 유지한 채 이야기가 물 흐르듯 진행되도록 하고 쓸데없는 내용은 가려내는 것을 내적 독백이라고 한다.

내적 독백을 가장 잘 표현하는 작가는 윌리엄 포크너이다. 다음은 그의 작품인 《8월의 햇빛Light in August》에서 주인공인 조 크리스마스의 내면을 묘사한 것이다.

그는 멀리서 지켜보듯 자신의 손을 계속 주시했다. 그러고는 손에 접시 하나를 집어 들고 계속 흔들면서 숨을 깊고 천천히 내뱉었다. 일부러 온 정신을 집중하여 그렇게 숨을 쉬는 것이 분명했다. 그는 게임을 할 때처럼 아주 큰 목소리로 '햄'을 불렀다. 그의 손에서 흔들거리던 접시는 어느 순간 벽으로 날아가 쨍그랑 소리를 내며 깨져버렸다. 그릇이 와장창 부서지는 소리도 잠시뿐, 또다시 적막이 흘렀다. 그러자 벽도 어느새 눈앞에서 사라져버렸다. 그는 다시 접시를 집어 들었다.

생각 공장 내적 독백은 등장인물의 내면 깊은 곳을 드러내주는 서술 기법으로, 등장인물의 의식의 흐름에 초점을 맞춰 이야기를 전개해야 하는 경우 주로 사용된다.

이렇게 하면
1. 등장인물 중 한 사람을 골라 내적 독백 기법을 이용하여 한 페이지 분량의 글을 쓴다. 한 가지 큰 걱정거리를 논하고 생각의 흐름을 문장 구조에 반영시킨다.
2. 서로 반대 의견을 가진 등장인물들의 입장에서 내적 독백을 각각 한 편씩 쓴다.

간결함의 미학에 대하여

초보 작가들은 문장을 길게 쓰는 경향이 있는데, 길게 쓴다고 해서 무조건 좋은 것은 아니다. 의미를 전달하려는 의지가 강하면 충분히 그럴 수 있다. 하지만 초보 작가가 흔히 쓰는 장황한 글은 주로 부족한 실력에서 비롯된 경우가 많다.

글이 장황해지는 이유는 크게 세 가지로 나뉜다. 첫째, 단어나 문법적인 수준에서 불필요한 단어를 많이 사용한다. 둘째, 문장 구조가 어색해서 같은 말을 반복한다. 셋째, 묘사, 설명, 내레이션을 불필요하게 늘린다. '나는 긍정적으로 대답하고 싶었다' 라고 하는 것보다는 '나는 그렇다고 말했다' 라고 하는 것이 훨씬 더 간결하고 뚜렷하게 의사를 전달하는 방법이다. 간결성은 글의 질적 수준을 결정하는 아주 중요한 요소임을 잊지 말자.

다만 모든 경우에는 예외가 있다. 실력 있는 작가는 짧을수록 유리한 경우와 길게 설명하는 것이 유리한 경우를 구분하는 안목이 있다. 가령 몰리 블룸이 쓴 50페이지가 넘는 내적 독백은 요약하면 대여섯 페이지로 줄일 수 있다. 하지만 그렇게 분량을 줄이면 '의식의 흐름'을 느끼는 것은 고사하고 주인공에 대한 친숙한 느낌마저 사라질 것이다.

생각 공장 글쓰기에 관련된 모든 훈련이 그렇듯이 단어의 의미와 문장의 길이가 모두 간단명료하게 쓰는 요령을 터득하기 위해서는 꾸준한 노력이 필요하다. 한 가지 좋은 방법은 문법 책을 보면서 작문의 기초를 익힌 다음 장황한 문장이나 문단을 수정하는 연습을 자주 하는 것이다.

이렇게 하면 에세이나 단편소설의 초안을 보면서 문단 길이를 줄이는 연습을 한다. 자신의 글로 하든 다른 사람의 글로 하든 상관없다. 이때 중요한 것은 글의 전개나 각 문단의 핵심적 의미를 망치지 않는 것이다.

에피파니

에피파니는 초자연적인 현상 혹은 성스러운 인물이 현실 속에 나타나는 현상을 말한다. 꿈이든 생시든 수년간 고민한 문제가 갑자기 마법처럼 해결되어 유레카를 외치고 싶은 순간이 바로 에피파니의 대표적인 예시라 할 수 있다. 흔히 만화에서 주인공 머리 위에 전구 모양이 나오는 순간이라고 이해하면 된다. 에피파니는 특정한 여운을 남기는데, 워즈워스는 《서정담시집Lyrical Ballads》의 서문에서 그 여운에 대해 이렇게 기술했다.

평온함이 서서히 사라질 때까지 감정에 대해 심사숙고한다. 그러면 심사숙고하기 전에 들었던 감정과 비슷한 감정이 서서히 생길 것이다. … 바로 그런 감정에서 글을 쓰면 성공적인 작품을 쓸 수 있다.

다이앤 스코엠펄론의 《잃었다가 다시 찾은 숙녀*Our Lady of the Lost and Found*》라는 소설에서는 어느 날 성모 마리아가 주인공을 찾아온다. 성모 마리아는 2천 년 동안 사람들에게 큰 사랑을 받았지만 이제는 긴 휴식을 갈망한다. 주인공은 기꺼이 그녀를 집 안으로 맞아들이고, 그때부터 주인공이 믿음과 신적 존재의 개입에 대한 새로운 이해를 얻는 이야기가 펼쳐진다.

생각 공장 종교적인 에피파니와 예술적인 에피파니는 크게 차이가 있다고 생각하는 사람도 있지만 에피파니는 어떤 것이든 사람들에게 심오한 영향을 준다.

이렇게 하면
1. 천사나 성인이 당신을 찾아왔다고 가정하고 새로운 이야기를 쓴다. 환영이 아니라 후광이나 날개가 없는 보통 사람과 같은 모습이다. 그는 무슨 일이 있어서 찾아온 것일까? 그의 방문으로 어떤 일이 벌어질까? 이런 질문들에 대한 다양한 답을 생각하면서 흥미진진하게 이야기를 구성해보라.
2. 아르키메데스가 유레카를 외친 장면이나 그와 비슷한 에피파니를 묘사한 장면을 글로 묘사한다.

솔직함을 추구하라

자신이 얼마나 솔직해질 수 있다고 생각하는가? 장밋빛 안경이 없어도 세상을 볼 자신이 있는가? 부당하고 냉정한 현실을 미화하거나 감추고 싶은 유혹을 과감히 뿌리칠 수 있는가?

논픽션뿐만 아니라 픽션도 솔직함이 중요하다. 이 세상의 모습과 인간의 본성을 있는 그대로 표현해야 하기 때문이다. 다시 말해서 등장인물이 가진 단점이나 본이 되지 않는 행동 하나까지도 놓치지 않아야 한다. 누군가를 쓰러뜨리는 장면이나 공격적인 모욕을 쏟아 붓는 장면을 묘사할 때는 마음을 단단히 먹어야 한다. 적절하지 못한 행동이나 관점이라도 있는 그대로 묘사하려고 최대한 노력할수록 글 전체의 리얼리티가 살아난다.

 악당의 특징을 피비린내가 코끝까지 느껴질 정도로 자세히 묘사하지 않으면 그 인물은 독자에게 현실적으로 다가오지 못한다. 그렇다고 해서 독자들이 질릴 정도로 지나치게 과장할 필요는 없다. 논픽션을 쓰든 픽션을 쓰든 글의 주제는 있는 그대로 피력해야 한다.

1. 지금까지 쓴 이야기 중 하나를 골라서 얼마나 현실성이 있는지 검토해본다. 쓰기 싫어서가 아니라 아예 생각조차 하고 싶지 않아서 그냥 생략해버린 점은 없는지 찾아보라. 필요하다면 현실의 부정적인 면도 글에 담아야 한다. 단, 독자에게 강한 충격을 줄 목적으로 폭력 장면을 자세하게 묘사하는 일은 없어야 한다.
2. 어떤 사실이나 사물을 숨김없이 솔직하게 시로 묘사한다. 앨런 긴스버그의 〈울부짖음Howl〉이라는 작품은 "나는 이 시대 지성인들이 광기로 무너져가는 것을 보았다. 그들은 헐벗고 굶주림에 지쳐 히스테리가 극에 달하고 있다"는 표현으로 시작한다.

논쟁을 부르는 주제

사회적인 논쟁의 여지가 있어서 감히 글로 표현할 엄두조차 내지 못했다면 이제는 그 생각을 바꿔야 한다. 사람들은 오히려 논쟁이 일어날 법한 주제에 관심을 보이기 때문이다.

대개 보편적인 것에서 거리가 멀어지면 비난의 대상이 되게 마련이며 그 거리가 멀면 멀수록 비판의 강도는 높아진다. 특히 유명 인사를 내세우면 비판의 강도는 급격히 올라간다. 결국 글에서 논쟁적인 소재를 다루는 것은 곧 서로 갈등 관계에 있는 가치 세계를 다루는 것이나 다름없다.

글을 쓸 때 논쟁의 여지가 있는 부분을 슬쩍 넘어가거나 덮으려 하지 말고 오히려 그 점을 부각시키는 연습을 해보자. 물론 처음에는 쉽지 않을 것이다. 더욱이 논픽션을 다룰 때는 법적 문제도 고려해야 할지 모른다. 어떤 유명 인사의 스캔들을 소재로 이야기를 쓸 예정이라면 자료를 충분히 확보하고 그 자료를 증명할 수도 있어야 한다.

생각 공장 논쟁은 독자의 관심을 크게 자극한다. 그러나 논쟁적인 소재와 단순한 가십거리를 혼동해서는 안 된다. 실제로 온갖 가십거리를 싣는 일로 생계를 꾸리는 작가도 굉장히 많다. 하지만 게재를 목적으로 하는 글이 아니라면 단지 얕은 호기심을 채워주는 내용인지, 가치 있는 질문에 대한 답인지를 따져볼 필요가 있다.

이렇게 하면 한 가지 주제에 대해 완전히 반대되는 견해를 가진 두 사람의 지성인이 서로 첨예하게 대립하는 상황을 설정한다. 둘 다 지성인이므로 욕설을 퍼붓거나 거친 행동을 하지는 않는다. 따라서 서로의 견해를 존중하지만 논리적인 주장을 펼쳐서 상대방의 의견을 꺾으려고 갖은 애를 쓰는 모습을 부각시킨다.

독자에 대한 책임감

다소 애매한 주제로 시작해서 창의력과 상상력을 발휘해 마침내 하고픈 이야기를 종이로 옮겼을 때 작가가 느끼는 해방감은 실로 짜릿하기까지 하다. 하지만 그 기분에 지나치게 도취되면 독자의 요구를 무시하는 글을 쓸 우려가 있다.

이와 반대되는 상황도 있다. 독자의 마음에 들어야 한다는 생각이 너무 강한 나머지 작가로서 가져야 할 이상이 무너지거나 세상을 바라보는 자신만의 독특한 관점이 흐려지는 경우가 바로 그렇다. 에리카 종은 작품을 완성한 후 독자들이 어떤 반응을 보일까 두려워하는 것은 "매우 위험한 행동이며 종국에는 작가로서 스스로를 파멸시키는 짓이다"라고 말했다. 과장된 표현일지도 모르겠지만 자신의 비전과 스타일을 쉽게 굽혀서는 안 된다고 강조하는 주장은 일리가 있다.

그렇다고 해서 작가가 자신의 글을 읽는 독자들의 기대치에 대해 아예 무관심하거나 적대적인 것은 작가로서의 책임을 다하지 않는 것임을 기억해야 한다.

생각 공장 자신의 글을 읽는 독자를 어떻게 생각하는지 머릿속에 정리해본다. 그저 막연하게 느껴지는가, 아니면 한 사람 한 사람이 책을 들고 읽는 모습이나 작품을 평가하는 모습이 그려지는가? 또한 독자를 만족시키는 것과 독자의 기대에 부응하는 것을 명확히 구분할 수 있는가? 이렇듯 글 쓰는 방식은 작가가 독자를 어떻게 생각하느냐에 크게 영향을 받는다.

이렇게 하면 아직 당신의 글을 읽지 않은 독자들이 모두 한자리에 모여서 "왜 책값을 만 원으로 정했나요? 그 책을 읽으면 우리가 만 원어치의 무엇을 얻을 거라고 생각하나요?"라는 질문을 던졌다고 가정해보자. 그런 다음 이러한 질문에 어떻게 대처할 것인지 예상 답변을 작성해본다.

가독성에 완벽을 기하라

'글은 최대한 쉽게 읽을 수 있도록 써야 한다' 는 말을 제대로 이해하여 글쓰기에 적용하면 매우 큰 효과를 거둘 수 있다. 하지만 작가 지망생들 중에는 이 말을 종종 오해하는 경우가 있다. 우선 '쉽게 읽을 수 있다는 말을 생각해보자. 이는 문장의 길이를 줄이고 하고 싶은 말을 직선적으로 정확하게 표현하는 것을 뜻한다. 간단한 아이디어를 전달하면서도 문장 구조를 복잡하게 만들거나 과장된 어휘를 쓰면 가독성이 떨어지고 결국 독자는 답답해서 책을 집어 던질 것이다. 이런 식으로 글을 쓰는 것은 독자에게 시간 낭비를 강요하는 것이다.

물론 '복잡한 이야기를 들려주려면 어쩔 수 없는 일 아니냐'고 반문할지도 모른다. 그러나 이는 잘못된 생각이다. 이야기가 복잡하면 복잡할수록 더더욱 간단하게 설명하려고 노력해야 한다. 복잡한 아이디어는 그 자체의 정확성을 그대로 유지하면서 동시에 명확하고 부드럽게 표현해야만 한다.

생각 공장 초보 작가들은 어려운 주제를 다룰 때 글의 스타일도 어느 정도 복잡해야 한다고 생각하는 경향이 있다. 하지만 좋은 글을 쓰려면 반대로 해야 한다. 작가의 역할은 복잡한 아이디어나 상황을 명확하고 직선적으로 전달하기 위해 모든 수단과 방법을 동원하여 글의 스타일을 조정하는 것이다.

이렇게 하면 잘 아는 전문 분야를 선정하여 그 분야에 문외한인 사람에게 가장 단순하고 명료하게 설명하는 글을 써보라. 예를 들면 도자기를 만드는 과정 중에서 유약을 바르는 단계에 대해 한두 페이지로 글을 쓸 수 있다. 단, 전문용어를 포함하여 글을 쓰되 단어 선택이나 문장구조에 각별히 주의한다. 필요한 경우에는 용어 설명을 덧붙일 수도 있다.

이야기는 계속 전진해야 한다

줄거리 전개가 느슨해지거나 이야기가 전혀 진전되지 않는다는 느낌이 들면 독자는 마치 단꿈을 깼을 때처럼 짜증을 내거나 불쾌해할 것이다. 그러므로 작가는 장애물과 갈등을 겪으면서도 목표를 향해 나아가는 주인공을 통해서 이야기의 흐름을 계속해서 진행시켜야 한다.

소설가 윌리엄 F. 놀란은 작가들에게 "새로운 장면이 소개될수록 이야기는 점차 윤곽을 드러내야 하며, 인물 묘사와 크고 작은 사건 전개는 항상 전체적인 줄거리의 흐름에 영향을 줄 수 있어야 한다"고 강조했다.

 줄거리는 단계적으로 펼쳐지다가 고비의 순간을 거쳐 필연적인 결말로 끝을 맺어야 한다. 따라서 작가는 사건의 발생 간격이나 방해 요소를 적절히 '편집'하거나 '삭제'하여 이야기를 자연스럽게 전개시킬 필요가 있다.

 목표를 달성하려는 주인공과 그 주인공을 위협하는 장애물을 등장시켜 한 편의 글을 구상한다. 이때 장애물은 주인공이 모든 것을 잃을지도 모른다는 생각이 들 정도로 가장 큰 방해가 되어야 한다.

판타지 속에 현실을 담아라

판타지 소설은 왜 그렇게 큰 인기를 누리는 것일까? 독자들이 마술사와 악마가 있는 세상에 그토록 열광하는 이유는 무엇일까? 이는 판타지 소설이 초자연적 존재에 대한 인간의 욕구를 어느 정도 채워주기 때문이다. 사람들은 눈에 보이는 자연 너머 어딘가에 초자연적 존재가 사는 우주가 있다는 기대와 믿음을 어렴풋이 갖고 있다.

판타지 소설이 그럴듯하게 보이려면 어느 정도 현실성이 있어야 한다. 아이러니컬하게도 마법이 지배하는 세상에서도 일관성 있는 규칙과 법도가 있어야만 독자들에게 신빙성을 얻을 수 있다. 그렇지 않으면 갈등 상황이 생기더라도 마법 지팡이를 살짝 흔드는 것으로 해결할 수 있으니 글 자체가 전개되지 않을 것이다.

생각 공장 인간은 자연을 초월하여 마법과 초자연적 힘이 지배하는 세상을 동경한다. 하지만 판타지가 단지 이런 탈피 욕구를 채워주는 공간으로서만 존재하는 것은 아니다. 판타지 소설 속에서도 주인공은 자기 인생을 이야기 속의 현실에 맞추려고 갖은 애를 쓴다. 이 점은 현실을 살아가는 인간의 모습과 크게 다를 바 없다.

이렇게 하면 현실을 배경으로 하는 판타지 소설을 구상한다. 가령 마술을 남용한 죄로 초자연의 세계에서 쫓겨나서 인간의 세상에 오게 된 마법사를 주인공으로 삼을 수 있다. 그는 더 이상 마법을 하면 안 된다는 엄명을 받는다. 인간의 세상에서 마법을 쓰지 않고는 해결할 수 없는 문제가 주인공 앞에 펼쳐진다고 가정하면서 글을 전개해 본다.

글을 통해 역사를 보존하라

작가는 과거의 진실을 보존하기 위해 글을 쓰기도 한다. 논픽션 형식으로 직접 과거사를 글로 쓸 수도 있고 픽션의 형식을 빌려 간접적으로 표현할 수도 있다.

유대인 대학살의 생존자이자 노벨 평화상 수상자인 엘리 비젤은, 글쓰기란 기억을 되살려 증언하는 것이라고 말했다. 그는 "후세에 우리의 경험을 전해주지 않는 것은 역사를 배반하는 것이다"라고 주장한다.

역사는 우리가 언어를 사용해서 만들어가는 것이다. 과거의 사건이 글로 기록되지 않는다면 그 사건은 물론이고 그를 통해 인간이 배운 것 역시 소실되고 말 것이다. 그러므로 과거를 기록하고자 한다면 어느 정도 책임감을 느껴야 한다. 우선 다음과 같이 자문해보자.

● 나는 이 사건을 속속들이 잘 알고 있는가?

● 이 사건에 대해 이전에 어떤 기록이 있었는지 면밀히 조사하였
  는가? 만약 그렇다면 내가 쓰려는 글은 이 사건을 보다 잘 이해
  하는 데 도움이 될 것인가?

● 이 사건은 현재 사건에 어떤 영향을 미치는가?

● 이전 기록이나 내 글에 일관되지 못한 내용이나 허위 사실, 불완
  전하거나 왜곡된 점, 불분명한 점이 있지는 않은가?

생각 공장 글쓰기는 역사를 보존하는 데 필수적인 요소로서, 글의 질적 수준 에 따라 역사적 기록의 질은 달라진다. 따라서 역사적 사건에 대해 글을 쓰려 한다면 과거 기록을 충실히 살펴보고 기존 자료의 잘못된 점을 바로잡으려는 용기가 있어야 한다.

이렇게 하면 개인적으로 애착을 느끼는 특정한 역사적 사건을 선택해서 한 페이지 분량의 에세이를 쓴다. 예를 들어 친척이나 친구 중에 베트남 참전 용사가 있다면 베트남전에 대해 글을 쓸 수 있을 것이다. 혹은 알렉산더 그레이엄 벨이 최초로 전화기를 발명한 사건처럼 역사적으로 의의가 있는 사건을 하나 고를 수도 있다. 단, 초안을 쓰기 전에 해당 사건을 깊이 있게 조사하여 충분한 자료를 확보해야 한다.

전형적인 이야기 형식

대부분의 이야기는 어느 한 사건을 계기로 등장인물들이 저마다 다른 관점에서 문제를 해결하려고 고군분투하는 것으로 진행된다. 특히 미스터리 이야기에서는 살인 사건이 벌어지고 주인공의 가족들이 하나 둘 관련되면서 상황은 급속도로 전개된다. 살인마가 화자의 가까운 친구를 다음 표적으로 지목하거나 주인공이 살인마의 표적이 되었다가 가까스로 목숨을 구하는 일이 일어나기도 한다.

이처럼 문제 제기로 시작해 또 다른 사건 발생에서 결말로 이어지는 이야기 형식은 미스터리, 공포, 로맨스 등 모든 장르의 글에 적용된다. 형식이 분명할수록 글의 줄거리도 일정한 틀에 따라 움직이게 되는데, 이를 꼭 부정적으로 볼 필요는 없다. 미스터리나 공포물을 좋

338

아하는 독자들은 알게 모르게 이런 형식을 기대하기 때문이다.

 글의 형식이 지나치게 강조되면 줄거리가 자연스럽게 전개될 수 없다. 하지만 반대로 무형식에 가까워지면 독자들은 바다에 표류한 사람처럼 방향 감각을 잃고 이야기가 어떻게 흘러갈 것인지에 대한 기대감을 갖기 힘들다. 그러므로 작가가 원하는 내용과 방식에 따라 글을 진행시키고 형식은 나중에 따지는 것이 가장 좋다.

1. 갈등의 심화, 절정, 결말 등 글의 각 단계에 주의하면서 단편소설의 개요를 작성한다.
2. 1번에서 작성한 개요에 따라 소설을 집필한다. 이때 글의 형식은 일단 '무시' 한다.

규칙을 무시하라

아무 이유나 목적 없이 그냥 규칙을 무시하는 것은 어리석고 무의미한 짓이다. 하지만 규칙을 탈피함으로써 새로운 아이디어를 발견할 때도 있다.

우선 '규칙'이란 무엇일까? 규칙은 오랫동안 반복되면서 대다수의 사람들이 인정하는 표준으로 굳어진 것이다. 예를 들어 과거에는 특정한 형태나 반복되는 리듬에 맞춰서 시를 써야 한다는 규칙이 있었다. 그런데 만약에 휘트먼, T. S. 엘리어트, 엘리자베스 비숍, 윌리엄 칼로스 윌리엄스 등 내로라하는 시인들이 모두 그 규칙을 지켰다면 어떻게 되었을까? 아마 우리가 지금 일고 있는 시들이 쓰여지지 못했을 것이다.

340

글쓰기에서 진정한 의미의 자유는 전통이나 주변 사회의 분위기가 강요하는 규칙에 얽매이기 보다는 인간 심리의 가린 부분을 꿰뚫어보고 보편적인 인간 경험에서 진리를 찾아내는 것이다.

생각 공장 규칙은 모든 사람들이 따른다는 면에서 어느 정도 권위가 있다. 하지만 예술적인 면에서 규칙의 권위는 별로 중요하지 않다. 오히려 기존에 있던 규칙이 새로운 규칙에 밀려나는 경우가 비일비재하다. 이를테면 기존에는 두운을 꼭 지키는 것이 규칙이었다면 요즘에는 단어의 길이나 각운을 맞추는 것을 더 중시하는 경향이 있다.

이렇게 하면 단편소설에는 '하나의 인칭으로 글을 전개해야 한다', '글의 시작부터 끝까지 긴장감을 늦추지 않아야 한다', '화자가 바뀌면 새로운 문단에서 시작해야 한다' 와 같은 규칙이 있다. 이러한 규칙들에 얽매이지 말고 자유롭게 글을 써보자. 초안이 완성되면 앞서 말한 규칙에 비춰 검토하면서 어떤 규칙을 언제 적용할 것인지 생각해본다.

이야기의 필수 요소, 갈등

갈등이란 주인공이 최종 목표에 이르지 못하도록 방해하는 커다란 장애물을 말한다. 갈등은 모든 이야기에 필연적으로 등장하며, 대부분의 주인공은 이야기의 절정에 이르러야 비로소 갈등을 멋지게 극복하는 방법을 깨닫는다. 때문에 마지막 결전이 끝날 때까지 독자는 손에 땀을 쥐고 그 상황을 지켜본다. 그러나 반대로 갈등이 너무 쉽게 해결되면 독자는 금세 이야기에 대한 흥미를 잃어버리고 만다.

갈등이 언제나 '착한 사람' 과 '나쁜 사람' 의 대립 구조에서 나타나는 것은 아니다. 오히려 주인공의 배우자, 자녀, 부모, 친한 친구, 동료와 같이 그가 아끼는 사람이나 전혀 의심하지 않은 사람이 문제를 일으킬 수 있다.

갈등을 만족스럽게 해결하려면 어떻게 해야 할까? 바로 갈등 상황에 직접 들어가면 된다. 블레이크라는 시인은 "갈등이 없으면 이야기가 진전될 수 없다"는 말로 갈등의 중요성을 강조했다. 계속해서 갈등이 지속되는 것처럼 보이다가 결국에는 모든 일이 만족스럽게 풀리는 것이 가장 바람직한 이야기의 흐름이다.

생각 공장 갈등 없는 인생이 존재하지 않는 것처럼 갈등 없는 이야기는 있을 수 없다. 글은 곧 갈등의 연속이라고 해도 과언이 아니다. 갈등과 문제가 있어야 이야기가 시작되기 때문이다. 주인공이 폭탄 테러의 조짐을 미리 알아채고 폭탄을 찾아내어 재빨리 작동을 멈춘다고 생각해보자. 사람들은 자신들이 죽을 뻔한 위기를 넘겼다는 사실은 전혀 상상도 못할 것이다. 이런 것은 이야기가 될 수 없다.

이렇게 하면 닐 사이먼은 연극 대본을 구상할 때 도저히 서로 화해시킬 수 없을 정도로 대조적인 두 인물을 같은 장소에 등장시키는 것에서 시작한다고 말한 적이 있다. 사이먼의 방법을 한번 따라해보자. 호텔방 안에 두 사람이 같이 있다고 설정하는 것은 어떨까? 두 사람은 어떤 관계이며 왜 호텔에 와 있는 것인지, 무엇 때문에 말다툼을 하고 있는지, 최악의 경우 어떤 상황이 벌어질 우려가 있는지 등 갈등 상황을 짜임새 있게 연출해보자.

투쟁에 대하여

이 야기에는 갈등이 반드시 포함된다. 전쟁이나 자연적인 힘에 대항하는 것에서부터 자신의 욕망과 야망 사이에서 겪는 내적 갈등에 이르기까지 세상에는 수많은 종류의 갈등이 있다.

'투쟁'은 바로 이러한 갈등 상황을 연출할 때 좋은 단어이다. 이 단어는 위압적인 반대 세력에 맞서는 용맹스런 노력을 연상시키는 것과 동시에 역경을 이겨내고 목표를 향해 전진하는 분위기를 자아낸다. 한마디로 투쟁은 신체적인 것이든 심리적인 것이든 장애물이 있음에도 불구하고 승리를 거두려는 인간의 결심을 자극한다.

생각 공장 투쟁이 고될수록 그에 따르는 보상은 더욱 달콤한 법이다. 주인공이 힘겨운 순간을 겪거나 막다른 골목에 다다를 때에도 끊임없이 투쟁하여 극적인 절정을 이룰 때까지는 절대로 보상을 주지 말아야 한다.

이렇게 하면 주인공이 중요한 보상을 얻기 위해 투쟁을 계속한다는 줄거리로 개요를 작성한다. 매우 위압적이고 도저히 이길 수 없을 것 같다고 생각될 정도로 힘든 투쟁이어야 한다.

증명의 필요성에 대하여

사람들은 저마다 생각과 의견이 다르다. 하지만 자기 의견에 대하여 충분한 증거를 제시하는 사람은 별로 없다. 과학을 잠깐 생각해보자. 각 분야의 전문가들이 임상 실험이나 수학적 예시 등 끊임없이 가설의 시비를 확인하고자 노력하지 않았다면 지금까지 발전할 수 있었을까? 현대는 권위가 아닌 경험적 근거를 앞세우는 사회가 되었다. 일례로 르네상스 시대 전에는 무거운 물체가 가벼운 물체보다 아래로 떨어지는 속도가 빠르다는 아리스토텔레스의 주장에 아무도 이의를 제기하지 않았지만, 2천 년 후에 갈릴레오는 실험을 통해 그 주장이 잘못되었음을 명백히 증명했다.

증명은 글쓰기에서도 매우 중요한 역할을 한다. 논픽션의 경우 주장을 펼칠 때는 반드시 믿을 만한 자료, 증거, 분석 결과 등을 제시해야 하고, 반대 주장에 충분히 논박할 수 있어야 한다. 픽션에서도 증명은 중요하다. 독자로부터 공감을 얻을 수 있느냐, 없느냐와 직결되는 문제이기 때문이다.

생각 공장 사람들은 어떤 주장에 대해 증거를 얼마나 확보해야 그 주장을 인정할 수 있는지 확신하지 못한다. 칼 세이건은 "특별한 주장일수록 그에 맞는 특별한 증거가 필요하다"라고 지적한 바 있다. 예를 들어 증거 사진 한 장을 제시하면서 자신이 외계인을 만났다고 주장하는 것은 설득력이 부족하다. 사진은 조작하기 쉽기 때문이다.

이렇게 하면
1. 주인공이 과학자에게 자신이 외계인에게 납치당했었다고 주장하면서 그 점을 증명해 보이는 장면을 극본으로 각색한다.
2. 진화론을 믿는 생물학자가 창조론을 주장하는 사람에게 인간이 하등한 생명체에서 진화한 것임을 보여주기 위해 증거를 제시하는 내용으로 소설을 쓴다. 반대로 창조론자가 진화론을 믿는 생물학자에게 인간은 다른 생물체에서 발달한 것이 아니라 신이 창조한 것이라고 설득하는 장면을 구상할 수도 있다.

상식을 활용하라

상식은 아주 까다로운 문제를 단박에 해결해주기도 하지만 문제를 너무 단순화하거나 왜곡해서 상황을 악화시킬 때도 있다. 언제나 완벽한 것은 아니지만 일상생활에서는 효율적으로 활용될 수도 있다. 예를 들어 감정적인 고통을 겪는 친구의 말을 잘 들어주고 그가 하는 생각이 결코 사소한 것이 아님을 확인시켜줄 때 위로가 된다. 이는 정신병리학을 전공하지 않아도 알고 있는 상식이다.

상식을 잘 활용하면 글쓰기에도 큰 도움이 된다. 소설이나 회고록을 쓸 때 등장인물이 자갈투성이의 인생길을 걸어가면서 솔직하고 현실적인 대안을 찾는 모습은 이야기의 진실성을 높여줄 것이다.

 아이가 잘못을 저질렀을 때는 아이를 앉혀놓고 무엇을 잘못 했으며 왜 벌을 받는지 조곤조곤 설명해주는 것이 가장 효과적인 해결책이다. 이와 마찬가지로 글을 쓸 때에도 복잡하고 어려운 말보다는 평소에 쓰는 단순하고 직접적인 표현을 사용하는 것이 제일 바람직하다.

 당신의 기준에서 실용적이면서도 상식적인 견해는 무엇인가? 다음 주제에 대한 상식의 기준을 일기로 작성해보라.

● 생활비 예산 세우기
● 휴가 계획 세우기
● 아이에게 다른 사람의 감정을 배려하는 마음을 갖도록 가르치기

글의 전개 속도

지루하고 정적인 회상 장면, 배경 묘사 혹은 심리 묘사에 따라 글의 전개가 늘어질 수도 있고 반대로 너무 서두른다는 느낌을 줄 수도 있다. 때문에 작가는 이야기의 속도를 적절하게 조절해야 한다. 독자는 기본적으로 작가가 그려낸 세상을 간접적으로 경험하고 싶어 하는데, 글의 전개가 느리다거나 너무 빠르면 그 상황이 실제적으로 느껴지지 않을 것이다.

서스펜스의 대가가 줄거리 전개를 어떻게 하는지 연구해보면 글의 전개 속도를 효과적으로 조절하는 요령이 생긴다. 또한 사건이 꼬리에 꼬리를 물고 이어질 때 각 사건의 중요성과 규모에 따라 시간 배분을 달리하면 속도를 조절할 수 있다. 다소 피상적인 방법이기는 하지만 각 사건의 분량을 페이지 단위로 체크해보는 것도 도움이 된다.

 속도 조절은 플롯 구성에서 매우 중요한 일이다. 이는 사람의 심장이 뛰는 속도와 같다. 그러므로 액션이 있는 장면은 속도를 빠르게 하고 가끔 호흡을 가다듬을 시간을 따로 마련해준다. 이렇게 속도를 조절하면 독자의 주의를 완전히 사로잡을 수 있다.

 최근에 완성한 글을 꺼내서 전개 속도를 확인한다. 극적인 긴장감이 너무 많거나 적지는 않은지, 독자에게 숨 돌릴 틈을 주는 '휴식'의 빈도는 적당한지 살펴본다.

작품을 소리 내어 읽어보라

격식 있는 글의 문체와 일상적인 글의 문체가 엄연히 다르듯이 글은 쓰는 목적에 따라 그에 맞는 말의 리듬이 살아 있어야 한다. 리듬은 문장의 구조 및 각 문장 사이의 관계에 따라 크게 달라지며 가독성에도 영향을 미친다.

글을 쓸 때 마치 대화문을 옮겨놓은 것 같은 자연스러운 느낌을 주고 싶다면 자기가 쓴 글을 직접 소리 내어 읽어보는 연습을 해보자. 녹음기에 녹음하거나 글의 '흐름'에 유의하면서 누군가에게 들려주는 것도 좋은 방법이다. 이렇게 하면 문장 구조의 문제점이나 반복되는 표현 등을 쉽게 발견할 수 있다. 사람은 글보다는 말로 의사소통을 하는 데 더 익숙하기 때문이다.

 독자는 글의 리듬에 민감하게 반응한다. 특히 문단을 구성하는 문장들이 똑같은 리듬으로 흘러갈 때 독자의 집중력은 현저하게 떨어진다. 따라서 작가는 보다 명확한 스타일을 제시하여 독자의 이해를 도와야 한다. 자신의 글에 확신이 서지 않을 때는 반복적으로 읽어보는 시간을 갖는다. 그리고 다른 사람에게도 글을 소리 내어 읽어주고, 상대방의 반응에 따라 수정 방안을 고민해본다.

 친구 앞에서 아직 완성하지 않은 작품 하나를 골라 소리 내어 읽어주고, 글의 스타일에서 고쳐야 할 점은 없는지 적어보라고 부탁한다. 물론 글을 읽어주면서 고쳐야 할 점이 보이면 자신도 따로 메모해둔다. 그런 다음 메모한 것을 바꿔서 서로 의견이 같은지 비교하고 그에 따라 글을 수정한다. 그리고 수정한 글을 다시 읽으면서 전체적인 글의 리듬이 한결 나아졌는지 살펴본다.

나쁜 습관을 극복하라

글쓰기 습관 자체는 나쁠 것이 없다. 글쓰기에 방해가 되는 나쁜 습관이 쉽게 생기는 것이 문제이다. 글쓰기에서 가장 나쁜 습관은 정성을 들이지 않고 대충 아무렇게 또는 급하게 쓰는 것이다. 그밖에도 사실 여부를 제대로 확인하지 않으며 어설픈 문장 구조를 그냥 내버려두고, 문맥에 정확히 맞지 않는 단어를 대수롭지 않게 사용하는 것도 문제다. 같은 말을 계속 반복하고 새로운 시각에서 주제를 분석하거나 좀 더 역동적으로 접근하려는 노력을 기울이지 않는 것도 나쁜 습관이다. 또한 게으름을 피우는 것도 경계해야 한다.

경계를 조금만 늦추면 나쁜 버릇이 어느새 뿌리내린다는 것을 늘 기억하라. 그러면 이런 나쁜 습관들을 금방 이겨낼 수 있다.

생각 공장 나쁜 습관을 극복하는 첫 번째 단계는 나쁜 습관이 무엇인지 정확하게 파악하는 것이다. 연필을 깎거나 하루 일과를 정리하는 등 쓸데없는 일에 시간을 낭비하는 경향이 있다면 당장 내일부터 생산적인 일에 시간을 좀 더 할애한다. 이를테면 등장인물의 프로필을 작성하거나 줄거리 구조를 수정하는 일, 즉흥적으로 초안을 작성하는 연습에 더 매진해보는 것이다.

이렇게 하면 여러 해 동안 극복하지 못했던 좋지 못한 습관을 목록으로 정리한다. 딱히 생각나는 습관이 없다면 자신의 글쓰기 습관을 다시 점검해보자. 혹은 객관적인 비평을 해줄 수 있는 사람을 찾아가서 초안 몇 편을 보여주고 냉정하게 비판해달라고 부탁한다. 그런 다음 그 사람이 지적한 문제를 극복하기 위해 어떤 노력을 기울였고 자신이 과연 어떻게 달라졌는지 살펴본다.

시간의 압박에 대하여

가끔 시간에 쫓길 때 오히려 더 좋은 작품이 나올 때가 있다. 왜 그럴까? 답은 간단하다. 사람은 급박한 상황에 놓여야 일의 효율이 더 높아지기 때문이다. 예를 들어 학생들도 시험 종료 시간이나 과제 기한이 얼마 남지 않았을 때 상상을 초월하는 집중력을 발휘한다. 경험이 많지 않은 초보 작가들도 이와 마찬가지로 시간의 압박을 느끼면 용어 선택이나 문장구조, 문단의 흐름 등은 엉망일지 몰라도 내용은 굉장히 좋을 때가 많다. 시간에 쫓기기 때문에 거의 잊고 지내던 머릿속 지식까지 끌어낸 덕분이다.

마감일에 맞추거나 매일 정한 할당량을 마쳐야 한다는 압박, 친구나 가족에게 약속한 것을 지키려고 노력하는 것 등이 작가에게 긍정적인 외적 압력으로 작용할 수 있다.

생각 공장 막판까지 미뤘다가 작업하는 것에 대해 무조건 죄책감을 느낄 필요는 없다. 시간에 쫓길 때 자기가 얼마나 많은 일을 해낼 수 있는지 깨닫는 것도 놀라운 경험이 될 것이다.

이렇게 하면 집필 작업을 해야 하는 날에 일부러 다른 일을 하며 시간을 보내며 그날 정해진 작업 분량을 다하지 못한 적절한 이유를 생각해본다.

직관이 시키는 대로 하라

글 쓰기는 전반적으로 이성이 주도하는 작업이다. 말하고자 하는 이야기 혹은 탐구하고자 하는 주제는 대체로 논리적인 방식으로 전개된다. 그러나 이와 같은 합리성만으로 글을 쓸 수는 없다. 글 쓰는 과정은 종종 규칙보다 직관에 따라 흘러가기 때문이다. 묘사와 설명이 서로 얽히거나, 시간이 아닌 공간 순서에 따라 이야기가 전개되는 등 가끔 비선형적으로 진행되는 것을 보면 직관이 얼마나 중요한지 알 수 있다.

작가는 자신의 작품이 유기체적으로 보이기를 기대한다. 그러기 위해서는 오랫동안 작가의 정신을 지배하던 편견으로부터 과감히 벗어나야 한다. 이성이 시키는 대로 규칙만을 준수해 왔다면 이제는 자신의 직관을 믿고 글쓰기를 실천해야 한다는 것이다.

생각 공장 본인의 직관을 굳게 믿어야 한다. 잠재의식은 강력한 아이디어와 연상 작용이 뒤섞여 있는 커다란 솥과 같으며, 열심히 키보드를 두드려서 글을 쓰는 것은 그 솥을 끓이는 것이다. 적어도 발견 초안을 만드는 단계에서는 직감을 최대한 살리려고 노력해야 한다.

이렇게 하면 중간에 쉬지 않고 두세 페이지 분량의 픽션을 완성해본다. 직관에 전적으로 따라가는 연습을 하는 것이다. 직관을 따라 글을 쓴 경험이 많지 않다면 횡설수설하다 끝날지도 모른다. 그렇다 해도 약간의 수정을 한다면 보물이 묻힌 곳으로 이어지는 광맥을 발견할 가능성도 있다.

이야기의 절정

모든 이야기는 절정과 심판의 순간을 향해 달려간다. 주인공이 목적을 달성하기 위해 쏟은 노력이 결실을 맺는지의 여부가 드러나는 이때가 바로 독자가 글에 가장 몰입하게 되는 순간이다.

서부 영화를 보면 흔히 주인공과 악당이 만나서 불꽃 튀는 대결을 벌인다. 이 대결에서 둘 다 죽을 수도, 둘 다 살아남을 수도 있다. 그러나 작가라면 이렇듯 누구나 예상할 수 있는 결과에 만족해서는 안 된다. 주인공이 악당을 물리쳤다 해도 대결의 후유증으로 또 다른 시련에 봉착할 가능성도 있는 것이다.

이처럼 글의 절정 부분을 쓸 때는 결말을 어떻게 이어나가고 끝맺을 것인가를 두고 끊임없이 고민해야 한다. 여러 가지 가능성 중 하나를 선택하는 결단력을 지녀야 할 것은 말할 것도 없다.

 법정 드라마에서는 배심원의 평결이 나오는 순간이 바로 절정에 해당한다. 의학 드라마 역시 수술을 마친 의사가 다시 등장하는 장면이 드라마 전체의 절정에 속한다.

1. 소설가 두세 사람을 정해서 각자 어떤 방식으로 절정을 소개하는지 분석한 다음 그들을 모방해서 절정이 두세 차례 나오는 단편소설을 구상한다.
2. 아직 계획 단계에 있는 작품이 있다면 절정 부분부터 써본다. 이렇게 절정을 미리 정해두면 앞부분을 보다 흥미진진하게 전개할 수 있다.

결말을 작성할 때

글을 쓰다 보면 마무리를 어떻게 지어야 할지 몰라 난관에 봉착하는 경우가 많다. 여러 달, 아니 몇 년씩 공들인 작품인 경우 그 난관은 더욱 높은 장벽으로 다가올 수밖에 없다. 이럴 때는 일단 마음을 가볍게 가지는 것이 중요하다. 여러 가지 결말을 써놓고 그중 하나를 고르는 것도 좋은 방법이다.

어떤 작가들은 결말을 정해놓고 글을 시작한다. 글의 재미가 좀 떨어질지 모르지만 이렇게 하면 글을 쓰는 동안 스트레스를 줄일 수 있고 글이 한 가지 방향으로 일관성 있게 전개된다. 단, 글이 전개되면서 여러 가지 사건과 그 사건이 발생하는 순서에 따라 어느 정도 수정이 필요할 때도 있음을 염두에 두어야 한다. 반드시 지켜야 할 결말을 정해두고 구체적인 것은 글을 완성한 다음 가장 이상적인 방향으로 쓰는 것이 좋다.

생각 공장 글의 결말은 음악의 마지막 부분과 같다. 교향곡은 거의 앞부분에서 표현한 모티브를 모두 하나로 결합하여 '코다(coda, 끝맺는 느낌을 강조하기 위해 덧붙이는 어구)'를 분명하게 한다. 작가 역시 글의 모든 요소를 조화롭게 하나로 엮어서 강렬한 결말을 만들어야 한다.

이렇게 하면 글에 나온 여러 가지 모티브가 한꺼번에 절정으로 치닫는 단편소설을 집필한다. 작품을 교향곡으로 쳤을 때 '코다'가 분명히 드러나도록 써야 한다.

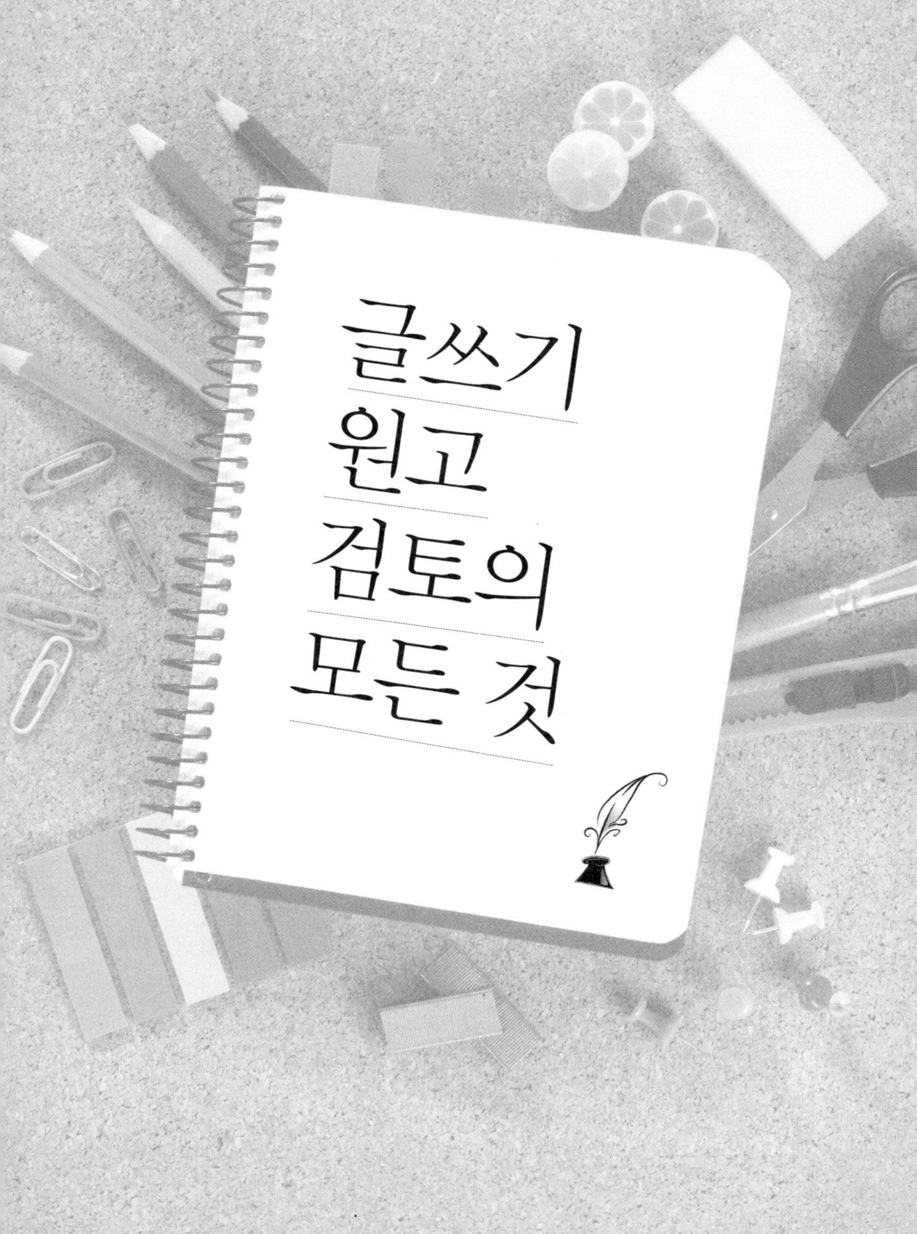

글쓰기
원고
검토의
모든 것

작품의 부화(孵化) 기간

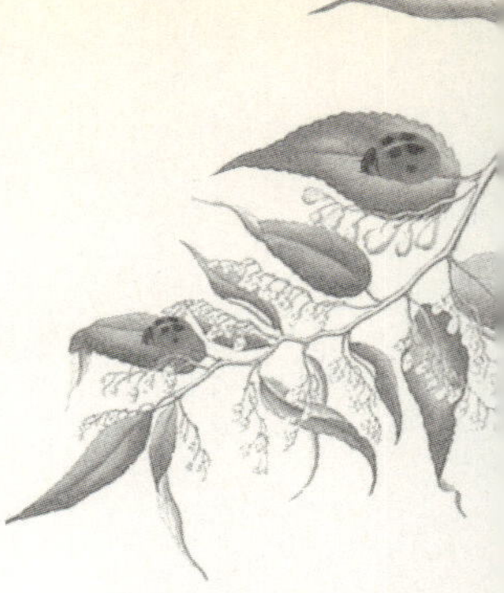

암탉은 알을 따뜻하게 품어 부화시킨다. 그래야 건강한 병아리가 태어나기 때문이다. 갓 완성한 초안을 부화시켜야 하는 달걀에 비유하면 부화는 비판적인 관점으로 초안을 보는 것에 비유할 수 있다. 글쓰기는 늘 논리적인 과정으로만 진행되는 것이 아니므로 때로는 불안정하고 뒤죽박죽이 되는 것 같은 느낌이 들 수 있다. 하지만 이런 과정을 거쳐야 비로소 제대로 된 틀이 갖춰진다.

그렇다면 부화 기간은 어느 정도가 적당할까? 이는 작품의 특성이나 작가의 기질 등에 따라 달라진다. 회고록이나 에세이의 경우에는 작가의 감정을 글로 쏟아놓은 것이므로 글의 초안을 완성한 후 보름 이상 쉰 후에 수정하는 것이 좋다. 실제로 많은 작가들이 하나의 작품을 끝까지 붙들고 늘어지는 것이 아니라 여러 작품을 오가면서 작업한다. 이렇게 하면 각 작품의 초안에 충분한 부화 기간을 줄 수 있다.

생각 공장 갓 완성한 초안을 훌륭한 작품으로 승화시키려면 그 무엇보다 인내심이 가장 많이 필요하다. 또한 자신이 쓴 글을 비판적인 관점으로 보려면 시간이 걸린다는 사실도 인지해야 한다. 더욱이 단행본 단위의 큰 작업에는 훨씬 많은 시간을 필요로 하기 때문에 이럴 때는 퇴고에 앞서 잠시 다른 작업에 정신을 쏟는 것이 좋다.

이렇게 하면 에세이를 쓴다면 초안을 완성한 다음 일주일 정도 부화 기간을 준다. 그리고 그 기간이 끝나면 초안을 꺼내 천천히 주의 깊게 읽으면서 수정할 부분에 따로 표시를 해둔다. 그런 다음 일주일 정도 덮어두었다가 초안을 다시 꺼내 읽는다. 그러면 고칠 점을 더 많이 찾을 수 있다.

새로운 기분으로 글을 수정하라

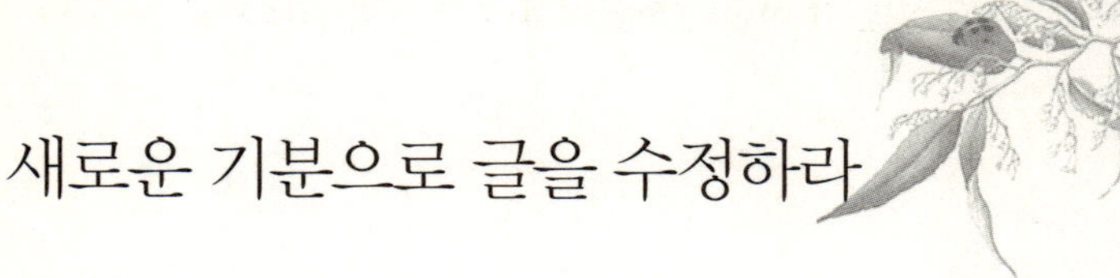

스콧 피츠제럴드는 자기 자신에게 '새로운 기분으로 글을 수정하라'는 메모를 남겼다. 이 말은 자기 기준에 못 미치는 초안의 부분 부분을 고치려 하기보다는 아예 새롭게 시작하는 것이 더 낫다는 뜻이다. 그러기 위해서는 처음 글을 쓰기 시작할 때의 마음가짐으로 돌아가서 흥미진진한 글을 쓰겠다는 열정을 다시 한 번 불태워야 한다. 또한 왜 글을 쓰려고 했는지 그 동기를 상기시키는 것이 무엇보다 중요하다. 이런 과정은 똑같은 실수를 반복하지 않고 글을 더 짜임새 있게 전개할 수 있도록 만들어준다.

물론 새로 시작해야 한다는 말에 기운이 빠질 수도 있다. 특히 소설의 초안을 다 완성한 상태에서 처음부터 다시 쓰기로 마음먹는 것은

쉽지 않은 일이다. 그러나 초안을 작성하는 데 시간이나 노력을 낭비
한다고 생각해서는 결코 안 된다. 비록 그 초안을 버린다 할지라도 거
기에 투자했던 노력은 어떤 식으로든 최종 글에 반영이 될 것이다.

생각 공장 초안을 다시 쓴다는 것은 첫 번째 초안의 문제점을 버리고 장점만 살릴
수 있는 글을 쓰는 것을 의미한다. 단, 이전에 썼던 초안은 잠시 옆으로 밀어두고 글
의 주제를 전혀 새로운 시각에서 볼 때 가능한 얘기다. 그렇지 않으면 첫 번째 초안
을 어설프게 손보는 것으로 끝나게 되어 더 크게 실망할 수도 있기 때문이다.

이렇게 하면 새로운 기분으로 글을 수정하는 것이 무엇을 뜻하는지 이해하려면 우선
시나 단편소설 등 짧은 작품 하나를 써본다. 그런 다음 글을 한 번 훑어보고 이전의
썼던 것은 머릿속에서 배제한 채 처음부터 다시 초안을 만들어본다.

글쓰기 강좌와 워크숍

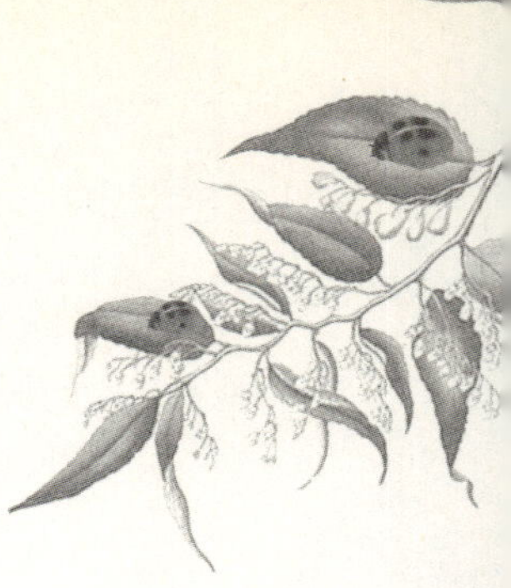

글쓰기 강좌는 보통 워크숍 형태로 열린다. 이런 강좌에서는 참석자 한 사람 한 사람의 초안을 공개하여 모든 사람이 피드백을 하는데, 만약 초안의 문제점에 대한 다수의 의견이 일치하다면 작가는 그 피드백을 겸허히 수용해야 한다. 하지만 사람마다 피드백의 방향이나 해결책이 다른 경우가 있다. 이럴 때 작가는 원래 자기의 소신을 굽히지 않는 편이 낫다.

워크숍에 나오는 다른 사람들과 친분이 생기면 매달 워크숍을 여는 것을 계획할 수 있다. 이때 아래와 같은 점을 고려하면 좋다.

● 워크숍 참석 및 참여에 대한 기본 원칙은 미리 정해서 공지한다.

예를 들어 워크숍에서 토의할 글은 담당자가 미리 이메일 등을 통해 다른 사람들에게 전달하여 글을 충분히 검토하고 워크숍에 참석하도록 배려해야 한다.

● 모든 참석자는 반드시 토의에 직접 참여하여 의견을 말해야 하며, 서면으로도 피드백을 제시해야 한다.

● 워크숍에서 토의된 글을 쓴 사람은 다른 사람이 피드백을 제시할 때 주의 깊이 듣되, 피드백에 이의를 제기할 수 없으며 추가 설명이 필요할 때에만 발언하도록 한다.

생각 공장 창의적 글쓰기 강좌나 워크숍은 모든 작가들이 좋아하거나 원하는 자리는 아니다. 하지만 한 번도 창의적 글쓰기 강좌를 들어본 적이 없다면 경험 삼아 참석해보는 것이 좋다. 달리 배우는 것이 없다 해도 정해진 날짜까지 글을 한 편 완성해야 한다는 외적 압박감은 작업 효율을 높여줄 것이다.

이렇게 하면 집 근처 대학에 저녁 글쓰기 강좌가 있는지 알아본다. 등록하기 전에 먼저 강사를 찾아가서 수업이 어떻게 진행되는지, 과제는 무엇인지, 또 미리 읽어야 할 책이 있는지 확인한다. 적어도 두 강좌 이상 찾아서 미리 조사해본 다음 서로 비교하면 자신에게 더 맞는 강좌를 쉽게 판단할 수 있다. 마땅한 강좌가 없다면 작가들이 모여서 진행하는 워크숍에 가본다. 처음에는 워크숍에서 배울 만한 점이 있는지 알아본다는 가벼운 마음으로 참석한다. 아래의 체크 리스트를 활용하면 그 워크숍에 계속 참석할 것인지 결정하는 데 도움이 될 것이다.

● 워크숍에서 내가 주로 선택하는 글의 장르를 다루는가?
● 워크숍의 규모가 너무 크거나 작지 않은가?
● 워크숍 책임자는 정식으로 문단에 데뷔한 작가인가?
● 워크숍은 정기적으로 진행되는가?

초안에 대한 자가 비평

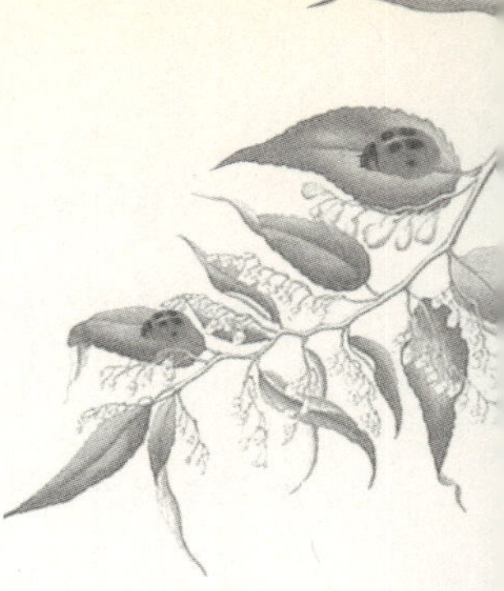

민을 수 있는 판단력과 객관성을 가진 사람에게서 상세한 조언을 들으면 더할 나위 없이 좋겠지만 그런 대상을 찾기란 쉽지 않다. 그러므로 작가는 자신의 초안을 스스로 비평할 줄 알아야 한다.

자가 비평에는 주의할 점이 몇 가지 있다. 먼저 음식을 식히듯이 비평할 초안은 '식혀야' 하는데, 이는 완성했을 당시에는 미처 인식하지 못했던 문제점들이 시간이 지나면서 드러나게 되는 경우가 많기 때문이다. 또한 자가 비평을 할 때는 본인이 편집자라고 상상하면서 다음과 같은 질문을 고려해야 한다.

● 독자가 관심을 보일 만한 이야기인가?

372

- 혁신적이긴 하지만 너무 도가 지나친 느낌을 주지는 않는가?

- 인간의 본성에 관한 중요한 교훈을 담고 있는가?

생각 공장 자신의 초안을 비평할 때 지나치게 관대해지거나 필요 이상으로 가혹해져서는 안 된다. 편집자는 이렇게 훌륭한 작품을 감히 이해할 수도 없을 거라든지 아니면 이런 허접한 초안을 검토하느니 차라리 새로 초안을 쓰는 편이 낫겠다고 생각하는 것은 어리석은 일이다. 따라서 자가 비평에 익숙지 않은 작가라면 워크숍에 참가하여 비평하는 요령을 배우는 것도 좋은 방법이다.

이렇게 하면 완성된 작품이 있으면 사본을 두 개 만들어 하나는 믿을 만한 의견을 줄 수 있는 사람에게 주고 다른 하나는 직접 비평해본다. 그런 다음 결과를 비교하여 본인의 비평이 제3자의 의견만큼 도움이 되는지 따져본다.

비평의 3단계

대부분의 초보 작가들은 자기 작품을 낯선 사람에게 보여주는 것에 상당한 거부감을 느낀다. 관찰자의 입장에서 간단히 조언을 해주는 것을 남을 가르치는 것이라고 생각하기 때문이다. 하지만 비평이 글쓰기 과정이나 결과에 전혀 영향을 주지 않으면서 원하는 반응을 이끌어주는 촉매 역할을 하는 것이라고 생각하면 비평을 주고받는 것이 훨씬 수월해진다.

아래의 세 단계에 따라 비평을 연습해보자.

1단계: 내용 비평하기

- 인물, 배경, 반대 세력의 묘사는 상세한가?

- 예기치 않은 반전과 전환 등이 자연스러운가?

- 글의 전개가 짜임새 있는가?

2단계: 구조 비평하기

- 시작 부분이 독자의 주의를 사로잡기에 충분한가?

- 사건의 전개 과정은 호기심과 기대감을 일으키는가?

- 사건이 응집성 있게 연결되는가?

- 극적인 순간에서 긴장감 혹은 갈등이 상향 곡선을 그리는가?

3단계: 문체 · 구조 비평하기

- 문장의 길이나 구조는 다양한가?

- 인물이나 배경 묘사에 적절한 단어를 선택했는가?

- 대화문의 구성은 적절한가?

생각 공장 초안을 비평하는 것은 관련 당사자들 모두에게 귀중한 배움의 기회가 된다. 피드백을 주고받을 때 각자의 마음속에 스토리텔링의 핵심 요소를 다시 한 번 새길 수 있기 때문이다. 특히 피드백을 받는 사람은 글이 대중에게 공개되는 것임을 기억해야 한다.

이렇게 하면
1. 당신과 동료 작가들을 위해 비평 기준을 설명하는 자료를 만든다.
2. 위의 자료를 토대로 자신의 작품을 검토한다.

건설적인 피드백을 하라

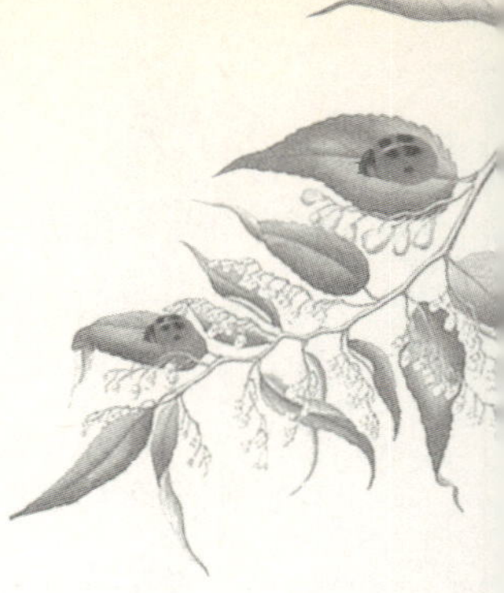

다른 사람이 쓴 초안을 읽고 유용한 제안을 해준다면 글쓰기의 기본 원칙에 대한 자신의 이해도 역시 깊어질 것이다. 단, 이때는 항상 건설적인 피드백만 하려고 노력해야 한다.

그렇다면 건설적인 피드백은 어떻게 해야 할까? 먼저 초안에 대해 성급하게 평가를 내리지 않도록 주의한다. "등장인물 묘사가 좀 약한 것 같아"라고 말하기보다는 "인물을 더 구체적으로 묘사하면 독자들이 인물을 파악하는 데 훨씬 수월할 거야"라고 조언하는 것이 효과적이다. 이렇게 하면 글에 대한 판단이 아니라 글을 수정하는 데 도움이 되는 건설적인 피드백이 된다. 좀 더 나아가 구체적인 예를 들어줄 수도 있다. 어떤 등장인물을 '잘생겼다'라고 묘사한 부분이 있다면 그냥 잘생겼다고 하지 말고 구체적으로 '눈빛에서 내면의 숨겨진 강한 힘이 느껴졌다' 라고 묘사하는 것이 좋겠다는 식으로 의견을 전달한 다.

생각 공장 피드백은 받는 사람과 주는 사람 모두에게 배움의 기회가 된다. 옆 사람에게 어떻게 하면 건설적인 피드백을 줄 수 있을지 생각하다 보면 자신도 좋은 글을 쓰기 위해 지켜야 할 원칙을 잘 지키게 된다. 만약 글의 전개 방식에 대해 피드백을 해주면 자기 글의 전개 방식에도 더 신경을 쓰게 된다.

이렇게 하면 글쓰기 워크숍에서 다른 사람들에게 해준 피드백을 모은 다음 지금 작업 중인 초안에 그 피드백을 모두 적용시킨다. 예를 들어 다른 사람에게 액션 신에 생동감을 더하라는 피드백을 주었다면 자기 글에서도 액션 신을 찾아서 똑같이 적용시켜 본다.

글쓰는 사람들이 꼭 알아야 할 글쓰기의 모든 것

1판 8쇄 발행 2013년 11월 25일

지은이 프레드 화이트(Fred White)　**옮긴이** 정윤미　**펴낸곳** 북씽크　**펴낸이** 최석원

주 소 서울시 성동구 행당동 192-29 성동샤르망 1019호 **전 화** 070-7808-5465

등록번호 제206-86-53244　**ISBN** 978-89-966548-2-7　**이메일** bookthink2@naver.com

Copyright ⓒ 2011 프레드 화이트(Fred White)

＊잘못된 책은 구입처에서 교환해 드립니다

M E M O

MEMO

M E M O

MEMO

M E M O